国家出版基金项目
NATIONAL PUBLICATION FOUNDATION

国家出版基金资助项目

项目编号：2019I~157

"一带一路"大型系列丛书

总策划 戴佩丽
主 编 孙春光

徐常根 ◎ 著

新疆是个好地方

高原的召唤

中央民族大学出版社
China Minzu University Press

图书在版编目（CIP）数据

高原的召唤 / 徐常根著 . —北京：中央民族大学出版社，
2019.12

（"一带一路"大型系列丛书 . 新疆是个好地方 . 第二辑）
ISBN 978-7-5660-1753-6

Ⅰ.①高… Ⅱ.①徐… Ⅲ.①散文集—中国—当代 Ⅳ.①I267

中国版本图书馆 CIP 数据核字（2019）第 235826 号

高原的召唤

作　　者	徐常根
责任编辑	戴佩丽
封面设计	舒刚卫
出 版 者	中央民族大学出版社

北京市海淀区中关村南大街 27 号　　　邮编：100081
电话：（010）68472815（发行部）　　传真：（010）68933757（发行部）
　　　（010）68932218（总编室）　　　　　　（010）68932447（办公室）

发 行 者	全国各地新华书店
印 刷 厂	北京君升印刷有限公司
开　　本	787×1092　1/16　印张：15.75
字　　数	180 千字
版　　次	2019 年 12 月第 1 版　2019 年 12 月第 1 次印刷
书　　号	ISBN 978-7-5660-1753-6
定　　价	88.00 元

前　言

　　"一带一路"倡议中，新疆定位于丝绸之路经济带核心区，并以日益凸显的区位优势和辐射效应，与21世纪海上丝绸之路逐步衔接。

　　在第二次中央新疆工作座谈会上，习近平总书记强调，要在各族群众中牢固树立正确的祖国观、民族观，弘扬社会主义核心价值体系和社会主义核心价值观，增强各族群众对伟大祖国的认同、对中华民族的认同、对中华文化的认同、对中国特色社会主义道路的认同。近年来，在以习近平同志为核心的党中央坚强领导下，新疆文化事业得到长足发展，对经济社会发展的引领作用不断增强，特别是随着稳定红利持续释放，文化创新呈现快速增长。实践充分证明，以习近平同志为核心的党中央治疆方略高瞻远瞩、英明睿智，只要坚定不移地贯彻落实党中央治疆方略，新疆形势就能朝着全面稳定的方向发展、就能实现社会稳定和长治久安，新疆经济就一定能够贯彻好新发展理念、推动高质量的发展。

　　"一带一路"倡议的实施是新疆地区走向现代化、融入现代化潮流、发展现代文化的一次新机遇。在这一背景下，《一带一路大型文化系列丛书——新疆是个好地方》出版项目正式推出，其目的就是要围绕中心、服务大局，弘扬主旋律，传播正能量，为推进新疆稳定发展提供了强有力的文化支撑。

丛书坚持党性与人民性相统一，不断增强中国特色社会主义道路自信、理论自信、制度自信、文化自信；坚持正确文化导向，团结、稳定、鼓劲，弘扬正能量；紧紧围绕社会稳定和长治久安总目标，使文学作品服务大局，形成文化艺术的强大合力。丛书作品内容注重创新意识、创新观念、创新内容、创新形式，切实提高文学作品的传播力、引导力、影响力和公信力；坚持"高举旗帜、引领导向、围绕中心、服务大局、团结人民、鼓舞士气，成风化人、凝心聚力、澄清谬误、明辨是非、联接中外、沟通世界"。

丛书的出版发行，将对发展新疆区域文化产生积极的正面效应。基于此，我们遴选了疆内的数十位知名作家，通过报告文学、散文、诗歌、小说等形式，从不同的角度反映新疆现代文化发展，展示各民族同胞践行社会主义核心价值观以及逐步形成的进步、文明、开放、包容、科学的理念，讴歌各民族同胞团结互助的精神风貌和浓厚氛围，进一步增强各民族同胞之间的认同感，更好地维护新疆地区的长久稳定和繁荣助一臂之力。丛书视角独特、文字量浩繁、信息量巨大，让新疆人民可以真正全面地知道自己，让疆外的读者可以全面地认知新疆，也让世界客观地了解新疆、了解中国。

丛书得到了中共中央宣传部新闻出版署、中共新疆维吾尔自治区党委宣传部审读处、国家出版基金的大力支持，使得这部丛书得以顺利出版。

编者

序

拿到常根的《高原的召唤》一书书稿，兴奋得久久不能平静。

几年前就听常根说，有时间和精力的话，他一定要写写身为一名军人在昆仑山上度过的岁月，那是段让他刻骨铭心的经历，不写出来，他没法跟自己交代，同时也想把这些经历写出来和读者朋友们分享，看看军人笔下、充满传奇色彩的昆仑山，到底是何种风貌。作为朋友，除了信任，就是鼓励，不期然与常根相遇，总要询问书稿进行得怎样了，衷心期盼着书稿早日面世。

说起来，和常根结缘，也是因为昆仑山。十多年前，因从事报纸副刊编辑工作的缘故，收到了一篇描述昆仑山上官兵生活的文章，题目为《留在昆仑的记忆》，文章写得质朴感人，饱蘸激情。一看作者，"徐常根"，不怎么熟悉，但以昆仑为主题的内容，再加之深情流畅的文笔，当下击掌，赞不绝口，编辑完后刊在了副刊作品版上显著的位置。

文章见报后，影响很大，常根之后又拿着该作品参加了部队系统的评奖活动，还拿了个二等奖。

自此后，便经常跟常根约稿，慢慢熟悉起来。

许是来自豫南乡村，从小就跟质朴的乡里乡亲耳濡目染的缘故，常根待人接物蕴籍、忠厚。他不是一个善于用言语表达自己感受的人，但

其实内秀，感受力超强，有次不知什么话题聊到了昆仑山，他突然间很富于诗意地描述起自己在昆仑山上的瞬间感受了——你在高山溪流中看见一条小鱼在那里游着，溪水清澈见底，鱼儿似乎在陆地上游着，夕阳西下，微微的山风吹过来，只在一刹那，你突然会双眼潮润，被昆仑的神圣之美给击中了……

仅只几句，就被常根对昆仑山的描绘给"击中"了。能对昆仑之美感同身受到如此程度，还能写不好昆仑山？

所以在这本书中，常根笔下的昆仑山，每一处都美得令人神往。

如在《上山》中，常根描绘道："……昆仑山像一条灰黄的巨龙横在我们面前。我抬头仔细朝山中眺望了一下，好壮观的阿卡孜达坂！只见山中雪封雾锁，山腰处缭绕缕缕白云，陡峭的山峰似白玉浮在蓝天，大有横空出世的气势；'之'字形新藏公路，宛如一根飘带，缠绕在悬崖绝壁之间，多彩多姿，亦险、亦奇、亦雄……"寥寥几笔，就将一幅雄奇的昆仑雪路图呈现在了我们面前。

而在《天路第一村》中对村子景物的描述更是神来之笔："漫步村中，空气格外凉爽清新，没有城镇的喧嚣，有的是大自然的宁静。滔滔不息的库地河从村前流过，河边长有大片大片粗壮高大的杨树，在茫茫昆仑山中布下了生命的绿色，一簇簇红柳犹如燃烧的火焰，繁茂而旺盛。村公路两旁长满一种奇怪的龙须柳，枝叶好像女人烫过的头发。全村清一色的低矮土泥巴屋，无一间砖房。房屋的墙都是用一坨坨的泥巴，一层一层垒成的，看上去很有层次感和艺术性。"形象、准确又生动，昆仑山里小山村的鲜活面貌，跃然纸上。

景色之美还仅是表象之美，真正展示着昆仑山灵魂之美的，还是那些生活、坚守、奉献在昆仑山上的军人们。多年部队生活的磨炼，赋予了常根一双发现的慧眼，在昆仑山驻守、生活的几年，常根积累了丰富的素材，在他笔下，昆仑的军人们栩栩如生，伸手可触。

他写"库地兵站"老一辈兵站人吴德寿"……1962年中印边境自卫反击战时，他（吴德寿）一个人围着四五个平底锅烙饼，三天三夜没有合眼，实在累了，就走出帐篷让冷风吹一吹，或者抓把雪搽搽脸，长时间的站立和极度劳累使他下肢静脉严重曲张，也就是从那个时候起他的腿就不听使唤了。"

他写吴德寿对兵站、对过往的官兵，付出了慈父般的深情和心血。不论白天黑夜，只要一听到汽车马达声，吴德寿就走出房门乐呵呵地去迎接，打来开水，让大家洗脸、解渴。一年三百六十五天，只要不病倒，天天值班，从不休息。冬季其他人员下撤，唯有吴德寿留守兵站，年年如此。

据统计，几十年下来，吴德寿蒸的馒头、烙的饼子一个个挨着排起来少说也有200公里长，吃过其做的饭的官兵不下60万人次。

他写一代代兵站人以吴德寿为榜样，争做被称为"山父"的吴老的传人。那一年的8月，因山洪暴发公路被毁，200余名官兵被困在库地兵站，断粮、断菜数日，该想的办法全想完了，官兵挨饿，全站人员着急。最后，兵站党支部决定宰杀河对岸放养的牦牛以解燃眉之急。要游水过河，副指导员刘志奇说自己水性好，争先着去；就在刘志奇刚要上岸时，突然从对面山上滚下来大块泥石将其砸进河里，刘指导员再也没有露出水面……

他写三十里营房一位叫刘艳玲的护士，在为一名患高原肺水肿而不能自理的战士导尿时，被不慎突出的尿水滋了一脸而无怨无悔；写大雪飘飞的昆仑山上，平时极爱干净又很害羞的女护士贾云忠顾不了许多，

迅速解开衣襟，把因在巡逻中严重冻伤双脚、痛苦得不断呻吟的战士的脚紧紧搂进怀里，用体温暖护着……

责任重如山，情怀高于天。常根用深情的笔墨，讲述着驻守在这里的军人们用自己的无私奉献，用责任和爱，为昆仑高原增添辉光的故事，读来感人至深。

善于抓捕和刻画细节是该书的又一特色。如在《雪域之吃》里，常根描述做饭、吃饭之难："在高原，用高压锅做饭是很有讲究的。如用高压锅煮稀饭，一般来说，得压1个气压。蒸馒头工序就复杂一些，首先将馒头放进笼算，待水烧开后，将笼算放进高压锅，盖上锅盖，不拧盖扣子，随时揭盖观察，等蒸汽将馒头冲起来成形后，拧上盖扣子，压至0.2个气压；然后打开气压阀放完蒸汽，再拧紧气阀压至0.5个气压，馒头才可出笼食用；稍微掌握不好，馒头就会半生不熟。

做米饭时得先将米放进锅中煮5至6成熟后，再捞到高压锅笼算中，待水煮开后，让蒸汽放12分钟，再拧紧气阀，压至0.5个气压，米饭才能出锅。

做面条最复杂，主要靠经验。有的兵在山上做了好多年的饭，都做不好面条，做出来不是夹生就是面糊糊。做面条最关键是掌握好火候，如果火小时，一般要用高压锅压0.15至0.2个气压；火大时，要压0.4至0.5个气压；火不大不小时，要压0.3个气压才行。"这哪是在做饭，分明在计算数学方程式嘛，倘若不是亲身经历，这个细节编都编不出来。但就因为这个细节，让人对当时的雪域高原食之难有了深刻印象。

又如《精神会餐》，"……喧闹的人群散开后，大家发现地爆连连长张少康独自蹲在墙根旁，手里拿着一封信发呆。张连长当年4月份结婚，婚礼后不几天就上了山。今天，张连长打开妻子的信就傻了眼：信封里一张纸片都没有，只有一缕头发！

　　这是啥意思？官兵们围绕这一缕头发展开了'讨论'。最后一致断言：头发也叫'青丝'，嫂子寄来的是'一缕情思'！说得张连长脸上顿时漾出了自豪的笑容，官兵们又是一阵忘情的欢呼。后来我得知，待第二趟生活车上山时，这句话果真得到了验证。"

　　没有亲身经历，没有善于观察和发现的眼睛，很难捕捉到如此真实、感人的细节，而正是这样的细节，丰满着全书的内容，加深了我们对雪域高原的独特印象。

　　为写作这本书，常根真是做足了功课。

　　从旅游者的角度看，这本书提供了很好的高原旅游线路和旅游内容，如沿新藏公路前往阿里的路线：从叶城开始，库地 —— 麻扎 —— 三十里营房 —— 康西瓦 —— 红柳滩 —— 甜水海 —— 多玛 —— 日土 —— 狮泉河 —— 普兰。此线绵亘在雄伟蛮荒的昆仑山与喀喇昆仑山之间，平均海拔4200米，路为沙砾石路面，之高之险之崎岖，世所罕见。途中需跨过8条河、翻越16座冰雪达坂（达坂是分水岭的意思），最为险峻的是阿卡孜达坂；最高的是界山达坂，海拔6700米。每年11月至翌年5月为积雪期。书中这么清晰、准确的描述，对众多游客而言，是非常好的导游图，而"零公里"、库地兵站、康西瓦烈士陵园、三十里营房等又都是很好的游览内容。

　　从对年轻人进行爱国主义思想教育的角度来看，这本书堪称一部形象生动、入脑入心的好教材，书中没有任何生硬的空洞说教，生活在昆仑山上的军人、普通老百姓、养路工、生意人，甚至花草树木，猫儿狗儿，每个人与物的故事都充满趣味，充满正能量，让我们会心微笑或掩卷沉思。

因为书中有些地方运用了纪实的表述和写作方式，从历史学的角度看，本书亦用独特的视角，为我们记录下了这方雪域高原的发展、变迁史，也许，多年过去后，人们想了解这片地域在新中国成立后的真实状态，或许能从此书中觅得所需的资料。

由偌大的昆仑山脉的整体面貌，到每个具体的地点，再由每个具体的点到每个生活在这儿的鲜活的人物，常根如同一位擅长丹青的高手，将昆仑的无限风光由山由物由人，一点一点描绘出来，一幅宏大、丰满、动人的昆仑风光图在我们眼前徐徐展开……

《高原的召唤》其实是心的召唤，爱的召唤……

感谢莽昆仑，感谢徐常根。

是为序。

新疆日报社　曹新玲

2018年8月20日

目 录

"一带一路"大型系列丛书
——新疆是个好地方

回眸昆仑

屈指算来，我离开昆仑山已有19年了。深夜读报，一则新闻格外吸人眼球：目前全军驻地海拔3000米以上哨卡官兵全部吸上了自制氧，我军高原官兵吸氧基本实现由依靠山下送氧到高原哨所自制氧的历史性变化。放下报纸，遥望窗外满天星斗，想到遥远的昆仑山，想到昔日坚守在生命禁区的战友们，心潮起伏，无一丝睡意。

我曾有幸在昆仑山上工作生活了五年，那段刻骨铭心的经历，深深地烙印在我的心底。

在高原，一切都变得那么简单、那么纯粹。刚到海拔4000多米的昆仑边防，我穿行在建设工地上，心慌、头晕，那一刻，我切身体会到在高原生存可谓举步维艰。

那时的昆仑边防生活条件，虽较以前有了很大改观，但依然十分艰苦。

山上所用的氧气，全是一罐罐从山下运上来的，只有在固定的房间里才能吸吸氧；遇有水毁、泥石流致使路断后，断氧是常事。吃菜全靠山下保障，险峻的新藏公路随处可见翻浆、沉降、过水路段，好不容易翻过达坂、冰河运上山的蔬菜，到了哨卡已冻坏了一多半；因为路远难行，冬季吃上绿色的蔬菜叶子成了一份奢求。哨卡的饮用水，一直靠冬季储冰或拉运泉水。

官兵上下山、休假探亲，爬大厢、搭便车，人人都饱受过颠簸的无奈之苦。通信不畅，山上没有地方线电话，家里遇有急事联系，大家发明了先接通山下军线电话，尔后将军用电话和市话的话筒捆绑在一起通话，或靠山下亲朋、战友接力电话传递。信息闭塞，唯一能了解外界信息的报纸送上山后，新闻成了旧闻，真是"白天兵看兵，晚上数星星""几部电影看一年"。哨卡官兵患有疑难病症，基本上靠"电话会诊""电报会诊"。那时候，通往高海拔哨卡的路况差，冰雪、泥石流一来路就断了，加上通信条件落后，电话线路中断后，常常是通过电报机发报沟通、会诊，来救治一线伤病员，由于电报收发讯息十分有限，很多时候战士的病情就耽误了……

高寒缺氧，致使官兵们指甲凹陷、头发脱落、嘴裂唇乌，有的不同程度患有浮肿、高血压、心律异常等高山性疾病，因严重缺氧造成的猝亡也时有发生。那其中之苦、之难，是山下常人难以想象的。

五年的高原边防施工，当然也毫不客气地将高血压等高原疾病嵌入我的肌体，在我的生命中留下永不磨灭的印记。这十几年来，我每次体检，医生总是惊讶，你这个年纪，这么壮实身子的人，不应该左心室肥大得超过常人的一倍呀！当医生知晓我在昆仑山边防工作的经历后，便又轻描淡写地说："难怪这样。"

离开的日子久了，越来越多地感受到对那片高原边防热土的依恋，那段日日携昆仑日出，日日携昆仑日落的岁月，令我不断地追想着。

正源于此，我虽然远离了昆仑山，心却时常被它牵动着，一直有着潮水般的涌动，我格外关注昆仑。

我一直在关注着神仙湾边防连的变迁。我曾先后两次登上神仙湾边防连。神仙湾边防连，海拔5380米，号称"高原上的高原"。当年，各级想尽办法，也攻克不了高原永冻层打井的难题。时至今日，我获知，神仙湾边防连虽然有了卫星电视系统，建成了保温蔬菜大棚，新型保温哨楼和高原富氧训练室也投入使用 …… 但唯独在吃水的问题上，仍一直在距离神仙湾边防连7公里的冰湖上凿冰取水。

近年来，不断有昆仑边防上的战友途经乌鲁木齐时顺便来看我，给我讲述他们身边的变化。十几年来，特别是党的十八大以来，喀喇昆仑边防发生的如此巨变，让我振奋、感慨不已。

如今，高原边关用上了"氧二代"，制供氧设备实现"鸟枪换炮"。每名官兵床头都装有供氧设备，旋钮轻轻一旋，即可卧床吸氧；边防连队建起了富氧训练室，有了富氧室，官兵们可以借助较高浓度氧气空间开展散打、格斗等爆发力训练，从以前的躺着、坐着"静态式吸氧"，到现在的跑着、练着"动态式吸氧"，氧气保障能力今非昔比。

过去，在高原边防氧气是奢侈品，极少用于训练演习。如今，高原边防部队均建成了以制供氧站为支撑、吸氧点为依托，以高原制氧车与可以蓄电的便携式制氧机为补充、定点供氧与机动供氧相结合的保障模式，用氧保障贯穿演训、巡逻全程。

战友们的介绍，还有从他们在山上发来的微信视频中看到，如今的昆仑边防执勤、生活条件，那真可谓是发生了翻天覆地的崭新变化。

如今，驻西藏阿里高原边防官兵都是乘坐飞机上下山，从喀什飞行到阿里昆莎机场只需90分钟。新藏公路全部实现了柏油水泥硬化，新式"高原运兵车"让边防官兵上下喀喇昆仑山像旅游，车内全天候空调保温，全天候供氧保障，车载电视和DVD播放设备，可以全天候娱乐；高原运输车上装有小型车载制氧机可全天候制氧，每辆车上还配备了"北斗"车载定位系统，车辆抛锚指挥车可第一时间协调救援。

新一代边防部队保温营房水、电、暖齐全，用上了长明电，执勤点上修建了保暖哨楼。边防巡逻执勤，官兵们驾驶的是新型供氧巡逻车；"实时监控"的信息化管边控边方式，可将现场实时情况同步传输到远在几百里之外的指挥控制室，甚至万里之遥的上级机关；官兵执勤、生活，穿着军需部门特意研制配发的高原防寒服和防寒鞋，既轻便美观，又防寒保暖。

为了解决吃菜难，南疆军区投资数百万元在昆仑山三十里营房建起了高原副食品生产基地，每周近距离的将副食品运送到哨卡，温室大棚充足的蔬菜可随时保障，官兵们一年四季再不用为吃上新鲜蔬菜而犯愁。

边防文化生活也逐渐得到改善，"家庭影院""全军影(音)像库"、光缆电脑等纷纷落户雪山哨卡，一条条无形的"信息高速公路"把曾经闭塞的雪域边关推向了新时代前沿；官兵通过网络就能看到全国各地当天的报刊，随时可通过手机、微信和家人保持联系；远程医疗系统进入边防一线部队，为官兵及时准确诊断高原病症提供服务保障……

喜闻雪域边关的变迁，同时也让我真切地感受到，虽然时间在变，条件在变，但高原官兵的情怀没有变，"喀喇昆仑精神"在这些住上阳光房、吸上"保健氧"、吃上新鲜菜、看上卫星电视的新一代边防官兵身上继续发扬。此情此景，也让人不禁想到作家艾青的诗句："为什么我的眼里常含泪水？因为我对这土地爱得深沉……"就如同我，那里的一切仍然是我至今心里割舍不下、难以忘怀的牵挂，永远不可磨灭的记忆一样。

不能忘记的那条"通天之路"哟，至今想起来仍有不寒而栗之感。喀喇昆仑因为拥有众多巍峨雪山而雄奇壮丽，雪域高原因为无边的冷寂、亘古的苍凉而成为一种博大的境界。蜿蜒穿行在海拔高、路况差、人烟少的新藏公路上，我惊讶地瞅着在前方离地面半尺多高的水纹般的火在路面上浮动着，天空和大地总是在目光的尽头拥吻着，眼睛有时根本不听大脑调遣，迷迷糊糊断断续续地打着瞌睡，一闭眼就噩梦不断，不是梦见自己翻车，就是被抛进深渊。大脑缺氧、智力活动水平降到了最低点，有时说话，说的都是胡话。

置身昆仑达坂，舒云拂肩而过，众雪山俯仰，眺望群山，清晰地感受远山峰顶的积雪如卷轴国画一般"哗"地抖开，直泻半山腰。永远不甘寂寞的太阳有意无意地在山背后流放一抹黎明的霞火，如姑娘的黄围巾别致地舒展在对面山峰的缓坡上头。昆仑山给我的感觉一直就是超凡脱俗、与众不同，雄浑、壮美、厚重、圣洁之致。众神之山，撼人心魄。

我经常会想起，那时每年11月或12月底下山时，新藏公路沿途的几个达坂冰封雪裹，而且，这时高原的氧气也最稀薄，一路白雪茫茫，寒风凛冽，车子不断地打滑、甩屁股，很难通过，稍有不慎，就会车毁人亡。

我还经常会想起缺氧时的那种难受滋味来。缺氧，是上山官兵人人必过的难关。这第一关，并不好闯。初上高原，有的吃下去的食物会吐完，甚至会吐出胆汁；高原反应强烈的，尤其在夜晚时候，纵使不停地吸氧，头痛欲裂的感觉还是让人痛不欲生。当然，这高原反应，有点像女人孕期反应，强弱也因人而异……"老高原"都知道，缺氧随四季变化、海拔及人的体质不同而表现出不同状态，随着时间推移会有所改变，开始很痛苦，但时间一长，痛苦会减轻，人会适应稀薄的氧气，但这种改变是以身体各个器官的畸变来适应大自然为代价。

人说雪域昆仑是眼睛的天堂，身体的地狱。不管怎样防护，也不管底色如何，时间会把我们的脸庞染成统一的"高原红"。"当兵就是做奉献。"在那里，这话不是什么宣传，是事实。即使当兵当到复员转业了，带着被高原改变了的身体回故乡，仍然可能要付出很大的牺牲。

当然，在雪域高原上工作与生活，缺少的不仅仅是氧气，更多的是亲情的缠绕与信息的感知。亘古不变的边关冷月，缠绵悱恻的戍边情丝，爬冰卧雪的忠诚担当……置身雪域高原边关哨卡，你将无时无刻不为当代戍边人的战斗精神所感染和熏陶。

行走雪域昆仑，我始终在思考着这样一个问题，是什么力量使这些普通的军人，对昆仑山如此长久地投以向往和挚爱？在"神仙湾"、天文点哨卡，我突然醍醐灌顶般明白了，那就是职责，是军人戍边卫国的天职。一代代戍边官兵扎根雪域高原，用青春和热血谱写了一曲曲缺氧不缺忠诚、海拔高标准更高的强军壮歌。他们付出了常人难以想象的代价，同时也得到了常人无法理解的快乐和幸福。

如果说在此之前，昆仑山对我还只是一种神秘的诱惑，但我走出来之后，便觉得这是我生命之旅的一个重要组成部分了。

走下雪域昆仑，我曾发誓如此地狱般的鬼途，今生今世再不重返。然而我不能，每当夜深人静，我常会回想起那人迹罕至的荒原，更忘不掉魂牵梦绕的那片在高原上最耀眼的绿色——戍边官兵们！

回首当年滋味万般的高原边防生活，虽然时光已过去了十几年，当年那些亲见亲闻、亲身经历已成往事，但始终历历在目，既令人回味，又让人感念。我想，一部喀喇昆仑边防部队建设发展史，不仅是祖国日新月异繁荣发展的见证，也是一茬茬边防官兵用青春和热血忠诚戍边的见证。正因为如此，关于昆仑山，关于喀喇昆仑边防，关于戍守雪域高原的边防军人，我还有许多话要说，我也有责任写一写昔日的他们，甚至产生了不写就对不起那个时代的边防官兵的冲动。这疯长出的勃勃心绪，不断地变成一个个文字，变成一篇篇文章，最终变成了这本《高原的召唤》。

——为了"还愿"，也因为感激。

高原的召唤

我是由于受到战友们的诱惑，决定踏上蠕动的屋脊，去体验高原、探访这神奇屋脊上的军人的。更确切地说，应该是军人的天职，召唤我服从组织安排走向高原的。

从新疆的叶城到西藏的阿里，有一条举世闻名的新藏公路。它像一条闪光的丝带把阿里和新疆连接在一起，人们称之为"天路"。

沿"天路"上高原，拜谒喀喇昆仑山，去一趟阿里，去一趟今日中国最为遥远的地方，是我的夙愿和梦幻。这一夙愿，来自我对喀喇昆仑和阿里高原的间接了解。其实这了解也极其有限，但是这有限的信息却对我有着不同寻常的诱惑力。

成为我心中神山圣域的喀喇昆仑高原，真正让我神往的是公元一九九五年春季。

那年，我所在部队的政治部为宣传所属某汽车团官兵不畏艰险、连年赴喀喇昆仑和阿里边防出色完成运送物资任务的先进事迹，成立了一个5人新闻报道组，跟随车队采访。

报道组出征前，当时在政治部干部科工作的我，随部首长到招待所给他们壮行。

听着首长们一遍又一遍地嘱咐，看着一个个精神抖擞、白白净净的脸上容光焕发的他们，我这个新闻爱好者很是羡慕。

一个多月后，报道组终于凯旋。

欢迎会上，我都不敢相信自己的眼睛，他们怎么一个个变得蓬头乱发、脸色黑红、嘴唇干裂……简直与出发时的他们判若两人，好像是从另一个世界突然冒出来似的！

座谈会上，他们告诉我："上到昆仑山，是氧气吃不饱，四季穿棉袄，山高天蓝得很呢，一团团白云像棉花糖似的，连绵起伏的雪山巍峨壮观，置身其中，有一种超凡脱俗之感！但其中之苦不是一般人能吃得消的……"

毕了，归结一句：如此炼狱般的鬼途，真不是人走的地方，去了这一回，今后无论如何也不能再去第二回！

以前，我也一直在学习喀喇昆仑精神，但昆仑山这一地理概念在我脑海里始终遥远而模糊，从没有现在这样清晰直观。

那天，我像小时候听大人讲故事一样，十分好奇地听他们讲述着一个又一个鲜为人知的历险故事，盼望着体验一下吃不饱氧气到底是啥滋味。

昆仑山被他们宣扬得很神秘，也很危险，生性爱冒险的我，开始关注昆仑。

横空出世，

莽昆仑，

阅尽人间春色。

飞起玉龙三百万，

搅得周天寒彻。

巍巍昆仑，鼓起的是中华民族的脊梁。

　　后来，凡发现书店有售反映喀喇昆仑山和阿里高原的书，我必买回读之，并留心收集有关这方面的一些报道、资料。

　　喀喇昆仑山、昆仑山和阿里高原逐渐走入了我的视线。

　　我从有关资料上了解到，喀喇昆仑山在维吾尔语中意为"紫黑色的山"，位于新疆西南边境，西北至东南走向。西接帕米尔高原，东连喜马拉雅山脉，一般山峰海拔6000米以上，被世人称为"高原上的高原"。世界上共有8条山岳冰川长度超过50公里，其中6条在喀喇昆仑山。亿万年前，这里还是一片汪洋大海。

　　我了解到，昆仑山是新疆与西藏的界山。它从帕米尔高原一直延伸到四川盆地附近，长约2500公里，平均海拔5500米，被称为"亚洲脊柱""万山之祖"，被称为中华民族的祖先黄帝居住的"圣山"，是"通天"之山。中华民族从开天辟地之日起，就一直魂系昆仑，炎帝嫡亲、黄帝行宫、嫦娥奔月、大禹治水，乃至王母成仙、女娲补天等各种神话传说，无不与昆仑山系血肉相连，情理相依。昆仑进入中国史书已经三千多年。《山海经》中，夸父逐日等故事都源于昆仑山。汉代司马迁《史记·大宛列传》中，就有"昆仑高二千五百余里，日月所相隐蔽为光明也，其上有醴泉瑶池"的记载。

　　在中国、印度、尼泊尔等国交汇的地方，凸起一座"世界屋脊"。西藏阿里，就位于世界屋脊的西北部，它是我国面积最大的行政专区。阿里高原，北连新疆，历史上两地联系渊源绵长，到了近代变得更加密切。二十世纪七十年代，阿里地区隶属于新疆管辖；八十年代以来，阿里地区的行政虽交西藏，可担负着戍守边防任务的阿里军分区却一直归属新疆军区。

　　因为高而远，因为远而神奇，因为神奇而令人向往。我意念中的喀喇昆仑之旅，乃是一种精神之旅、信仰之旅。每当我发现有一个新的身影走进喀喇昆仑时，就仿佛又收到了一份挑战书。

昆仑以它的高度和神秘，召唤着我，这个念头也长期困扰着我，但是始终没有机会上昆仑山。置身新疆军营，仿佛不上昆仑山，就是军人生活的一大缺憾。

我一直觉得，人们通常总是把新疆分作南疆北疆两个部分还不够准确，最准确最有概括力的应该是将昆仑山、喀喇昆仑山划出来作为新疆的第三部分。北疆是丰饶的、绚美的、清凉的，南疆是浓郁的、浑朴的、炽热的，而昆仑山则是崇高的、神圣的、梦幻的，象征而传奇的。它无论从地理、地貌、风土、人文、历史，以及对于中华民族的意义价值，都太独特了，太非同寻常了。

我知道，这与我的军人身份有关，昆仑山、喀喇昆仑山在所有边疆军人的心目中都有太重的分量，那是他们赖以卫国戍边的伟大屏障，是他们寸土寸金视若生命的神圣疆土，是一条游龙般穿引其间的军事大动脉的基本依托，是他们青春与生命燃放光焰的地方，是他们梦魂相系、生死相依的地方，也是海拔高度与他们境界高度比肩的地方。

昆仑山，真的成了一个梦境。

上昆仑山的机会终于来了。萦绕于胸的高原之梦，如愿在公元一九九六年实现了。这年，上级组织选调我到驻喀喇昆仑山某边防工程建设办公室工作，我毫不犹豫地听从了组织的安排。

我终于有机会上喀喇昆仑山了。

新疆通往西藏阿里唯一的公路新藏公路，穿越喀喇昆仑高原，修建于二十世纪五十年代。公元一九五〇年"八一"建军节那天，一个由7个民族共137名官兵组成的进藏先遣连，牵着骆驼骑着马，肩扛一面绣着

"向西藏进军"的红旗，奉命从昆仑山脚下的新疆于田普鲁村向西藏阿里进军。这支创造过南泥湾大生产、徒步征新疆、屯垦沙漠等一系列辉煌业绩的部队，向天要路，历尽艰辛，终于第一次把中华人民共和国鲜艳的五星红旗插上了阿里高原。根据他们所走过的新藏线路，一九五四年军地有关部门重新勘察选线，修建新藏公路，最后选定由叶城经界山达坂到普兰的线路，全长1455公里。从一九五六年起动工，一九五八年九月竣工。

我把沿新藏公路前往阿里的路线背得烂熟：叶城 — 库地 — 麻扎三十里营房 — 康西瓦 — 红柳滩 — 甜水海 — 多玛 — 日土 — 狮泉河 — 普兰。此线绵亘在雄伟蛮荒的昆仑山与喀喇昆仑山之间，平均海拔4200米，路为沙砾石路面，它的高、险与崎岖，世所罕见。途中须跨过8条河、翻越16座冰雪达坂（达坂是分水岭的意思），最为险峻的是阿卡孜达坂；最高的是界山达坂，海拔6700米。每年11月至翌年5月为积雪期。

有时仔细想想，我此生可能真的与大山有缘。我出生在大别山，入伍来到天山脚下，上军校时在山城重庆，军校毕业分配到天山腹地，这次又调到了昆仑山上。

真的要上山了，我心里还真有些嘀咕，这一去还能不能平安回来？

"事业再辉煌，也没有生命重要。"

"三五年后，你的身体会让你为这次决定后悔。"

一些熟知高原的战友得知我调去高原工作的消息后，极力劝诫我。但我决心已定，哪怕此去是一条不归路。

我简单地准备了上山的行囊。从未亲历过高原的凶险，也没做多少准备，冒里冒失地登上了乌鲁木齐飞往喀什的飞机，再从喀什驱车200余公里走进了叶城县 —— 新藏公路的零公里。徜徉零公里，天高地阔，

激动的心情难以言表，浓浓的高原气息诱得我再无耐心在此守望，我感
觉阿里向我敞开了胸怀……

在叶城逛巴扎

叶城，海拔近2000米，是古丝绸道上的一座古城，是昆仑山的门户，也是昆仑山的后方基地。从新疆走阿里，必经叶城。叶城享有"昆仑明珠"之称。

叶城县位于新疆维吾尔自治区西南部、喀什地区南部，喀喇昆仑山北麓，塔里木盆地西南缘。叶城县水土条件优越，光热资源丰富，气候适宜各类果树生长，尤以大籽甜石榴、薄皮核桃、黑叶杏、黄肉桃、棋盘梨最为知名，果品香甜可口，品质上乘。

想必是我出生在内地农村尤爱赶集的缘故，在叶城，我最喜欢的地方，就是巴扎。

"巴扎"，就是市场、集市。在我看来，叶城大巴扎的规模仅次于喀什大巴扎。每当我置身于大巴扎，感觉就像跨入了丝绸之路风情的大门，那里简直就是一个充满民族情趣、万众齐聚的"大观园"，无所不有的"大世界"。正像叶城人所说的那样，在大巴扎上除了买不到"鸡的奶子"，什么都可以买到。

叶城人赶巴扎的热情，如同我家乡人赶集一般。那时每逢巴扎日，涌向县城大巴扎的毛驴车排起长队，人们拖家带口，赶着马车、驴车，骑着摩托车，开着小型拖拉机，拉着自家的牛羊和各种各样的农副产品。

大巴扎里人头攒动，熙熙攘攘，各种物品，应有尽有。那维吾尔语夹杂着汉语的别有风味的叫卖声、吆喝声此起彼伏，伴随着收录机播放的流行歌曲、民族音乐，达到了高潮。赶着毛驴车的老汉、头戴花帽的小伙儿，打扮得花儿一般的克孜巴郎（姑娘）和"阿恰"（大姐），点缀在五颜六色的巴扎中，让人感到真的来到阿凡提的家乡了。

那舌尖上的美味很是诱人。烤全羊、烤羊肉、烤（卤）乳鸽、烤馕、烤包子，抓饭、拉条子，凉面、凉粉、杂碎汤 …… 不时飘着诱人的香味儿，和烤羊肉的油滴在炭柴上，腾起一片片飘香的烟雾融合在一起，不要说吃，闻着看着就被陶醉了。那飘香溢彩的瓜果，不用品尝，心已甜了。

色彩纷呈的丝绸，款式新颖的服装，花帽、刺绣、珠宝、靴鞋 ……令人目不暇接。铁皮、木器、棉花等传统加工店，剃头、拔牙、修理等服务摊点，首尾相接，宛如长龙。精美铜壶、摇床、乐器及各式各样由维吾尔族技人打制而成的金银首饰，更让人驻足顾盼。

那卖大蒜者，把蒜编成长绳状挂满脖子叫卖着；卖大衣、风衣的维吾尔族小伙，身上层层披着十几件在人流中交易着；卖土鸡蛋的，把蛋壳染成红色，吸人眼球。最令人新奇的是，能看到20世纪传承下来的土造自制的物品 —— 土肥皂；卖土肥皂的姑娘如花似玉，把她奶奶制造的丑陋不堪的土肥皂卖得十分走俏。

巴扎会聚着各色人流、物事。喜欢音乐的，就去听弹"热瓦甫"；迷恋于民间娱乐的，就奔斗鸡场所吆五喝六地瞎起哄 …… 整个巴扎，就像一个欢乐的海洋，像是一个新疆民族土产日杂、风味食品的博览会。

巴扎的商人热情，但不会站在店前、路口吆喝着拉拢客人。在牛羊等牲畜交易巴扎上，买卖双方讨论价钱，把手伸进对方的袖子里，比画着只有他们自己才懂的手势。

那时我逛巴扎，看到淳朴的维吾尔族人都不习惯用秤来称东西，因此诸如杏子、核桃、鸡蛋什么的，都是按一毛钱几个，一块钱几个论个数卖。倘若谁要买千把个，那可就够数上一阵子的了。

赶巴扎，当然不能空着肚子回去。农民们带来的农产品或几棵杨树杆子价格卖好了，就吃一盘抓饭或拌面、几个烤包子，或喝一碗古老的制冰机制作出的新鲜冰激凌 …… 碰上熟人，大家聚在一起交流着各村的新鲜事，其乐无穷。

对于许多赶巴扎的人来说，并不是都来做生意，他们主要是来享受一下巴扎上那热闹气氛所带来的精神上的愉悦。即便有带去东西没卖掉的，他们仍然会高高兴兴地回去，期待着下一个巴扎日的到来。直到黄昏时分，喧闹一天的巴扎才在夕阳金辉中渐渐安静下来。

随着物质生活的丰富，如今的叶城大巴扎更加热闹非凡。在叶城的那几年，我是美美地逛好了巴扎，领略了昆仑山脚下这座城市的别样风情。

一个老兵的守望

　　在昆仑山脚下的叶城县，有一位守护烈士陵园的老兵，十几年来，他的情怀与坚守让我一想起来就敬佩、感动不已。

　　那是1998年5月的一天，我无意间走进、并虔诚地拜谒了叶城县烈士陵园。

　　陵园距315国道与219国道交汇处不远。走近烈士陵园，只见大门两边写着“为有牺牲多壮志，敢教日月换新天”的巨幅对联，长长的横批“为人民利益而死就比泰山还重”，正对大门高高矗立的纪念碑被绿植环绕，“保卫祖国边防的烈士永垂不朽！”一行苍劲大字在阳光下熠熠生辉；碑前照壁上写着：“成千成万的先烈们为着人民的利益，在我们的前头英勇牺牲了，让我们高举起他们的旗帜，踏着他们的血迹前进吧！”为初夏平添了几分肃穆，让人肃然起敬。

　　绕过纪念碑，先烈陵墓整齐排列。战斗英雄司马义·买买提、滚雷英雄罗光燮、战斗英雄王忠殿三个呈五角星状烈士墓在最前排，掩映在树丛中。他们身后是近200位在中印边境自卫还击战和修筑新藏公路、在昆仑山边防守防中牺牲的各族英烈。

　　漫步陵园，各种果树、松柏、杨树郁郁葱葱，核桃般大的杏子压满枝头；一列列、一行行整齐无损的墓碑，似一个接受检阅的士兵方阵；

整洁的环境卫生超过都市里的公园……

维吾尔族守墓老人艾买尔·伊提接待了我。他向我介绍说,这些烈士都是从新藏公路零公里出征昆仑、走向边防,在保卫边疆、建设边防的战斗中壮烈牺牲后,又被送回到零公里来安息的。

他说,他刚来时陵园只葬有70多名中印边境自卫还击战中牺牲的烈士。后来,驻地部队牺牲的烈士及其他故去的军人也都葬在了这里;再后来,本地有影响的人物和干部去世后,也纷纷葬到这里来,就连普通老百姓故去后也积极要求葬到这里。大家都认为这里很神圣,葬在这里,不仅是故去人的生前心愿,就连亲友也觉得脸上有光,显得有地位。但真正葬在最前面、最好位置的都是英烈的墓。艾买尔的神情言语中不时流露出沉醉与自豪。

我走进陵园内艾买尔的家中,在两间并不大的平房土屋里,听艾买尔动情地讲述他初到烈士陵园时的情景。

艾买尔说,他当过兵,55岁,生育有5个儿女。当年他来到陵园工作时,只带着妻子和一个巴郎子,现在两个巴郎子已成家立业,儿孙满堂了。说到动情处,艾买尔便站到土炕上,从炕边一旧木柜子顶上的皮箱里,翻找出了昔日当兵时着军装的半身标准黑白照片,一边自我陶醉地欣赏着,一边给我讲述着他当兵时的往事,那神情看上去,既骄傲,又自豪。我接过这张照片,一看穿军装的年轻艾买尔,的确很帅气,便夸奖了一番,艾买尔很乐意地接受了。

不久,我写了篇艾买尔守墓的通讯,用这张照片和艾买尔的工作照配文,发表在《新疆日报》和《新疆经济报》等报刊上,艾买尔看到后十分激动,很感激地告诉我说,他守墓的事和他的照片第一次上报纸,感到很光荣,并到处炫耀,说他居然上了自治区的党报。

艾买尔是1970年来烈士陵园工作的，他被招聘到陵园工作，主要是因为他当过兵。1960年，他同战斗英雄司马义·买买提一起从喀什入伍，又一起在和田新训，两人关系一直很好。新训结束后，他留在了和田，司马义分到阿里去了山上。那年中印边境自卫还击战打响之后，他突然从报纸、电台中得知司马义壮烈牺牲的消息，伤心了好长一段时间。

1968年，时任班长的艾买尔退伍回乡，来到叶城县帕西热克中学任教师。后来，叶城县烈士陵园面向社会招聘管理员，艾买尔想都没想就去应聘了。民政局审查档案时，发现艾买尔不仅当过兵，而且表现出色，工作认真负责，当时正苦于无合适守墓人选，当即决定录用了他。

艾买尔十分热爱这项工作，他万万没有想到自己竟成了一起入伍战友的守墓人。为方便工作，他干脆把家搬进了陵园。

刚到烈士陵园时，先他几年进烈士陵园工作的两个年轻人一再对他讲："这里有'鬼'！我们每天都在恐惧中生活，精神快要崩溃了，无论如何也不能再在这儿干了！"他到后不几天，两个年轻人便辞职走人了。

艾买尔全家搬进烈士陵园时，一些亲戚朋友见面就对他说："你家我们可不敢去，周围全是坟墓，要是晚上有事去找你，还不把人给吓死！"艾买尔给大家解释说："陵园里的烈士都是保家卫国牺牲的英雄、功臣，都是我的战友、好兄弟，怎么会有'鬼'呢？"

艾买尔的5个孩子都是在墓地里滚大的。大儿子刚结婚时，儿媳妇一到天黑，家门都不敢出，总是说："怕！"他经常对儿媳妇讲："这些烈士都是爸爸的战友，都是你的伯伯、叔叔，他们都是英雄，你怕什么！"艾买尔经常给他的几个孩子讲烈士的英雄事迹，在孩子们心中和眼里，陵园里没有"鬼"，全是他们崇敬的英烈。

别人看来，在烈士陵园工作是件轻松的差事，其实不然。平时，艾买尔每天打扫一次陵园卫生，秋天树木落叶后，他每天得打扫好几次，冬季打扫雪更是累人；负责管理、修剪树木；巡察墓地，对一些年久塌陷的坟墓进行培土、修整；接待来凭吊的烈士亲属。忙不过来时，全家老少都给他当帮手。

每年清明节，有些亲属因路远或因事来不了，就直接将钱或信寄来，请艾买尔代买些祭品，他都一一照办。有些烈士家在遥远的内地农村，家人多年从未来过，每年清明节，艾买尔都要给这些烈士买些祭品去坟前哀悼。

时间久了，艾买尔对陵园里近200多位烈士坟墓的位置、姓名、籍贯、简历及英雄事迹等都说得清清楚楚。

艾买尔刚到烈士陵园工作时，陵园内几乎没什么树木。为了搞好陵园绿化，除了日常维护外，他做得最多的事情就是种树。绿化用水须从附近农民灌地的水渠引进，水源紧张，艾买尔四处游说。朴素的边疆人民很崇敬英烈，每年都慷慨地先让艾买尔放水浇树。如今的烈士陵园树木茂密，郁郁葱葱，如绿云笼罩。叶城县把这里定为爱国主义教育基地，每年清明节，各族干部、职工、中小学生、部队组织到此哀悼，各种纪念活动络绎不绝。艾买尔说："这些为祖国捐躯的烈士，生前战斗在高寒缺氧、荒凉的昆仑山上，我要多栽些树木，让绿荫永远陪伴他们。"

"不管你信不信，反正在我眼里这些烈士都有灵魂，每天都在看着我这个守墓的，为老战友们服务得如何，是否真正关心、守护，他们都很清楚，我对这些烈士是虔诚的、神圣的，从不慢待他们。"怀着对烈士敬仰的深厚感情，从青年到老年，从乌发到白发，艾买尔一晃守了28年的墓。

28年中，艾买尔不知吃了多少苦。那时，偌大一个烈士陵园内没有一部电话、一眼水井,要吃洁净的自来水,须到3公里以外的零公里去拉,每桶水还得交1元钱。夏季为了省点钱,他一家老小就到陵园外边一条水渠里拉水吃,一吃就是20多年。

面对微薄的工资和清苦的生活,记得临别时,艾买尔老人说:"我是党员,是位老兵,为英烈守墓,再苦,我都要无怨无悔地坚守!"

零公里

零公里位于叶城县，是新藏公路伸向"世界屋脊"西藏阿里的起始点，过境公路315国道交汇处。

历史上，新藏公路零公里处就是通往喀喇昆仑山口的必经之处。在海路未开通之前，这里也是穿越喀喇昆仑山口与中东地区通商的必经之处。公元401年，东晋高僧法显便经由此地去印度、斯里兰卡学习佛教经典。公元643年，玄奘从印度启程回国时也经由此处。

从这里走向"世界屋脊"，这里通向"万山之祖"的昆仑山这样有名望的山脉，零公里当然也就格外引人关注、声名远播了。

零公里是有故事的。我第一次上昆仑山时，就听有人说，如今叶城闻名遐迩的倒不是它本身，而是那个是非不清的"零公里"。真正置身其中，也没觉得这个地方有什么特别之处，那时只不过是一条公路的两边，鳞次栉比地开着许多娱乐场所和商店小卖部，传说的确有些夸张了。

我倒认为，叶城的闻名遐迩应得益于新藏公路的贯通。阿里军民的吃穿住，连同那里的一砖一瓦，都是通过新藏公路零公里处送上昆仑山，抵达阿里，然后分发到各地的。新藏公路是新疆通往西藏阿里唯一的一条进藏路，是世界上海拔最高、路况最差、人烟最稀少的一条路，但同时也是一条充满人文气息的路。这条路艰险荒寂，是和青藏线、川藏线并称的通往世界屋脊的"第三条路",被称为"通天之路",被视为雪域高原的黄金运输线、团结友谊线、生命保护线、强边固防线。这样一条有名的公路起点在此,每年不知有多少军人、商贾、游客从这里上下"天路",叶城县能不闻名吗?

零公里的起点是从零公里路牌开始的。20世纪50年代以前,零公里处还是一片荒芜、沉寂、飞沙走石的戈壁滩,新藏公路开通后,这里才逐渐形成集市繁华起来。那时的零公里流动人口不断,有繁荣的农贸市场,县里还在此设有派出所、银行、工商、税务、邮电、自来水公司等部门。每当夜幕降临,整个零公里灯火辉煌、歌声飞扬,穿红戴绿的各族群众赶着铜铃声声的马车,骑着挂有彩篷的人力车、出租车、各类汽车,穿梭在宽阔平坦的公路上。虽然那时零公里既不是村,也不是镇,但它犹如春风吹开了这里民族经济繁荣的"火树银花"。

每年春回大地时,是零公里最繁华、最热闹的季节,上山换防的部队官兵在喧天的锣鼓和爆竹声中从这里向昆仑进发。零公里是一个名副其实的"兵城"。每年开山时节,在短短的零公里街道上,高大的斯泰尔等各色军车摆满了两旁,像一个汽车展示会。这里是阿里高原、喀喇昆仑边防部队的后方基地,有人将其喻为"不沉的航空母舰"。

对零公里,我是有感情的。这是因为,后来我们单位在高原施工时,为方便上下山人员和采购生活物资,便租住在位于零公里的阿里军分区留守处营院内。留守处院子里,绿树密密匝匝,十分幽静。最重要的是还有浴室,我每次下山第一件事就是泡进浴室的大澡池里美美地洗上一回热水澡。

留守处男人少,男人都上山去了阿里,留下的大多都是军嫂。新闻宣传中都称这里是军中"女人村",住在这里的都是随军不能随队的、丈夫在1000公里以外的藏北阿里高原守防的军嫂,她们长年累月地与丈夫过着"牛郎织女"般的生活。有一位军嫂曾对我说过，社会上有追星族，我们是望山族，总盼望着山上的人平平安安归来，从今年望到明年，望眼欲穿，望得好苦哇！

留守处远离城镇，那时，军嫂们无法找到工作，她们常年靠丈夫的工资过活，生活的主旋律是吃饭睡觉带孩子，有人戏称她们的家庭为"三乎牌"家庭：男人守防晒得黑乎乎，女人在家养得胖乎乎，孩子教育质量差变得傻乎乎。

我每次上、下山都住在留守处营院里，每天晚饭后在大院里散步，成堆成堆的女人带着孩子在聊天玩耍，很少见到男人。自从1998年留守处院里建起了随军家属就业中心，幼儿园、理发馆、商店、饭馆……相继开张揽客后，这些军嫂们的生活才变得忙碌、有节奏起来。

在留守处居住的那些日子里，我经常早晨坐上出租马车，从零公里颠到城里，到大街上游荡，午后再坐着马车颠回来。马路两边又高又大的梧桐树、核桃树给我留下了很深的印象，每逢雨后，婆娑的绿树翠绿如玉。

金秋九月，上下喀喇昆仑山之间，我曾多次前往距离零公里不远处的一个果香四溢的千亩石榴园，挎着筐子，采摘大籽甜石榴。与老乡们一道坐在石榴园里，大口大口地吃着采摘的石榴，如同吃饭一般爽！

那时，零公里给我的认识经常出现反差，每次上山前，我觉得这里脏乱破旧而落后；但每次下山后，又感到这里简直就是一个美丽的天堂，激动的心情溢于言表。

伫立零公里，我总是感慨万千：每年春天，有多少新兵从这里"飞升"到千里边防哨卡，从零开始去认识喀喇昆仑，从零开始去理解"军人"的含义；每年冬天，又有多少老兵从遥远的边防线回撤到这个地方。对喀喇昆仑边防军人的奉献，零公里是最具发言权的见证者。

上　山

我终于要上山了。

"上山"，是边防官兵专用的一个名词。边防官兵把走新藏公路上、下喀喇昆仑和阿里高原称为上山、下山。

昆仑山上盛产玉石，阿里则售有镀金瓦斯针手表，在叶城县我看到满街的人都手戴着镀金瓦斯针手表，女人戴着玉石项链，男人腰带上佩戴着玉石刻的小鬼脸，说戴上可以避邪，保佑平安。上山前，我特意买了块玉石刻的鬼脸挂在皮带上，自我安慰、打打气，心里也算踏实了些。

叶城连续几天都在"下土"，我上山那天，天地混浊，黄沙弥漫，沙土蔽日。"下土"，是当地的土话，学名叫"浮尘天气"，是南疆特有的一种天象。吃罢午饭，我怀着几分忐忑，几分探险般的兴奋，怀着朝圣一般的热情，乘坐一辆燕京指挥车，从叶城县零公里出发，沿新藏公路219国道开始走向那号称为"地球第三极"的群山之巅。

出城不到60公里，黑色的简易柏油路面就消失了，开始进入了昆仑山特有的沙石"搓板路"。路面尽是石子石块，车轱辘带起的石子打在车门上噼啪作响，一路不绝于耳。公路两侧的沙漠戈壁上，零零散散的石油井在喷着火，这里是有名的叶城石油基地，昆仑山下已探明地下贮藏了丰富的石油资源。据关有资料介绍，昆仑山上各种矿藏极为丰富。

蹚过最后那道冰河，

翻过最后那架达坂，

走上世界屋脊的屋脊，

爬上了高原上的高原。

看见了千年翻飞的经幡，

就看见了我们的哨所营盘，

好男儿当兵就要走阿里，

走阿里上高原。

缺氧咱就吸口烟，

寂寞咱就使劲喊，

想家咱就爬高山，

月圆就到月牙弯，

燃起青春的热血，

拥抱高原辽阔的长天……

一上路，司机小徐将一盘特意录制的《当兵走阿里》歌曲磁带反复播放着，我一直喜欢这首激昂、高亢、充满高原兵味的歌曲，但从没有让我此时这般兴奋过。此情此景，我的心情一下子让这首歌拽到了极致，胸中涌动着一股无法抑制的激情，感到自己就像是一位冲锋陷阵的勇士，有一种喉头哽咽、胸口发痒、手心出汗的情不自禁；同时，又油然而生一种"风萧萧兮易水寒，壮士一去兮不复还"的瞬间悲壮感。

再前行，公路两旁的田野、村庄和不规则生长的沙枣树逐渐消失，映入眼帘的是荒无人烟的戈壁和高耸重叠的山峦。有名的新藏公路26公里女子道班从眼前飞过，这个由维吾尔族、哈萨克族、柯尔克孜族、乌孜别克族等5个民族39名女工组成的道班，担负着新藏公路阿卡孜达坂前后165公里路面的养护任务。不知不觉，眼前呈现出一片稀散、低矮的土屋；看到街牌，才知道这是离昆仑山最近的普萨镇。新藏公路从镇中心穿过，尘土飞扬的公路两旁就是该镇的集市中心。

过了普萨镇，一路上有许多养路女工，当车从她们身旁穿过时，她们便习惯地停下手中的活计，直起身子微笑着向我们挥手致意，我们乘坐的军车给女工们鸣笛还礼……

遐想之中，飞驰的汽车在标有105公里里程碑前戛然而止！隔窗外看，车的右边有一排石头平房，门前停着许多车辆。同车而行的某工程办科长郭金秋和某工兵营营长司金尚介绍说，这里原是108道班，现在道班搬走了，由于新藏公路正在改造，修路的武警便在这里设了一道卡子。筑路指挥部规定每月只通10天车，这10天中只能在单号下山、双号上山。否则，一律不准通行。我们正好碰上不通车时间。

院内停放着十几辆车，一打听都是去阿里送货的，他们已在此等候好几天了，卡子里最高指挥官是一名少尉排长，我们递上一支烟，说明了来意，可能是我们都是军人的缘故，也可能我们是一辆小车，少尉很爽快地答应开卡只准我们的车上山。

谢别少尉，郭科长很有经验地说道："从这里开始才真正要上昆仑山了，马上就是阿卡孜达坂，大家都把毛衣、毛裤穿上吧！不然上山会冻感冒的！"

昆仑山像一条灰黄的巨龙横在我们面前。我抬头仔细朝山中眺望了一下，好壮观的阿卡孜达坂！只见山中雪封雾锁，山腰处缭绕缕缕白云，陡峭的山峰似白玉浮在蓝天，大有横空出世的气势；"之"字形新藏公路，宛如一根飘带，缠绕在悬崖绝壁之间，多彩多姿，亦险、亦奇、亦雄……

阿卡孜达坂，也称库地达坂，维吾尔语的意思是鬼门关，就是卡住脖子的地方。它在昆仑山中的十几座达坂中虽不算高，但在不到10公里距离内相对高度陡增2600多米，以最凸峭、险峻居达坂群雄之冠。

达坂是山地的脊梁。库地达坂，昆仑之门户。

公路从凌空的崖壁上穿过，峰回路转，险象环生，急转急折的弯道极多，路下的陡崖似刀切一般。车速明显减慢，在临渊贴壑、与群峰平齐的公路上缓缓向前爬行着。路上全是一团一团的云雾，有一种人在云中行的感觉。这里似乎是为上山的人们热身和警示而天造地设的。

车终于吃力地攀爬上了阿卡孜达坂顶部的"老虎嘴"，路边竖有一块"为新藏公路献身的工兵永垂不朽"的纪念碑。我趁停车下车休息的当儿，放眼四望，群山逶迤，千姿百态。向下望去，我惊出一身冷汗，山底车队如同小虫缓缓爬动。我上前抚摸着纪念碑，望着上下落差在2000多米的崎岖山路，心潮澎湃：当年在"生命禁区"劈出新藏公路的部队官兵在此洒下了多少汗与血！他们把年轻的生命、火热的青春年华留在了昆仑山，留在了新藏公路线上……

同车的司营长说："这地方地势险，翻车死人是经常发生的事。"他说，有一年，一个已确定了转业的陕西籍老兵，看到连队驾驶员少，积极要求上山送完最后一批过冬物资再走。上到阿卡孜达坂时车坏了，这位老兵躺在车底下检修故障时，车突然向前下滑，车轮从老兵的肚子上碾压了过去，再也没有站起来。还有那位姓郭的老兵，准备送完这趟物资后回老家结婚，行至这个达坂上与一辆开得飞快的地方运输车会车时，为给那个素不相识的地方驾驶员让车，结果，一把方向不慎车翻到了山下，他车毁人亡。

司营长说，据记载，仅驻喀喇昆仑山脚下的某汽车部队在不到20年的时间里，就有几十名优秀驾驶员在新藏线上献出了年轻的生命。

司营长的一番话让我心有余悸。

沿盘山道而下，一边是千仞绝壁，一边是万丈悬崖，下山的路比上山的路更为险峻。本来就有恐高症的我，坐在车上，临窗下看，不由头晕目眩，紧张得心都蹦到了嗓子眼，吓得屏息敛气，两股栗栗作颤，两手死死抓住车座，汗是一把一把地捏，生怕一松手就被抛向深涧。我心中暗想，此时的身家性命全系在驾驶员手中。

司机小徐瞪大双眼，满面庄肃，全神贯注地左一把右一把地打着方向，脚时而点着刹车，尽量减速慢行。我紧张地说道："这段路恐怕是我有生以来所走过的路中最惊险的一段！"

"在这里，就是技术再好、再牛皮的驾驶员也不敢骚情！"小徐说。

郭科长在一旁见多不惊地说道："现在路拓宽多了！以前，我每年都要带车队翻这座达坂，那时路窄得根本无法会车，转弯时，右车轮基本是悬空的，一不小心，车就会有掉下去的可能！"

这时，司营长也插话道："1984年4月，我们工兵营上昆仑山修筑哈（哈巴克达坂）神（神仙湾哨卡）公路，翻越这个达坂时，营里两名开挖掘机和推土机的司机初次上昆仑山，说什么也不敢朝山上开，无奈，李德存和吴胜刚二位排长自告奋勇上机驾驶，才使这两台机械翻越达坂。当时带队的师副参谋长很是感动，当即宣布给他俩报请三等功。"

这条只有22公里长的达坂路，我们的燕京指挥车，整整跑了40多分钟，光急转回头弯就有31处。车子时而盘旋在雪山之巅，时而蜿蜒在雪岭谷底，我的心也跟着起起伏伏。车子沿山壁盘旋而下，行进在两侧陡峭嶙峋的山谷之中，总算下到了达坂底部，我一颗悬着的心终于落了下来。上山的沿途中，我看到一辆辆满载西藏阿里地区硼砂、鱼骨粉、各种皮货的车辆接踵而过。

达坂下面的公路被洪水冲出了许多沟沟坎坎，汽车颠得像筛糠似的。这段路每年都要被突发的洪水冲毁一段时间，少则半月，多则两月余，山上供给全部中断。

公路一侧的水沟里水流湍急，有两处陡峭的石山临沟的一面，从顶到底被洪水冲磨得十分光滑，上面被水冲出了千奇百怪的形状，神秘而古朴，有的似人的头颅，有的似城堡，有的似一尊佛像……足见这条水沟当年的水深和年久程度。

路上不时因山上滑下的泥石流堵车，都有养路工人们在抢修。在150公里处，一段路面被洪水冲毁，我们刚一下车，一名道班工人走到车前向驾驶员讨根烟抽，我一听立即下了车，给这位为我们养护"天路"的道班工人送了一包香烟，接着又从车上给工人们抱下了几个西瓜。工人告诉我们，他们每年4月份上山护路，11月底下山回叶城公路总段学习。我们都被道班工人吃苦奉献的精神感动了。

北京时间22时，我们顺利地抵达库地。夜幕中，我新奇地看见公路右边散落着一座座低矮的土屋，一问方知是库地村，左边便是喀喇昆仑第一站——库地兵站。

晚上，我疲惫地躺在兵站的木床上，盖着潮湿的被子，伴着兵站旁边一条大河喧哗的流水声，心潮澎湃，感慨万千……

我现在躺着的地方，亿万年前还是一片蔚蓝色的海洋，据说此地还是海水最深的地方。后来的造山运动，印度板块与欧亚板块相撞，海水向四野退去，巨大的、灰褐色的年轻山脉从古海中缓缓崛起，它与北侧的塔里木盆地断开了，与喜马拉雅山脉凝固成连绵无际的高峰，成为世界屋脊的屋脊。

1901年3月，被一个时代公认为探险家的瑞典人斯文·赫定，第一次穿越喀喇昆仑山进入藏北高原，他付出了右脚五个指头冻烂截去、差点死在昆仑山上的代价，揣着因缺氧而迅速膨胀的肺逃跑了。

之后，1950年，我军进藏先遣连137名官兵经过艰苦行军，穿越喀喇昆仑山区进入藏北，但63名年轻的英烈忠骨却永远埋在了雪山之巅。

再之后，为给进藏先遣连运送救援物资，组成的骆驼、骡马大队，80%的骆驼、牦牛、骡马倒毙在途中，仅毛驴就达1700多头。

新藏公路没修通前，新疆南部到阿里的几条驿道上没有什么可供食宿的歇息点，雪域高原上艰难跋涉的人们不得不带着往返数月所需的生活用品，遇到狂风暴雪，无法抗拒大自然的生意人便大部分成为高原的殉葬品。

时隔我军进军藏北46年的今天，我居然也成为穿越喀喇昆仑山进入藏北的一员，并且是驱车走向阿里，睡在这温暖的房间和被窝里，与先驱者相比真是天壤之别。

伴随着兴奋与激动，我酣甜地度过了一个高原之夜。

天路第一村

库地村四面环山，地处一条深山凹里，海拔2900多米。

库地兵站与库地村只有一条新藏公路相隔。

清晨，蔚蓝天空下的库地村静如处子。公路边几个饭馆飘出的袅袅炊烟在空中形成一片雾霭，平添了几分神秘。

漫步村中，空气格外凉爽清新，没有城镇的喧嚣，有的是大自然的宁静。滔滔不息的库地河从村前流过，河边长有大片大片粗壮高大的杨树，在茫茫昆仑山中布下了生命的绿色，一簇簇红柳犹如燃烧的火焰，繁茂而旺盛。村公路两旁长满一种奇怪的龙须柳，枝叶好像女人烫过的头发。全村清一色的低矮土泥巴屋，无一间砖房。房屋的墙都是用一坨坨的泥巴，一层一层垒成的，看上去很有层次感和艺术性。

这里的高原反应不大，初次上山的人，一般都要在此先住上一夜适应昆仑。

吃罢早饭，我与兵站站长张宝玉和库地养路段翻译阿不都，走进了库地村小队长肉孜买提·巴扎的家。小队长是个50多岁黑红脸膛的维吾尔族汉子，一个非常好客的人。他笑容可掬地把我们迎进屋，屋内土炕上堆放着几床旧棉被，四壁被炊烟熏得黑乎乎的。

小队长身体硬朗。他告诉我们说，这是个自然村，隶属叶城县西合休乡，距乡里200多公里，即使去村委会也有100公里左右，骑着毛驴去村委会要翻过4座达坂，穿越4条河沟，需1天的时间。全村90余口人，以牧业为主。

我们盘腿坐在土炕上，与肉孜买提聊了起来。

库地到村委会既不通公路，也不通电话，每次去开会，都是由放羊的牧民来传话，有时牧民们一个一个接力传话要好几天的时间。他接到通知，备足烤馕、骑着毛驴，翻达坂、越冰河赶到村委会后，有时人未到齐还得等，全部到齐后才开会，没有什么时间观念，会议期间食宿自理。

村委会那里有一片原始森林，草场也多，锁阳、当归等中药材遍地都有，野生动物多，村民家饲养的鸡，吃起来都同雪鸡一个味道。那里可真是个好地方。说这话时，肉孜买提的脸上洋溢着自豪。

从肉孜买提家出来，我看见骑在矮小毛驴上的一白胡须老者打着瞌睡，毛驴始终靠着路边往前走，我十分佩服老者的睡功。翻译告诉我，别看山里的毛驴长得又矮又小，但识路、力气好，是牧民们忠实的交通工具。

村子里很静。男人们大都到无边的大山的皱褶里放牧去了，家里只留下了老人、妇女和孩子。

走在村中，传来一阵琅琅的读书声，走近一看，在一低矮的土围墙院内，有两间土泥巴屋，墙上写着"库地小学"。院中竖立的一根白杨树杆上高高飘扬着一面五星红旗。

库地小学吸引了我。站长张宝玉给我讲起了他与这所小学之间的一段动人故事。

那是张宝玉刚到库地兵站出任站长时，看到无学上的牧民子女到处玩耍，甚是焦急。5月一天的一大早，张宝玉叫上懂汉语的村民吐尔逊领路，一人骑一头毛驴上路了。他要到管库地村的一村村委会去请老师。

库地离一村可真远，间隔了3座大山，还有4条冰河，满山冰雪，路又很陡，他们走的哪是人走的路，全是黄羊跑的小径。颠簸1天，天黑的时候，终于赶到了一村。

一村的维吾尔族老乡被张宝玉的精神感动了，又是杀羊，又是宰鸡，村主任还把女儿准备结婚的新被子给张宝玉盖上。当老乡们七手八脚帮他脱衣服时，发现他的大腿被驴背磨成血糊糊的一片。

一村也缺教师，实在没有办法。第二天，他俩又到乡里去请。张宝玉骑的毛驴累倒了，好心的主任牵来一匹高头大马，可惜他不会骑，又换成一头小毛驴。他和吐尔逊赶到乡里又到了晚上。看到他俩满身的冰雪，乡长、书记感动得眼圈都红了。

张宝玉骑毛驴翻山涉水请老师的故事，很快在四周维吾尔族群众中传开了。一个月后，刚从喀什师范学校毕业的买买提·吐尔地，也听到这个故事，他很激动地找到叶城县教育局，要求到"骑毛驴的解放军"那个山上任教。

喜讯传到山上，张宝玉带领兵站的十几个干部战士找教室，从兵站里搬桌子凳子，送来了国旗，大家合起来捐款买校服、书包、粉笔、铅笔和本子，张宝玉带头捐了100元。他们又把电线从兵站扯到学校，生上火炉，把小小的教室搞得干干净净、暖暖和和。

老师来了，全村14个孩子也高高兴兴来了。看到这些个子高低不齐的山里孩子，张宝玉一阵心酸，他觉得这学开得太晚了，那个上一年级的小姑娘古丽，已经16岁了。

牧民们没有忘记张宝玉张罗办学的鱼水之情，便人人称库地小学为

"高原驴背小学"。

库地村简直就像是一个世外桃源。这里，气候凉爽，树木葱葱，河水潺潺。据张宝玉介绍，周围山间遍地生长着当归、锁阳、贝母等中药材，雪鸡、野兔、呱呱鸡、羚羊等野生动物较多。而且，玉石矿藏丰富，主要产碧玉。

新藏公路的建成，使库地村与外界更加接近了。村民们的眼界逐渐开阔了，在村边的国道旁陆续开起了商店、餐馆、旅馆。

库地村，是叶城至狮泉河新藏公路沿线进入昆仑山后的第一个也是唯一的村庄，当然日土县城不能算作村庄。再往上去，不仅难以见到村民，而且也难得见到库地这么多人和这么多的树了。

库地兵站

库地兵站坐落在高山深谷之中，号称新藏公路线上喀喇昆仑第一兵站。

那次入住库地兵站，在兵站办公接待楼，前厅黑板报上两首出于官兵之手的诗引得我品味良久。一首是兵站战士梁存斌写的《昆仑情》：

像一棵树

伫立在昆仑之巅

像一滴水

我们默默融进高原

那滚滚车轮轰鸣声

一遍遍昭示

抓住一切时光

沿着优质服务中心

大步向前

无论是昆仑的艰险

还是喀拉喀什河咆哮

都不会改变我们为兵服务

火一样的热情

我们要让追求的种子

在风雪高原萌芽

在库地河畔开花

另一首是兵站指导员阮志生写的《兵站兵》：

兵站的兵服务兵

服务接待是中心

为了昆仑献青春

对待官兵似亲人

晚上迎接早晨送

哪管半夜与黎明

身处昆仑能安心

思想工作紧紧跟

严格管理抓作风

以站为家争光荣

尽管这两首诗还带有几分稚嫩，但它毕竟是兵站官兵以站为家的心声与写照。

库地兵站是新藏线上第一个兵站。接待任务非常繁重，有时一天要接待1000人，少则100人。兵站站长说："作为兵站人，就要让过往官兵吃上热饭、喝上热汤、住上暖房，要把战友当作自己的家里人一样。"

聪灵机智、谈吐诙谐的站长告诉我，在经越昆仑山这段千把公里长的新藏公路线上，他们在位置上是第一站，工作上也要争一流、当排头兵。他们率先实行挂牌服务，并总结出了兵站服务接待工作中的部队到站"四个一"（即：迎上一张笑脸，递上一杯热水，道上一句问候话，吃上一口可口饭），六个服务规程（即：接待之前进行小动员，接待之中优质服务小竞赛，开展送医送药小服务。接待之后小讲评，针对问题进行小教育，对服务设施随时进行小维修），"三、二、一"标准（即：三保证：保证官兵吃上热饭，喝上开水，住上暖房；二热情：对零散人员要热情，对部队与工作组一样热情；一满意：让所有官兵满意）。

部队到站，他们把取暖火炉烧得呼呼响，把开水送到车场，热水端进客房；每逢兵站客满，他们就把自己的铺让给那些高原反应重的官兵；部队到站离站，他们都帮助装卸行李、出门迎送。

说起库地兵站，不能不提及老一辈兵站人。我第一次上山刚到叶城时，曾采访过被称为"山父"的库地兵站第一位炊事员吴德寿。

如今"山父"早已离我们而去了。1996年12月28日，这位与喀喇昆仑山相依为命一辈子的老兵，在他79岁的时候走了，安息在叶城烈士陵园里。

山父走得很从容、很安详。带走老人的病魔是肺心病和高原心脏病综合征，常年的高原生活已使他丧失了一颗健康的心脏。

记得我第一次也是最后一次认识山父是1996年的7月。当时我冒着炎炎烈日，在叶城县里奔波老半天，终于在陆军第18医院内二科一间普通的战士病房里寻访到吴老，只见1.8米左右的个头，满头银发，着一身旧黄布军装，听力困难，紫红色的脸膛上烙下高原紫外线长期照射的痕迹，左脚红肿溃烂。

吴德寿出生于甘肃武威一个贫苦家庭。50年代初，已有三十好几未成家的他毅然上了昆仑山。那时到边防哨卡没有路，沿途几乎无人烟，更无兵站食宿。吴德寿所在的骆驼大队，每年都要从新疆皮山的桑珠到西藏阿里的葛尔昆莎为守卡官兵运送一趟物资，往返5000余里，拉骆驼进山一次就是6个多月。80多人的骆驼大队只有三人做饭，吴德寿便是其中一位。白天行军，傍晚做饭。从此，吴德寿便与喀喇昆仑山结下了不解之缘。

1958年新藏公路开通后，为在千里运输线上给过往官兵建一个温暖的家，吴德寿奉命带一名战士，凭着两顶帐篷，一口锅，在喀喇昆仑风雪高原建起第一个兵站。他在高原兵站一干就是三十个春秋。

那时，在昆仑边防，谈起吴德寿，官兵们都会肃然起敬。1962年中印边境自卫还击战时，他一个人围着四五个平底锅烙饼，三天三夜没有合眼，实在累了，就走出帐篷让冷风吹一吹，或者抓把雪搓搓脸，长时间的站立和极度劳累使他下肢静脉严重曲张，也就是从那个时候起他的腿就不听使唤了。

吴德寿对兵站、对过往的官兵，付出了慈父般的深情和心血。不论白天黑夜，只要一听到汽车马达声，他就走出房门乐呵呵地去迎接，打来开水，让大家洗脸、解渴。一年三百六十五天，只要不病倒，他天天值班，从不休息。冬季其他人员下撤，他留守兵站，年年如此。

昆仑山高寒缺氧，官兵们因很少吃上新鲜蔬菜，皮肤干裂，指甲塌陷。吴德寿看在眼里，痛在心里。他开荒种菜，年年实践。结果，高原上出现了奇迹：他们相继种出蒜苗、萝卜、白菜等十几种蔬菜。之后，一个又一个奇迹从吴德寿手中创出：高原上生出了茎壮根短、大小均匀的豆芽，做出来新嫩可口的豆腐……雪域官兵从此结束了常年吃罐头和脱水菜生活的历史。

为了让到站的官兵不仅吃饱、还要吃好，吴德寿摸索出了一套高原就餐规律：刚上山的官兵喜欢吃油一些的，他就给开肉罐头；要下山的官兵喜欢吃清淡些的，他就多做蔬菜。有人给他这位先后20次荣立一、二、三等功，5次赢得各种荣誉称号的老兵，算了这样一笔账：他蒸的馒头、烙的饼子一个个挨着排起来少说也有200公里长，吃过他做的饭的官兵不下60万人次。

吴德寿一辈子没有娶亲，参军后也只回过两次老家。他誓与雪山共白头的经历被改编成彩色故事片《沉默的冰山》，近40年扎根冰山雪岭的传奇生活，他不知感动过多少人。

一代代兵站人以吴老为榜样，争做"山父"的传人。在库地兵站，官兵们给我讲述了当年老副导员刘志奇为服务工作壮烈的事迹：那一年的8月，因山洪暴发公路被毁，200余名官兵被困在库地兵站，断粮、断菜数日，该想的办法全想完了，官兵挨饿，全站人员着急。最后，兵站党支部决定宰杀河对岸放养的牦牛以解燃眉之急。要游水过河，刘志奇说他水性好，争着去；就在他刚要上岸时，突然从对面山上滚下来大块泥石将他砸进河水里，再也没有露出水面……

在几代兵站官兵的不懈努力下，他们把流经兵站旁边的河水引进营院，建成小溪，种植杨树、草坪，建起了有着"昆仑第一亭"之称的棋牌休闲凉亭。他们挖走石沙、拉来泥土，开垦出10亩菜地，建起了一座温室大棚，每年种的莴笋、辣椒、芹菜、油白菜、大白菜等17个品种的蔬菜都喜获丰收。他们还饲养猪和兔子，自己动手挖建了一个养鸭池，池里放养了200多只鸭。池边有青青的小草、岸上扎有鸭圈，周围种有苜蓿和蔬菜，以便喂养鸭子。这让到站的官兵，身在昆仑山腹地有种到了江南的赏心悦目感。

从种树到种菜，几十年过去了，原先荒凉一片的库地兵站绿树成荫，也有了可以在冬天随时吃上的自产蔬菜。现如今，库地兵站的土地，每年都会绽放出满眼的新绿……

头痛的麻扎达坂

1

　　出库地，过204道班，上麻扎达坂，海拔不断地攀升到4500米以上。按国际生态学常规测定：海拔4500米以上，是人类生存的禁地。因此，从库地到阿里，沿途除道班和兵站能看到一些红柳外，再也难见一棵绿树。

　　麻扎，地属叶城县区域。维吾尔语之义为"坟墓"。麻扎达坂平均海拔5100米。有人形容麻扎达坂像女人光滑的腿，从顶部往下渐低渐细，到了脚腕似的山脚，便向前伸展开了一块脚丫似的开阔地。

　　夏季翻越麻扎达坂，一般都要经历四个季节：从库地兵站出发时，气候似春天；上麻扎达坂途中，气候似秋天；上到麻扎达坂顶部，经常是风雪交加，眼前的每座峰顶都是白皑皑的雪帽，气候寒冷得似冬天；下到达坂底部，气候燥热得似夏天。八月飞雪，若非亲眼所见，真不敢相信。

　　夏季达坂上也有雪融化的时候，这时陡峭、耸入云天的达坂顶上，岩山裸露，长有一些稀疏、不到一寸的如同松针一样的草叶。

　　每次翻越麻扎达坂，我都有种恐惧感。一上到达坂，我就感到眼球在向外鼓，鼻腔被压迫得很疼；口渴、嗓子痒，呼吸变得浊重，有憋气感；太阳穴霍霍地跳动，用手按住，竟然能感到跳动。这是一种默默的折磨，一种静悄悄的痛苦。

有人说，麻扎的山岩是不能盯视的，盯视它，你会觉得山在运动，令你头昏目眩。我每试果然如此。其实，这是人在高原而出现的幻觉。

许多高山反应严重的人，一到麻扎达坂就恶心呕吐、昏迷不醒，被迫又送返回去。听老昆仑人讲，以前新藏公路刚通车时，有些过路人睡在麻扎路边，因左侧睡压迫心脏，使体内缺氧状况逐步加剧，造成心肺系统的慢性停滞，天亮时醒来的同路人发现他们已在睡梦中告别了人世。

越是凶险的地方，越有其绝美的一面。上麻扎达坂路边一条沟里，有几块酷似卧着的骆驼的石头，高原军人将这条沟取名为"骆驼沟"。每次到此，我都要停下车来，驻足欣赏一番这些卧着的美丽的石骆驼，放松一下心情，好去翻越麻扎达坂。

站在陡峭、耸入云天的麻扎达坂顶上，放眼望去，众雪山俯仰，蓝天、白云、雪山，色调鲜明，美得袭人魂魄，与高山相比，人如芥籽，此时才真正地感受到了苍穹的博大神秘和生命的渺小脆弱，心中不由升起一股大自然如此浩瀚博大的感慨！

2

爬有36个回头弯的麻扎达坂，越野车总是提不起速度，也像得了高山反应似的喘着粗气。每行至此，我都是昏昏欲睡，尽管搓板路和拐弯多，也摇不清醒。只有那次死亡曾在这里与我擦肩而过时，我清醒了一次。

　　那是 8 月的一天，我从三十里营房搭乘刚从西藏阿里下来的某师副师长张宏的越野车下山去叶城，从麻扎达坂顶下山一不会儿，车就像个醉汉，东拐西扭地急速下奔。驾驶员急呼：完了，刹车失灵，方向失灵！惊醒后定眼一看，心一下缩紧了。天哪！路的一边是条深沟。要翻车了。

　　坐在前座的张副师长果断地说："谁也不能跳车，快系紧安全带！"车在沙石路面上左拐右拐地横冲直撞，我心惊胆战地体味这些平生不会有第二次的感受。行将灭顶的恐怖肆无忌惮地撕裂我的每一根神经。一种极像预感的东西诱惑着我，我瞪大眼睛，仿佛为了看清突然间站在前面的死神。心想，这下可真的要"康西瓦了"（昆仑山上的人说到死时不说死，而是说"康西瓦了"，因为昆仑山上唯一的烈士陵园就在康西瓦）。

　　因为过分的紧张而显得疲乏不堪的越野车，突然猛地碰撞在沟坡边的一块大石头上，熄火了。我急不可耐地拉开车门，看了眼脚下的深沟，头直晕，真悬啊！大家相互拉拉手，惊喜还活着。驾驶员仔细查看，原来车底盘钢板断了，还有很多故障。回头望我们刚才惊魂的一段路，沙石路面中留下弯弯曲曲很深的车轮印。我们连声感谢这块救命的大石头。

　　等车救援之时，我仔细打量，总觉着冥冥之中，这段达坂路似乎和我有某种"缘"。也就是前不久的一天，我与某部张科长早已说定搭乘他的吉普车去叶城，出发时，我不知怎的，突然鬼使神差地就不想下山了，而且很坚决。谁料张科长他们的车就是走到这段路上翻进这深沟里，车毁、人重伤。

3

多次翻越麻扎达坂，有两种感受一直令我难以忘怀。一种是心热。每次上到达坂顶上，总看到路两边有几名道班工人在艰难地养护着路，看到我们的车开过来，一个个扬起黝黑的脸向我们呼喊摇手。在这个生命的禁区，几乎让生命难以承受的地方能见到人，并且还在劳作着，让我非常感动。每次我都是摇下车窗摆手，让司机鸣笛致意，心里感到热乎乎的。

另一种感受是心寒。上下麻扎达坂时，经常看到一些地方运输车驾驶室超载、客货混载现象十分严重：一辆东风运输车驾驶室坐5人是常事，装满货物的车厢上，没有任何保护设施，还挤挤地躺着一层人。在新藏线上经常能耳闻目睹到翻车、人员摔残、摔死、冻伤等事故。

如此一条崎岖、险恶的新藏公路线，驾驶员缘何敢冒险超载和客货混装？

我一番深入了解得知：一是新藏公路线上不通公共汽车。那几年，许多青年男女和民工到阿里去经商、打工的不断增多。奔波新藏线上的都是单位和个体户的车，单位的车一般都没有空位，就是有空位也不愿多拉人。上阿里、下叶城，唯独能坐上的车也就只有个体户的运输车了。乘车人明知有危险，但为了能到达目的地，也只好四处找车坐。二是高额利润对驾驶员的诱惑。当时，上、下阿里的运输车有一个不成文的价格约定：夏季，驾驶室里每坐一人收800元乘车费，车厢上每人收600元钱；冬季，驾驶室每坐一人收1000元乘车费，车厢上每人收800元钱。一辆运输车每趟上、下山驾驶室里至少坐5人，车厢上坐8人，这样，每辆车单趟至少可额外收入8000元钱以上。三是尽管人命关天，但由于新藏线独特的地理位置，那时沿线没有交警和检查站，运输车无人检查，个体运输车司机只管挣钱，不考虑安全。

这些"淘金者"冒着生命危险闯昆仑去阿里，主要是他们认为阿里的钱好挣，为了能挣到更多的钱他们才肯去冒险，这也是令我心寒的原因之所在。

这不由让我想起了另一件事。1998年11月的一天，我从阿克苏市转车去叶城县，遇到同去叶城的两个姑娘和一个小伙子，其中一个显得老练、见过世面的姑娘告诉我，她们从陕西农村来，准备去阿里，前些年她在阿里从事美容理发工作，觉得阿里的钱好挣，特别是冬季。后回老家两年挣钱太难，就约上同村的两人再上阿里，准备去开一个美容理发店。到叶城后，我打的去阿里军分区留守处，顺便捎带上她们去零公里，她们在零公里一路边小旅店下车后，我一阵沉思：这大冬天的，但愿她们能尽快找上车上山，尽管很危险。

4

从麻扎达坂顶上前往阿里的这段下坡路大约有40公里，搓板路和拐弯也多，而且高山反应也很严重。

达坂下面，路两边有几间用木板和纤维板钉起的餐馆，走进每个饭馆，饭馆的主人都很热情。他们对部队每个运输车队上下山的时间都很清楚，因为这是他们的主要客源，并且上下山采购物品都要靠这些车队。

几间简易的餐馆，也给这里带来了人气。周围一些牧羊人经常扶老携幼地来此逛逛，吃顿拌面、酸汤饭，买些生活用品回去。我们认为麻扎似坟墓般可怕，牧民们则把麻扎当成了巴扎（集市）。从牧民的表情上看，他们来这里如同逛叶城大巴扎一样兴奋和满足。

达坂下的麻扎兵站，是一座四合院，叶尔羌河从营院门前流过，河面较宽，水流较急，后面高山兀立。由此可通往喀吐鲁沟口，那是通向克什米尔的一条通道；由此往西200多公里，就是海拔8611多米的乔戈里峰。这里受乔戈里峰影响，气候恶劣，高山反应十分强烈，一年四季几乎每天下午两点开始刮大风，像钟表一样准时。

麻扎兵站的官兵十分热情，吃着他们用高压锅煮熟的饭菜，感觉如同嚼蜡。在新藏公路沿线，每次住在麻扎、甜水海兵站，我都心有余悸，那滋味绝对不是能用痛苦和无奈就可以简单地描述或概括的，除非不得已，我是一分钟也不愿多停留。看着忙碌的兵站官兵，我十分佩服和崇敬。

几十次走向麻扎，穿越这一死亡地带的经历，是我人生中最宝贵的财富。

在三十里营房的日子

　　三十里营房如今有了一个新的名字 赛图拉镇。2010年5月，塞图拉才正式建镇，有喀喇昆仑第一镇之称，行政区划属新疆和田地区皮山县。这个高原边关小镇辖区8250平方公里，建镇时全镇居民只有84户333人，全部是世代游牧在喀喇昆仑山深处的柯尔克孜族群众。

　　如今的三十里营房，狭长的山谷间，宽阔平整的水泥马路通贯南北，一幢幢新建的楼房规划整齐，高原农副业生产基地的大棚里都是无公害蔬菜……看着从三十里营房发来的这些景色一新的微信视频，欣喜之时，一下子勾起了我对昔日三十里营房生活的回忆。

一

　　三十里营房是驻喀喇昆仑边防部队、新藏线叶城至阿里间最大的中转和补给站，也是我在山上5年里工作生活的地方。

　　如今一闭上眼睛，我大脑的荧屏上便能清晰地再现出昔日三十里营房的图景：白雪皑皑的喀喇昆仑山峰下，坐落着一片水泥空心砖营房，飘扬着鲜艳的五星红旗。四面光秃秃的山丘上，没有一点绿色，唯一提神的是"喀喇昆仑模范医疗站""三十里营房兵站"等大字，高举在部队营房的建筑上，标志着这里是高原驻兵点。还有流经三十里营房的那条喀拉喀什河，有绿色存在。

驱车新藏公路上，从叶城县去三十里营房有360公里的路程，途经库地、麻扎、黑卡3座著名陡险的达坂隘口，又是山洪多发地段，在新藏公路线上这段路算是比较险峻的。

每一次上山，一上路就盼望着快点到达，心目中的三十里营房就像是家。过麻扎东行120公里，便到了三十里营房。出麻扎不远，路边的山从山顶拖曳下来的一道道沙浆线特别耀眼，沙浆流满了路边的排水沟，我们称这里为流沙达坂。翻越黑卡达坂，最怕雨季和冰雪消融时，达坂所处地段地质构造十分松软，容易引起塌方和泥石流滑坡。黑卡达坂，因早年在此处设有黑黑孜江干哨卡，被后人简称为"黑卡"而得名。这里山石皆为炭黑色，海拔4900米。黑卡达坂嵯峨入云，山高坡陡，路段回头弯最多，被称为新藏线上最险的达坂。

盘行在一条曲回狭道的达坂路上，摇晃得人直犯晕。黑卡达坂的雪要比麻扎达坂大得多，并且山头还积留着多年未化的厚雪。站在达坂顶端，朝下观看，这里虽没有库地达坂那麻花状的路看起来危险，但数量极多的回头弯着实让人害怕。

继续前行约40公里，便到了三十里营房。

二

三十里营房，这个兵味十足的名字，是指从赛图拉向前推进15公里的地方，因中华人民共和国成立后戍防官兵在此驻扎而得名。这里四面环山，背枕喀拉喀什河，南倚国道219线（新藏线），海拔3800米。附近有医疗站、机务站、兵站等部队和地方养路段，还有十几家饭馆商店。这儿的海拔相对较低，氧气含量相对较高，有男有女，是喀喇昆仑边防一线哨卡官兵短暂休假、向往之地。昆仑兵们管三十里营房叫"小上海"，管那100米长、两旁长有红柳的宽阔路叫"南京路"。

赛图拉早先是清政府设立的一个边防卡伦，民国时期设有边卡大队，位于新藏公路和喀拉喀什河交汇处。自古以来，从皮山县穿越昆仑山到赛图拉，再翻越喀喇昆仑山口到达印度列城，是丝绸之路南线的一条重要线路。20世纪50年代新藏公路通车后，赛图拉逐渐退出了人们的视野。

我曾多次与人结伴去赛图拉。看到的是一片残墙断垣，只留下营房和哨楼遗址在雪山冰河怀抱之中。一座方正的大四合院营房遗址，有1米多厚的残墙全是用石头和黄土夯成。哨楼在营房一侧的小山头平台上，平台高出河滩有好几十米，孤立突兀。东北南面冰河环绕，河滩宽广。西面倚靠着耸立的雪山。登上废弃的哨楼，呈六角形，约有六七平方米，揭了顶，墙上有巡视外界的观察孔仍保持着原样，哨楼南面的墙体布满了搁枪口的小洞。我站在哨楼上，风特别大，吹得我直流眼泪。我凝视前方，看到前面有两条大山谷，一条通往和田方向，一条通往黑卡方向。正前方可通向印度。这里死死扼住了进出昆仑的咽喉，地形确实险要。

下了哨楼，在一侧稍平缓的坡地上，有一座不高的用土块、石块垒成的空洞坟墓，带有门洞的墓穴里放有一具身高1.7米左右、留有长发辫的男性木乃伊，有人说是清朝时期戍边守防的兵，也有人说是昔日的柯尔克孜族牧民。

三

山里的生活是枯燥乏味的。多数的日子里，我无法触摸到快乐的那根弦，有的只是寂寞和无聊，无处不在的寂寞像雪山的阴影一样罩住我们。

刚上山施工时，看不上电视，唯一了解外界的报纸，只能等到送菜车上山时才能捎带来，日报成了周报、月报，新闻成了旧闻，大家都称报纸为"抱纸"。

气体打火机在这里难以打着火，照相机摁下快门，反应要慢好几拍；说话多了，或声音大了，特别是酒后再唱几首歌，第二天嗓子准哑。这里小级的地震每年都有一两次。

我每天穿梭在各个工地上，起初对昆仑的风沙缺乏了解，每天下午，两只耳朵眼灌满了沙土；后来，下午一上工地，我们用棉球塞耳，感觉特别不舒服。工地海拔都在4000米以上，活动节奏稍一加快，就呼吸急促、心率加快、血压升高。穿着厚厚的衣服，一天下来，身上灰尘、汗水黏黏糊糊的，那时我最大的愿望就是想痛痛快快地冲个热水澡。

初上高原时，好奇得四处玩耍，也不懂得防护，一月下来，脸部黝黑，一搓就掉皮，头发脱落，指甲凹陷。

昆仑山的夜极其黑，一年三百六十五个夜里都是狂风鸣叫，一入眠就做梦，半夜三更经常被缺氧憋醒或惊醒。特别是夜里大小便，室内没有厕所，只有跑到远处的乱石滩里方便，蹲在漆黑的荒野之地，冷冽的风鸣叫声，沙石的撞击声，让人觉着有人正向你扑来，毛骨悚然，哆哆嗦嗦地速战速决方便完后，撒丫子回跑时，两腿经常软得迈不开步子。躺在床上，心惊胆战很久难以入眠。

在昆仑山上，人与人之间因一点点小小的摩擦就会争吵，有可能酿成大祸。有人说："昆仑山上的兵心理变态，脾气太大。"这是因为他们不了解昆仑，没有缺氧、枯燥寂寞生活的体验。

老昆仑人感到在环境恶劣的山上，人的生命如同草芥，对生命倍加珍惜，也"迷信"。在山上工作了十几年的三十里营房兵站站长张宝玉，妻子给他送的最多礼物是红色的裤头、背心。每次上下山，张宝玉都要穿上妻子送的红色内衣，并将此命名为"平安衣"。他说，穿上这套平安红内衣，心里很踏实，十几年山上生活平安无事，上下山途中从未当过"团长"。

日久的高原生活，使我也慢慢地摸索出了一些生活经验：心要坦然，不能有恐惧感，要保持积极向上的乐观心态；稍有不适不要在意，轻易不要吸氧，不要乱吃药；增减衣物的依据不是"冷不冷"，而是"出没出汗"，穿衣宁厚不要薄，一般不会患感冒；运动节奏不易快，一日三餐不能吃得太饱，最好不要饮酒；晚上按时休息，睡前热水泡脚，不饮用具有兴奋性的饮料，失眠多梦时也不要心焦；早晨定时起床不要睡懒觉，坚持户外运动不能跑，不要猛跳车，久蹲不要猛站立等。

有位作家说过，寂寞中学会不寂寞，应该是一种情怀，一种境界。我认为，海拔更是一种境界，这种境界蕴含着寂寞中的充实，艰苦中的欢愉，单调中的丰富，荒凉中的美丽。

在山上待久了，慢慢地也就安心了。安心则心静，心静则景美，生活则有味，心中也就没那么压抑了。寂寞难耐时，我们学会了在吼中发泄。"喊"成了我们排解郁闷的最好方式，也成了我接受精神洗礼的舞台。要么面对雪山大声地喊，那延续良久的回音，让我浑身释然；要么迎着狂风，拼尽胸中之气、腹中之力，对风狂喊一阵，心情一下子舒坦多了。

下雪时，迎着漫天飞舞的大雪长长地一声吼，吼出雪的名字，吼出家的名字，苍茫的天空中的雪纷纷扬扬噼里啪啦抽打到脸上，让长长的泪水沿着眼角尽情地流，十分惬意。

三十里营房的乌鸦硕大丰腴，体态、步态、神态与家养的鸡没什么两样，一群群黑压压的乌鸦，扑棱着翅膀，整个山坡仿佛都在颤动着。苍蝇普遍肥大；月亮特大而圆，月挂中天时，伸手似可摸到；满天繁星，大得似乎伸手能摘下一颗。然而，山上的毛驴特别矮小。从山下运上来的鸡，养不出三日，两斤成了一斤，鸡冠变成了黑色。我常常陶醉在这些美丽的风景中。

流经三十里营房门前的那条喀拉喀什河，西南沟里的那片红柳林草地，是这一地带唯一珍贵的湿地。夏季的喀拉喀什河，上午，河水清澈，流速平缓；下午，河水涨了，变得混浊湍急了。河床里长满了草，油绿的草甸像片片相衔的地毯，草丛中黄色的、红色的野花五彩缤纷，景色如画。岸边有一口井，井中有几眼山泉，泉水从石缝汩汩溢出，水不太深，清澈见底，官兵和道班工人们常年吃的都是这口井里的水。岸边的山泉并不止这一处，许多的山泉涌成了一个池塘，孕育了满目的绿，最后又汇入喀拉喀什河的激流之中。

雨后初晴的喀拉喀什河畔一派清新，河上空比平常大几倍的彩虹似一座七彩的跨河拱桥，横亘于天地之间；各种鸟儿飞来飞去，欢快地唱着动听的歌。河床里还生长着一片茂密的红柳林。闲暇之余，官兵们在河滩上拾回形状各异、干枯的红柳根，制作成根雕，将花草挖回植在军用罐头盒里摆放在窗台和门前，这里富有高原特色的根雕文化、罐头盒文化，多姿多彩，体现着官兵乐观向上的思想情趣。

每天晚饭后，河畔垂钓者，河边一群群官兵洗刷大高压锅及碗、瓢、

盆的，池塘边男兵女兵洗衣被的，散步的，点缀其间，宛若一幅美丽的
风景画。此时，我喜欢静静地坐在河畔，瞅着这幅美景，看着奔腾的河
水，感觉着生命的流动。

　　每当心情郁闷、烦躁、不安心时，我就去河边走一走，这里就像是
一个"天然氧吧"，清新的空气里，心中的疙瘩和不快，很快就会烟消云
散。在我心目中这条河简直就是"开心河"，安静的河畔成了我精神寄托
的地方。想家时，我喜欢躺在河畔草甸中，欣赏着蓝蓝的天空、移动的
大朵游云，任思绪游走。

　　在三十里营房，我一般很少去机务站。不去的缘由主要是害怕站里
的狗。山上的狗一般都是见着穿军装的人不咬，可机务站里的狗"保密"
意识很强，只认本站的人，但凡不是站里的人都咬。一次，我与陈副主
任一起去机务站打个电话，刚一进大门，两条狗疯了似的扑上来，陈副
主任一边搏斗一边喊叫，两腿被咬得鲜血直流。我则吓得傻愣在那里一
动不动，咬不还手，狗反而于心不忍，小腿上只留下几个狗牙印。

四

　　在毫无浪漫情调的昆仑山，时不时就会有一些美丽的眸子映入你的
眼帘，她们清澈而明净，宛如一轮昆仑明月，陪伴着战士，守护着祖国。

　　在边防官兵的心目中，三十里营房医疗站的白衣天使们都是"昆仑
女神"。医疗站因为有了她们，因为不停地挽救生命，所以名声大噪，并
赢得了"喀喇昆仑模范医疗站"荣誉称号。电视剧《昆仑女神》就是以
这个医疗站的女护士姜云燕为原型的，姜云燕的军旅人生颇富传奇色彩。

　　在三十里营房的那几年里，我与一路之隔的医疗站医护人员的关系

十分融洽，经常往来，并随他们外出巡诊几回。本来，20来岁的女孩正是光彩照人的花季岁月，由于高原风沙吹打和紫外线的过多照射，她们脸上显得十分粗糙。

三十里营房人人皆知这样一个故事。那天，两名患高原肺水肿的战士从前哨卡送进了医疗站，其中一位神志紊乱，失去自理能力。护士刘艳玲每天细心地给他喂饭、洗脸。稍一不留神，这位战士就光着膀子或脚跑了出去，刘艳玲每次都像哄小孩子似的将他劝回。一天晚上，这位战士突然烦躁起来，挥舞着双手，乱抓乱打，高声吼骂着。医生诊断是尿路阻塞导致腹腔胀痛，须立即导尿。当刘艳玲耐心地哄着这名男战士为其导尿时，不慎突出的尿水滋了她一脸。后来，这名战士康复出院时，拉着刘艳玲的手十分感激地说："您就是我的亲姐姐，今生今世我都不会忘记您……"

隆冬，昆仑山冰封雪裹、雪花纷飞。一辆军绿色的东风牌卡车急驰在新藏线上，驾驶室里，女护士贾云忠抱着一名战士冻伤的双脚颠簸得筛糠似的。

这是一名在边防巡逻中双脚严重冻伤的战士，贾云忠奉命护送下山治疗。呼呼乱叫的朔风裹着雪片、沙土扑窗而来，一股股贼风不时从车门缝里钻进，扎人肌骨。冻伤的战士不停地哆嗦，痛苦地呻吟着。见此情景，平时极爱干净和害羞的贾云忠顾不了许多，迅速解开衣襟，把战士冻伤的双脚紧紧搂进怀里，用体温暖护着。小伙子开始说什么也不愿意把自己的脚放进一个大姑娘的怀里。小贾生气地劝道："你是伤员，我是护士，救死扶伤是我的职责，我不能眼看着你的脚再冻下去截肢，这是工作，你甭难为情！"一番肺腑之言，这名战士激动的泪水流淌在臊红的脸庞上……

医疗站站长阎相华告诉我，随时出发上接、下送一线哨卡的重病员，他们已习以为常。1997年初的一天深夜，阿里军分区战士刘辉晕倒在红柳滩兵站，医疗站接到电话后，急派军医蒋大勇和护士杜艳乘吉普车前往抢救。在风雪之夜颠簸了几个小时，天亮后他们才赶到兵站，经检查：病人心肌缺血。经过一番紧张的输液、吸氧、强心、利尿……直到中午病人病情才基本稳定，他们立即下送病人回医疗站治疗。病人躺在吉普车后座，顶篷上没地方挂输液瓶，杜艳只好半蹲在吉普车后座的夹缝中，用手举着输液瓶，头不时因颠簸而碰个包，疼痛难忍，待车辆安全地返回医疗站时，她如释重负，感到全身像散了架似的。

在三十里营房医疗站，我聆听过不少守防夫妻的故事。

医疗站军医崔建华和周新梅夫妻，在山上一起守防的时间比较长。2000年7月，周新梅带着上山不久的几名医护人员去驻训部队巡诊，眼看天快黑了，她们说，无论如何也不能在甜水海过夜。甜水海是个兵站，周新梅对这里太熟悉了。没有甜水也没有海的甜水海，海拔不算太高，但气候险恶，过往的车一般都不愿住这里。

真是怕什么来什么。车走到这里，咯噔一下熄火了。一下车，马上感到眼前的甜水海比说得更玄。头晕得像醉酒。驾驶员折腾了半天，车仍发动不着，她们只好住进了甜水海兵站。夜黑，缺氧折腾得大家一夜无眠。周新梅有心肌炎，上山守防以来到冰峰雪岭边防哨卡采集科研数据时，曾有几次因心肌缺血差点没有回来。

为了攻克高山病这一世界性科学难题，周新梅夫妇和研究所的同志，在海拔5000米以上的高原进行了196项课题研究，其中有5项填补国内高原医学研究空白，使急性高原病的死亡率得到了有效控制。

军医王海、张红梅是大学同学。他俩在宁夏医学院读大学时就相爱了。临毕业时，南疆军区在该校招收大学生入伍，他们找到来学校的部队干部："要走，走一对。"就这样，他俩同时来到昆仑山脚下的部队 —— 18医院。

2000年4月28日，一对新人幸福地结合了。婚后不几天，赶上医疗站换防，上一年就嚷嚷着要上山的这对年轻人，早早找到院长，要求一起上山。昆仑山，成了他俩度蜜月的地方。

人们至今无法忘记，维吾尔族女护士吾尔哈提，去前哨抢救危重病人途中，遭遇暴风雪，被活活冻死在冰达坂上，死时手里还紧紧抓着出诊包；女护士李勤在一次去前哨抢救病人途中，车陷荒原雪坑困了两天，两个脚趾严重冻伤被截掉……

三十里营房因为有群"昆仑山上的天使"，在这片生命禁区里显得格外令人瞩目。守山的兵们一到这里总喜欢与"昆仑女神"们套近乎、聊天、合影，女兵们在这里受到了山下难以受到的崇敬和宠爱。

几年的三十里营房生活，使我深深地理解了什么是责任与使命、忠诚与担当、奉献与牺牲。离开雪山高原的日子里，每当遇到困难和挫折时，我便会想起三十里营房。一想起三十里营房，我就觉得浑身充满力量。

雪域之吃

常年生活在平原的人们，无论如何也想象不出雪域昆仑戍边军人是如何吃的。那是怎样一种吃法哟！若不是5年昆仑边防生活的亲历，我也同样无法知晓和信服那个时代的高原官兵吃的艰难。

横跨于新疆、西藏三地、四县的喀喇昆仑边防，大部分哨卡在海拔5000米以上。那里地上的积雪常年因陈不化，坚如顽石。地下的冰，永无融期。地表氧气含量极低，连平原的一半都不到。生活、战斗其间的边防官兵，为了生存、戍边，演绎出了不少关于"吃"的故事。我曾听过老高原们十分感慨地说：在山上，能吃能睡就是好兵。

我曾经在昆仑山上负责过一段时间的后勤工作，经常有事没事爱去厨房里转悠转悠。每次到厨房看炊事班做饭，都有一种激动人心的感觉。那落在焦炭炉子上的庞大立式高压锅，"哧哧"喷着的蒸汽，那呼呼作响的汽油炉子燃烧声，让人听着胆战心悸；特别是点汽油炉子时，只听得"轰"的一声，汽油炉子像炸弹似的燃烧起来。每当用汽油炉子做饭、炒菜时，还得一人不停地用气筒给炉子打气，厨房中热火朝天的忙活劲儿，看上去简直像旧时酒馆客栈。

高原上做饭用的立式高压锅，都是原总后勤部专为高原部队特制配发的。它不同于普通的高压锅，看上去庞大笨重，做饭时得两个人吃力地抬上、抬下才行。

在高原，用高压锅做饭是很有讲究的。如用高压锅煮稀饭，一般来说，得压1个气压。蒸馒头工序就复杂一些，首先将馒头放进笼箅，待水烧开后，将笼箅放进高压锅，盖上锅盖，不拧盖扣子，随时揭盖观察，等蒸汽将馒头冲起来成形后，拧上盖扣子，压至0.2个气压；然后打开气压阀放完蒸汽，再拧紧气阀压至0.5个气压，馒头才可出笼食用；稍微掌握不好，馒头就会半生不熟。

做米饭时得先将米放进锅中煮五至六成熟后，再捞到高压锅笼箅中，待水煮开后，让蒸汽放12分钟，再拧紧气阀，压至0.5个气压，米饭才能出锅。

做面条最复杂，主要靠经验。有的兵在山上做了好多年的饭，都做不好面条，做出来不是夹生就是面糊糊。做面条最关键是掌握好火候，如果火小时，一般要用高压锅压0.15至0.2个气压；火大时，要压0.4至0.5个气压；火不大不小时，要压0.3个气压才行。

山上炒菜称不上炒，全是用水煮出来的，就是煮也得比山下炒菜多两倍的时间；吃肉全得用高压锅压。

这些都是在固定场所，固定灶具下进行的。如果说是野炊，没有高压锅，用喷灯烧饭，那就只好委屈你吃半生不熟的夹生饭或是夹生面条糊糊了。

在昆仑山上，人体机能严重失调，吃起饭来如同嚼蜡。尤其是初上昆仑山的人，一点食欲也没有，有的一吃饭就恶心想吐。每年边防哨卡刚换防的那段时间，新兵们首先要过的就是"吃饭关"，一些哨卡为吃饭绞尽脑汁，把吃饭当成一道"死命令"。只有能吃才能尽快适应高原，否则你会虚弱得连床都爬不上去。虽然吃得艰难，难以下咽，但你一旦适应了高原，就又会每顿吃得特多，饿得极快，高原上就是这么怪。

要说吃的艰难，那时边防上最难的要数吃鲜菜了。山上部队的副食品供应都得从山下运送，而最近的神仙湾哨卡离山下568公里，最远的库尔那克堡哨卡离山下900多公里，由于受恶劣环境和崎岖的山路限制，许多蔬菜根本无法运送上山。建卡初期，边防一线的官兵大部分时间只有靠吃脱水菜和罐头生活。后来，随着新藏公路的贯通，军费给养保障的增加，边防官兵算是同干涩难咽的脱水菜诀别了，但夏季官兵们也只能吃上一些不易颠烂的果类和根茎蔬菜。

为使边防官兵夏季能吃上新鲜蔬菜，有关部门多次组织人员到防区勘察论证，耐心地摸索和实践，终于成功地总结出了山上温棚种菜方法：先挖走石头，从山下拉上羊粪和土，把羊粪和土分层铺设，以此提高土壤质量；然后设置好温室地下火道，提高产床温度。燃料要选用牛粪，牛粪不仅具有燃烧慢、时间长的特点，还可以保证室温平衡。这样直到1996年，一些哨卡官兵夏季才陆续吃上新鲜蔬菜。

进入漫长的冬季后，山下赶在大雪封山前早早把够一个冬天吃的冬菜送了上来，为防止菜冻成冰疙瘩，官兵们就像命根子一样保管着。否则，一个冬天里全哨卡的人员只有嚼着"钢丝绳"（粉条），吃着"油毛毡"（海带），喝着苦涩难咽的冻菜糊糊，甭想再吃上蔬菜。在海拔5060米的红山河机务站当过3年连长的司贤宏少校告诉我说："山上的冻菜冻得特结实，以前我们吃冻冬瓜时，都是把冻瓜放在石头上，一人扶着菜刀，一人拿着榔头，轮换着使劲砸，砸了老长一段时间，也只能砸下那么一点点碎块。"

司贤宏给我讲了这么一个故事。他说，有一年入冬不久，红山河机务站为了营救驻地多玛区100多个患病的藏胞，一个多月时间，把过冬的蔬菜全部吃完了，整整一个冬天，官兵们一看到吃腻了的罐头就呕吐。由于长期缺乏维生素，大家牙龈出血，嘴唇裂开了道道血口。要过春节了，总得让官兵们吃顿饺子吧！指导员周士辉绞尽脑汁，终于想出了一个办法。他到屋后扒开雪层，把夏天扔掉的菜叶子找了出来，回到屋里用温水一泡，菜叶全成了"菜泥"，然后，他用"菜泥"拌上粉条，制作了饺子馅。就这，战士们还高兴地说："我们终于见到了绿色！"这顿饭，官兵们吃得特别香。

曾在海拔5190米天文点哨卡守过防的干部战士对我说，那时的天文点哨卡没有菜窖，冬菜只好储存在作战坑道里，坑道到处透风，怎么架炉子都没用，每年冬菜早早地冻成了冰疙瘩。那时他们吃菜，都是先用温水将冻菜泡开后再炒，那菜吃着既涩又苦不说，单就那股难闻的菜味就让人受不了；特别是土豆，泡上几个小时后，软得似棉絮，刀切都切不动。就这，你还得坚持着吃，不然一个大冬天，你吃啥？

边防上的干部战士大多是从内地入伍的，他们大都爱吃猪肉，但偏偏猪肉供应又很困难。因为送副食品的车不是冷藏车，全是解放车，等把猪肉送到哨卡，肉基本上都臭了。为解决吃肉问题，有时山下给哨卡送菜时，专门拉一头活猪到哨卡杀，但每每以失败告终。1995年7月，从山下某边防团到天文点哨卡的一辆装有一头活猪、西瓜和蔬菜的送菜车，颠簸了两天，当行至一达坂顶转弯时，由于绑猪的绳子颠松散了，猪被颠下车掉进了陡峭的山谷。菜车一到哨卡，哨长就给团里发了封电报，电文是："猪跑了，瓜烂了，菜坏了！"

尽管生猪运输有许多困难，但为使官兵能吃上猪肉，一些连队、哨卡还是不甘失败地一次一次从山下买回仔猪养。令人恼火的是一上到海拔5000米猪娃就翻白眼，而且小猪又不像人，知道难受就卧床休息，它越难受就越乱蹦乱跳得厉害，上山不到两天，就口吐血沫，患高原肺水肿病死了。有一年，天文点哨卡首次成功地带上来一头80公斤重的白猪，从大卡车上卸猪时，连队像过年一样热闹，副连长李清玉一边推猪进菜窖，一边对战士们说："看来这是头耐严寒、斗缺氧的英雄猪，只要它能活下去，就是我们的胜利。"谁知过了两个月，这头白猪就悄无声息地死了。

在山上，新鲜猪肉虽然经常吃不上，但用猪肉做成的各类军用罐头还是随时可以吃上的。军用罐头以它易运输、好保管的绝对优势，无可替代地成为山上的主菜。每年新上哨卡的战士刚开始吃起罐头来特别香，他们用红烧肉罐头煮面条，用午餐肉罐头炒菜，吃馒头时，连红烧肉罐头里的汤汁都蘸得一干二净；可是时间一长，整筒整筒的罐头打开后，再也无人问津，用他们的话说：看着罐头就想吐！

我在喀喇昆仑山上三十里营房住的时间最长。比较而言三十里营房比山上任何一个地方吃得都好。因为三十里营房部队多，机关也多，距离山下300多公里，如坐小车一天便可抵达，加之上、下三十里营房的人也很多。大家都知道昆仑山上的规矩：不论谁上山，凭个人意思，多少不限，都得给山上的弟兄们带上点好吃的东西。所以只要山下叶城县的水果、蔬菜（除叶类蔬菜）一上市，不论多贵，在三十里营房就能吃到。

三十里营房门前有一条常年奔腾不息的喀拉喀什河，河床不很宽，水也不太深，但鱼却多。每到中午、晚饭后，垂钓爱好者早早地来到河边抢占有利地形，成为三十里营房一处亮丽的景观。

在三十里营房众多的钓鱼爱好者中，最有名气的要数医疗站47岁的炊事班长陈汉周和某工程办副主任赵正旭了。他们对山上无鳞鱼的喜食和习性摸得一清二楚，并总结出了独特的高原钓鱼技巧。他们用肥猪肉和羊尾巴腐烂生成蛆作鱼饵，竿竿下水不落空，有时一竿子能钓到好几条鱼。我跟赵副主任一起在山上生活的几年中，几乎每天晚上都能吃上一顿味道鲜美的泡菜鱼；后来，吃他钓的鱼的人多了，官兵们便给他封了个"喀喇昆仑第一钓"的雅称。

高原，空气是定量的。加之蔬菜吃得少，高寒缺氧，在山上待久了就会出现指甲凹陷，嘴唇爆裂，口腔溃疡，头发脱落……

为解决这一问题，原总后勤部给边防部队配发了许多由九种不同含量维生素合成的"九合维生素片"和抗高山反应的"复方党参片"等高原专用药，每天除了吃饭，我们都要大把大把地吃掉这些药，也不知道这些药到底有多大功效，但吃了总比不吃心里踏实些。有时，晚上吃罢药后，疲倦地躺在床上，用嘴巴咬住氧气管大口大口地吸着氧气（此时用鼻孔吸氧气已满足不了身体所需）朦朦胧胧地入睡时，感到自己就像一名垂危的病人，缥缈之中，仿佛自己已步入仙境，吃的全是些强身壮骨的灵丹妙药……

喀喇昆仑边防几年，我悟出了不少人生的真谛，但最让我感到欣慰和难忘的是，在军旅生涯中，经历了一种常人难以想象的或极难感受到的雪域之吃！

精神会餐

那年的8月，叶城县骄阳似火。我顶着烈日，站在新藏公路零公里路边挡车回三十里营房，碰巧挡上了十分熟悉的某师工兵营上昆仑山送生活给养的车。

路上，驾驶员小张告诉我，这次上山，车上拉有大半麻袋信件，大家都两个多月没收到信了，到时，肯定会像欢迎首长一样迎接我们，动人的"精神会餐"场面又要出现啦！

我知道，新藏公路库地达坂下约30公里路段，因山洪路毁而中断交通两个多月了，山上官兵不仅生活断炊，精神上也"断炊"了。在雪域昆仑，官兵们把"家书传阅""情书公开"作为调节枯燥生活的一个不成文规矩，并幽默地称它为"精神会餐"。

晚饭时分，汽车驶进了工兵营营区。正准备开饭的官兵听说有信来，呼啦一下围了上来。那劲头看上去"精神食粮"似乎比断供数月的生活给养还让他们兴奋。几个身强力壮的年轻战士抢先爬上车大厢，迅速打开麻袋，站在车厢上高声叫着名字分发开了信件。

车上的人忙得不亦乐乎，好像麻袋里的信全是自己似的，一种丰收的喜悦溢于言表。车下已收到一封信的官兵，还盼望再有第二封；收到十几封足够自己"饱餐"数月的官兵欣喜若狂，手舞足蹈。但也有"不幸者"，18岁的新战士小王一无所获。小伙子蹲在地上失望地流泪了，排长、班长一阵安慰。看着这场面和一个个脸色紫红的官兵，让人既兴奋，又心酸，心里真不是个滋味。

信件很快散发完了，官兵们还意犹未尽。这时，不知谁高喊一声："教导员有情况！"

人群呼啦一下拥向了教导员，高声叫着："打开会餐！"

教导员高正存成了今天"会餐"的第一道"菜"。

高教导员爽快地把一个白布缝制的邮包，交给身边一位没有收到信件的战士，让他代言。这名战士破涕为笑地打开袋子，叫了起来："里面有一封信和15个圆烧饼！"

信是高教导员妻子写的，只有几行字，文头"吻的夫"上，印着"殷红的口红唇印"。信中讲，这15个烧饼中，只有一个饼子里夹着纸条，要他一个饼子一个饼子地吃着找出纸条，不准用手掰开饼子找。

看罢信，官兵群情激昂，欢呼起来，有人高叫着："吃饼子，找纸条！"大家两眼仔细瞅着这15个饼子，想从中找出什么破绽，结果无论怎么看，都未看出异样。

高教导员慷慨地笑着宣布："我一个人可吃不了这15个烧饼，现在大家推荐14名同志，同我一起吃，看谁能吃出纸条，吃出你们嫂子的这份情意。"官兵们在一片喝彩声中细嚼慢咽。忽听高教导员一声喊叫："我吃着啦！"官兵们不由分说从他嘴里抢过纸条，争相传看，一名战士把纸条高高举起，大声念道："思念！"一阵捧腹大笑之后，大家开始逗教导员："看起来嫂子对你是专心的……"

喧闹的人群散开后，大家发现地爆连连长张少康独自蹲在墙根旁，手里拿着一封信发呆。张连长当年4月份结婚，婚礼后不几天就上了山。

今天，张连长打开妻子的信就傻了眼：信封里一张纸片都没有，只有一缕头发！

这是啥意思？官兵们围绕这一缕头发展开了"讨论"。最后一致断言：头发也叫"青丝"，嫂子寄来的是"一缕情思"！说得张连长脸上顿时漾出了自豪的笑容，官兵们又是一阵忘情的欢呼。后来我得知，待第二趟生活车上山时，这句话果真得到了验证。

专业军士王春江收到一封未婚妻的来信。自3月份上山以来，这是未婚妻寄给他的第一封信，不知是祸还是福，他忐忑不安未敢打开看。

晚上，战友们知道此事后，一个劲儿捣鼓："打开看，肯定是带彩的!"王春江还是不敢打开。旁边一位战友不耐烦地一把抢过信件，打开信就念了起来。

"春江：5年了，也足够漫长的，1800多个日日夜夜，我们在一起的有多少呢，算起来，还不满一个月时间。看到别人一双双花前月下，我真的好羡慕，我不敢想象我们结婚后的日子会是什么情景，我真受不了啦!

春江，从今天起你再也不要给我写信了。以前，我经常盼啊盼，盼望你回来的那一天，现在我啥也不盼了。想想这5年来，我也挺可怜的。虽然我们的爱情已经终结了，但我还是衷心地祝愿你，我曾想把一切托付给的人事业、爱情双丰收。

永远的再见，握手。

一个恨你、也让你恨的人!"

念罢信，王春江已成泪人。大家连忙劝解、安慰。这次"会餐"，尽管有些苦涩，然而，纯洁的战友之情，浓烈的生活味儿，令人荡气回肠。

品尝完这道大悲大喜的雪域"精神会餐"，我真想对沉浸在花前月下的都市情人们说，想想雪域戍边官兵，珍爱拥有的一切吧!

电话遥诊

在三十里营房兵站吃罢晚饭，头有些胀痛，心情烦躁，胸口也堵得慌。这晚，我散着步去找相邻的边防某部教导员韩公民串门子。路上，顶着凛冽的寒风，我不时地打着寒战。节令刚进入暮秋九月，但昆仑山上已是冰雪覆盖、寒气袭人。

还未进门，就听室内传出"喂，喂……"的嘶哑喊叫声。我轻轻推门进去，悄悄坐在韩教导员旁边的床上。只见韩教导员正与一名少校军官焦躁不安地打电话，室内烟雾弥漫，桌子上烟灰缸里堆满了小山似的烟头，整个房间充满着紧张气氛。

我静静地想从电话中听出个究竟。

"病人头痛厉害吗？输液了没有？他小便怎样？"少校军官紧握话筒喘着粗气高声嘶喊着。

"头痛得厉害，一小时滴了两瓶葡萄糖，他还不尿！现在主要症状是咳嗽、咯痰、呼吸困难。"电话声音很响，我听得出是一个男人的声音。

"谁让他们滴这么快？立即给病人吸氧、吸痰，打一针安痛定（阿尼利定），再打一针氨茶碱，然后把青霉素液体输上，用抗生素控制感染……"

少校放下电话，韩教导员给我介绍：这是边防团卫生队军医李强。

今晚库尔那克堡哨卡有个重病号，已病了3天，哨卡上的唐军医刚从军校毕业，治疗高山病没经验，人命关天，我们心急呀！

"库尔那克堡哨卡离这500多公里，电话声音还挺清楚的。"我说道。

"声音根本听不清，刚才是让空喀山口哨卡陈军医在中间传的话，陈军医也是新手，对他的传话总觉不踏实，生怕误诊。"韩教导员紧锁眉头、反背着双手来回不停地走动着。

"丁零零……"晚上11点30分，空喀山口哨卡陈军医来电话。

"现在病人昏迷不醒，怕是得了肺水肿……"

"继续用药！强心针、氨茶碱要缓着用，不要上得太快。你马上通知民卡道路连军医罗宝玉，速到库尔那克堡哨卡去会诊……"李军医使劲将话筒贴紧耳朵，点着的烟在指间燃烧。

"教导员，不行我现在带车上卡子去，让库卡唐军医开始下送！"李军医使劲吸着烟，焦急得有些坐不住了。

"时间恐怕来不及了，再等等……"。

凌晨2点，韩教导员要通了空喀山口哨卡的陈军医。

不一会儿，罗宝玉通过陈军医回话："病人神志已清。上呼吸道感染，恶心呕吐，双腿膝盖以上部位有些麻木，心情烦躁……"

李军医当机立断："利尿！用60毫升50%葡萄糖加速尿20毫克，静脉推；氨茶碱停掉，输3克维生素C、补一组激化液，里面加一点激素；用完药，观察一会儿，速报情况！"

这时，我仔细打量了一下眼前的这位李军医：头发稀疏，黑红色的脸膛，两道短而粗的竖眉，中等个头，说话高门大嗓，给人的第一印象是机智、沉着、果敢。这位1985年7月毕业于原兰州军区医高专的高才生，十几年在喀喇昆仑边防一直没挪过窝，神仙湾、天文点等边防团一线哨卡，他全待过。在昆仑边防算得上是一位资深的军医了。

李军医告诉我，昆仑山冬季大雪封山、夏季洪水断路后，有了重病号，哨卡军医处理不了的，就只好用电话向边防团汇报病情，团卫生队军医会诊后，再把诊断治疗方案用电话转告哨卡实施。只要一接到这样的电话就甭想休息了。遇到危重病人，什么时候来电话，就什么时候出发去前卡上接。

他清楚地记得1985年11月的一天，神仙湾哨卡一名战士突患高原昏迷症，经电话会诊，边防团指示速下送治疗，团卫生队派人上接。护送病人的重任自然落在了他这位哨卡军医的肩上。

凌晨3点，护送病人的解放牌卡车在风雪肆虐的昆仑山上艰难行驶了83公里，一条冰河阻断去路。车子颤颤巍巍开上冰面，临近河心，突然"轰"的一声，冰层坍塌，车辆迅速下沉，他猛地撞开车门，与另一名战士和驾驶员抱着病人从驾驶室跳出来，脸、手全被锋利的冰碴划破，鲜血直流。

没有车了，他们只好穿着结成冰甲的衣服，迎着刺骨的寒风，用担架抬着病人艰难地徒步行走。寒冷已超过了人所能承受的极限。

走着走着，前面又是一条宽约30米的冰河。河水没有完全封冻，水流湍急，像怪兽般发出低沉的吼声。时间就是生命，他们来不及犹豫，把担架高高举过头顶，咬紧牙关，涉水过河。边防团来迎接的军医和车辆等候在对岸。移交完病人，他们连夜往回赶。在海拔5000多米空气高度稀薄、没膝的雪野里行走，已举步维艰，再加上他们一身哗哗响的冰甲衣，返回时还要再蹚一次冰河，负荷更加沉重。途中，风大雪急，饥寒交迫，两名战士累得实在走不动了，喊着叫着要坐下来休息。"不行！"他瞪着眼睛吼。他知道，在海拔5000米的风雪高原上，坐下就可能再也站不起来了。

"一定要把战士们活着带回去！"李军医咬紧牙关。为轻装前进，他让大家把皮大衣脱下连同药箱弃在路边，不停地用头顶、用肩推，逼着两名战士走下去。踏着厚厚的积雪，他们顺着电线杆子深一脚浅一脚地摸着往回赶；饿了、渴了，就吃把雪；每隔几小时，李军医就分些感冒药和抗高山反应的党参片让大家吃下……

此时连队也正担心着他们。连首长看他们这么久还未回来，估计出事了，便派梁副指导员带上6名战士、一台车和防寒物品前来接应。在距哨卡50余公里处他们相遇了。死里逃生，他们热泪滚滚，久别重逢似的紧紧拥抱在一起。回到哨卡，他们睡了一天两夜才起床。

"与山上同行相比，我这次还不算最惨。"李军医感慨地说。

1988年，神仙湾哨卡军医宋力初上哨卡，反应特大，感到有些不舒服，他就自己吃了点药，依然整天忙着给战士查身体。到了第4天，他头痛、胸闷、咳嗽、吐泡沫痰……他心想："坏了，肺水肿！"

这病来得急、太凶，他没说出一句话就晕倒了。战士病了有军医，军医病了怎么办？战士们围着宋军医，急得哭成一团。不一会儿，宋军医苏醒过来，让人赶紧去叫张邦新连长来。"连长，一会儿我还会昏迷，你给我打上3针，一针青钠霉素，一针速尿（呋塞米），一针氨茶碱……"说着，他又不省人事了。张连长连忙打开药箱，照着宋军医的吩咐，把药吸进针管。战士们褪下宋军医的裤子，张连长拿着针管手直抖："这该咋办，扎哪儿？"

"照肉厚的地方扎吧！"张连长心一横，一连在屁股上扎了三针，一会儿，宋军医就排尿苏醒了。打电话向团部军医汇报情况，电话那边直吸冷气："这3针扎得好，要不小宋早就'壮烈'了……"

我们正谈得起兴致，电话突然响了，李军医触电似的跳起抓住话筒。

"罗宝玉讲，病人病情有所缓解，已脱离危险。"空卡陈军医来电话了。

我看了看表，此时是凌晨5点20分。

韩教导员和李军医悬着的心终于落了下来。

我说："你们又从死神手中夺回了一条生命！"

李军医苦笑了一下道："在我近5年的电话会诊中，至少有300多名患病官兵转危为安；但脑水肿、肺水肿这些可恨的高原病魔，也从我手里夺去过年轻官兵的生命，想想真痛心啊！"

临别时，我默想，但愿今天别再来电话会诊，让他俩安安稳稳地踏实睡上一大觉。

围困昆仑五十昼夜

1999年8月2日凌晨，新藏公路阿卡孜达坂下135公里至169公里处，共34公里长的道路、4座桥梁、6座涵洞全部被暴发的肆虐洪水冲毁。被西藏阿里军民和喀喇昆仑边防官兵称为"生命线"的新藏公路交通线彻底切断，致使边防官兵、沿线道班和民工被洪水围困五十昼夜。那时被困喀喇昆仑三十里营房的我，用笨拙的笔记录下了我部28名施工官兵在"生命禁区"，在近乎与世隔绝的生存条件下，与生命抗争，顽强生活五十个日日夜夜的故事……

第一天

清晨，三十里营房四周群山披上了一层薄薄的银雪，放眼望去，洁白耀眼；湛蓝天空上移动着一团团变化多端、形状各异的云朵，蔚为壮观；空气清新得一尘不染。

昨天是"八一"建军节，几天来电话一直不通。其实，早在10天之前，我就给山下留守处电话约定，"八一"给山上送些肉菜、酒等会餐用的副食品，可至今也未见送菜车上来。身为行政科长，分管着我部政治、行管安全、后勤工作，不论是山上、山下的车辆安全我都负责。

送菜车到底怎么了？是泥石流、洪水断路，还是车坏途中、发生了什么意外……情况不明，我的心里忐忑不安。

吃罢早饭，我心事重重地在新藏公路上来回张望着，送菜车没盼来，却异常地看到公路两边长龙似的停满了军车和地方车辆，听司机讲，昨晚阿卡孜达坂下的一段公路全部被洪水冲断了。

为核实消息的准确性，我来到赛图拉道班。果然，前几天阿卡孜达坂下公路有几处水毁，车辆已十分难行，哪料想昨晚山洪突然暴发，将30多公里长的公路全部冲毁殆尽。这下彻底完了，要开通一条便道至少也得两个月时间。

两个月！将意味着我们与山下完全隔绝，生活给养断供。我部28名官兵大多是三月份上山施工，还未下过山，在昆仑山上待的时间已经不短了。

上午，我查看了炊事班的主副食库房，大米、面粉、盐巴还可供两个月食用，副食品除有10公斤清油、4箱罐头、两捆粉条外，其他蔬菜、调料等所剩无几。我要求炊事班要节约着吃。

吃罢午饭，我带着一丝希望前往机务站，看能否与山下联系上。谁料刚迈进机务站侧门，冷不丁地突然窜出七、八条大狗，疯了似的扑到我身上撕咬，顿时吓得我傻愣在那儿。值班人员连忙跑出赶走了狗，我身子直发软，几乎瘫倒。还好，狗们下口时还留点情面，除衣服撕破多处外，腿上只咬开了一处血口。机务站领导告诉我，多亏你没反抗，否则，那就惨啦！

机务站的狗奇怪得很，除了机务站的人不咬，其余不管你是军人还是老百姓，只要你一踏入机务站营区，它都追着咬，越反抗越咬得厉害。

我赶紧到三十里营房医疗站对流血的伤口消毒、包扎。军医说："山上没有狂犬疫苗，估计山上海拔高，不会染上狂犬病的。"话虽这样说，但我还是心有余悸。

午休时，我噩梦不断，全是些恐惧的镜头。在喀喇昆仑山上几年，我经常性地睡眠不好，特能做梦。可能是大脑供氧不足所致。

晚上，我与一名副主任召开全体干部战士会议，通报了路断的情况，告诉大家要有长期困在山上的思想准备。

我结合几年高原生活体会，讲了讲在给养断供日子里的注意事项，同时谈到，平日里要"水杯不离手，'口红'（一种无色唇膏）随身带，出门把墨镜戴，吃药（指维生素、抗高山反应类药）要像吃蔬菜"；特别是每餐后残留在口唇上的羊油、猪油和植物油千万别擦净，这可是防治唇炎、唇裂的好"药"呢！一般不要擦澡，万一感冒了转成肺水肿，山上缺医少药，弄不好会有生命危险。实在坚持不住，待中午天热时烧锅热水去温室大棚里简单擦擦，时间可不能太长。

话毕，一个老兵突然风趣地插话道："我们在山上喝的是矿泉水（指雪水），洗的是桑拿浴（在温室里擦澡）！"大家哄堂大笑。

第十五天

今天是一个阴天，上午先是下了一阵小雨，而后又飘起了雪花。虽已进入夏季，山上仍然寒冷。

水泥等施工材料运不上来，只好停工休息，一天开两餐饭。官兵们已多日未见绿菜，兵站温室里的一点小菜，早已被连根拔净打汤喝了。大家一个个食欲大减，蔫不啦叽的。午餐时，炊事班动了些脑筋，做了两盘"昆仑"特色菜：一盘"老干爷"，将羊油炼尽后，加干辣子皮、肉罐头和水焖干而成。一盘"金鸟窝",在河边割回嫩绿草洗净铺在盘子四周,中间放些罐头"鹌鹑蛋"。餐桌上的绿色诱发了官兵食欲,大家用"老干爷"夹馒头、拌米饭,胃口大开。

饱餐了一顿,官兵们顿时精神了许多,但大家心情依然烦躁,有时为一件小事就争吵不休。没有报纸看,不多的柴油都集中到医疗站去发电救护病人去了。我部的发电机没油发电,电视也看不成,什么消息都不知道。一些烟瘾大者烟已抽尽,到公路边、厕所里去拾烟头,有的将干枯的红柳叶子碾碎用纸卷着抽。每天总是那么几个熟悉的面孔在眼前晃来晃去,除了打牌,就是"吹牛"聊天。

看着大家闲得无聊,我给大家布置了一项任务:看云识天气。通过观察前方黑卡达坂顶上的云彩变化,得出三十里营房气候变化的规律,便于今后的施工。

下午,狂风四起,并不时发出"呜呜"的怪叫声。三十里营房的风很奇怪,每天刮风就像定时了似的,上午风平浪静,极少起风;下午3点准时要刮狂风,整个三十里营房飞沙走石,外出让人睁不开眼睛,穿着大衣还觉得寒冷。

机务站营长司贤宏来找我串门。司营长是位老昆仑,对这次路断他显得无所谓。他说这在昆仑山上是常事,现在还是夏季,这点寂寞算不上什么。

他说:"我过去在甜水海机务站'留冬'时,连电视机都没有,别说看报纸了,看十几分钟的书头就胀痛得厉害,其实看了也白看,记不住。漫长的冬季,室外冰天雪地,风吹起来像下刀子,空旷的雪野里连一棵草都没有,甭提人了。每天一上班除了值班人员,全站人员都围在一方桌边,桌上放几张报纸,倒一堆莫合烟,大家开始神侃起来,不管你讲的是真事，还是胡编乱造，只要有新意，都会赢得掌声。快临近换防时，几面袋子莫合烟都抽完了，连不会抽烟的人也学会了，烟瘾还都大得不行。没了烟，大家就用报纸卷茶叶沫子和干菜叶子抽，卷报纸抽，呛得龇牙咧嘴的。肚子里的故事编尽了，大家开始轮流唱歌，从'学习雷锋好榜样'到'十五的月亮'，凡是会唱的全都唱出来，哪怕是一句两句都行。最后再没有什么可逗乐的了，我就用红、蓝、黑墨水把机务站一条狗的脸画成京剧中的脸谱状，然后给狗灌酒，看狗酒醉'表演'……"

听罢司营长一番神侃，我心里沉甸甸的。我对寂寞虽没有司营长这种刻骨铭心的体验，但对高原缺氧记忆力特差是深有体会的。我经常会想不起山下好朋友家的电话号码，甚至很熟悉的朋友姓名，在山上写篇文章有时连某个最常用的字都不会写，看书看到后面忘了前面的内容……

晚饭后，工兵营派人来通知我部去看展览。我好奇地与官兵们来到该营，只见营部门前精心堆放在一起的红柳根和昆仑石、花草，就像一座小公园，令人心旷神怡，顿觉清爽。

我直夸该营司金尚营长点子多，他笑笑说："这都是让寂寞给逼出来的，我看官兵业余时间闲得慌，便让各连组织官兵到山上、河边拾回一些怪石和红柳根制成盆景，将一簇簇绿草、一朵朵无名小花移植在罐头盒里，全营一周一个图案的集中展评，这也叫精神自慰胜利法嘛！"

随后，我也对我部的同志们说："咱们也学习学习工兵营，没事拾些怪石和树根，移植些花草欣赏欣赏，不能光说寂寞，要提高一些自娱自乐的生活情趣……"

第二十三天

上午下了一阵小雨，空气有些湿润。

大批的汽车司机和民工聚集到三十里营房，三十里营房有近十家路边饭馆，开始饭馆老板们想趁此机会发笔横财：一碗鸡蛋炒米饭30元，一盘炒面35元，一碗汤面条20元……饭菜再贵也有人去吃。后来不管出多少钱饭馆也不营业了，剩下点粮食他们留着自己活命。看到施工队缺粮，我们给每个施工队送去了两袋面粉，两袋大米和一点盐巴、粉条。

本来副食仅剩余不多粉条的我们，给施工队这么一分，今天彻底断菜了。

断菜的日子，也是考验我们干部的时候。我给炊事班和全体官兵提出了这么一个口号："蒸好馒头，钓鱼比赛，多挖野菜。"馒头要让大家不就菜也能吃下去，全体官兵行动起来分组开展钓鱼比赛，到门前喀拉喀什河畔挖野菜。这一招果然奏效。下午，炊事班就收集了十几条小鱼和一些野菜，我与炊事人员一起把混在野菜里的蒲公英挑出来，晒干后给官兵们泡水喝。因缺乏营养，不少官兵上火，牙龈出血，嘴唇皲裂。

晚餐，我们喝着清炖鱼汤，就着野菜，别有一番情味。断菜的日子里，各部队的干部们都能率先垂范。边防团道路连连长赵玉民身患脉管炎，路断前，妻子托人给他带上来的八宝粥、维维豆奶、葡萄糖粉等食品和饮品，他一直没有舍得吃，锁在柜子里。连部队断菜后，他全部拿出来分给了战士。

晚饭后，赛图拉道班一名工人领着一位柯尔克孜族牧民来找我，牧民讲他家已断粮多日，想用一头毛驴换六袋面粉。在喀喇昆仑山上极少见到游牧的牧民，甭说他用毛驴换粮，就是不换，既然找到我们，也得

　　给他解决点粮食，再说官兵也已好久缺油水、没吃上肉了。我爽快答应，讲定先给牧民两袋面粉，其余四袋打个欠条，待路通粮食送上来后再取。

　　毛驴拴在室外操场边，看上去可怜兮兮的。难道毛驴知道了它将被杀？我叫出几名战士杀驴。没一人敢杀。还胆怯地说："在山上能活命就不容易了，屠杀'无辜生命'，今后会遭报应的。"我斥责道："一派胡言，牲口养着就是给人吃的，看明天你们吃不吃驴肉。"说归说，其实我也不会杀驴。

　　我让人去找炊事班班长王春江来杀驴。每遇此类任务，我总是习惯地交给王春江去完成。别看王春江黑红的脸上长满疙瘩，粗糙的大手皲裂、指甲深度凹陷，嘴唇刻着道道裂痕，貌不惊人的他，在喀喇昆仑山上，还是个有传奇色彩的人物。

　　神仙湾、天文点、空喀山口、班公湖，王春江在这些地方都执过勤、站过岗，这当然算不上传奇色彩。王春江的传奇之处在于他在这些地方肯琢磨，"瞎捣鼓"。捣鼓来捣鼓去，什么烹饪、修车、修电器、木工、电焊、织毛衣都会，有人称他为"啥都会干"的兵。王春江杀猪、宰羊、屠驴、解牛样样在行，简直就像庖丁解牛，游刃有余。

　　王春江来了后，在驴身上抚摸几下，将脸贴到驴面上亲热了一会，然后在驴脖及喉管处轻轻拍了几下，毛驴似乎明白了什么，眼泪顿时流了出来。只见王春江麻利地用一条绳子绑紧毛驴的四蹄，用力一拉，毛驴便侧倒在地。随后，他拿起一条麻袋，盖住驴的双眼，一菜刀下去，鲜血便从驴的喉咙中涌出。昆仑山上的驴很瘦小，一头驴的肉充其量够官兵们会餐一顿。

　　电话一直不通，许多干部想起家事，急得像热锅上的蚂蚁。晚上，几名干部睡不着觉，聚到我宿舍聊天。宿舍里没灯，就着月光，大家兴致极高地谈论着妻子和家庭。一个干部讲："对付寂寞我最有招，一旦我觉得憋得慌，就给妻子、女儿写信，把我在山上见到、听到的和我对她们的思念全部倾诉在信上，现在我已写下了60多封信了，等下山后妻子、女儿看到这份礼物，定会喜欢和惊讶的！"

另一名干部说，一次妻子卧病在床多日，没人照顾年幼的儿子，跑到部队给山上打电话，急得直哭，电话就是打不通。他下山回家后，妻子一个劲地埋怨："这家简直成了你的客栈！"

助理员卫军宏讲的故事最精彩，感动得大家几乎掉泪。

去年10月份，在山上待了近一年的卫军宏下山回乌鲁木齐。在山上听战友捎信说妻子已从"八钢"调到乌鲁木齐某军工厂当电工，暂时没有房子住，妻子带着儿子住在一间配电房里。晚上9点钟，卫军宏到达乌鲁木齐后，直奔这工厂，到处打听询问，深夜12点终于找到了妻儿所住的配电房，便在门外急切地敲门，呼喊妻儿的名字。

老半天，室内传出一个男人的吼叫声："干什么的？"此时，卫军宏心中一惊，愣在了那儿……

过一会儿，室内的男人开门将头伸出来问道："找谁？"卫军宏便说出妻子的姓名。问清情况后，这名男子说："你爱人已搬到对面那间宿舍里去了。"

卫军宏转身来到宿舍门前敲门，这时，妻子开门出来，8岁的儿子尾随在后，两眼呆呆地看着爸爸，好像从不认识似的。妻子看清是卫军宏，高兴地哭喊着："儿子，你爸回来了，咋不喊爸爸！"

儿子这才醒悟，连声叫着"爸爸、爸爸……"扑向卫军宏，抱着卫军宏的大腿，一家三口紧紧地抱在了一起……

妻子挥舞着双拳敲打在卫军宏的胸前，带着哭腔说："你脸咋晒得这么黑，嘴上都裂开了口子，你还知道回来呀！"

"别哭了，进屋再说。"卫军宏扶着妻子说。

"不行！"

卫军宏感到诧异。

妻子告诉他，以前住在配电房，觉着不安全，找领导才调到这间集体宿舍，层里还合住有几名女工。晚上母子睡在一个铺上，吃饭去职工食堂，赶不上就去饭馆吃，生活确实很不易。

已是深夜，明天儿子还要去上学，卫军宏不敢耽误时间。而此时此刻，有家难归，妻儿的艰辛一下涌上心头，卫军宏实在控制不住，眼泪簌簌地流了出来。他挥手使劲擦了一把眼泪，悲壮地对妻儿说："明天我请你们到酒店好好吃上一顿！"便转头朝部队驻乌鲁木齐办事处方向走去……

聊到深夜，大家仍很亢奋。在我的一再催促下，大家这才不大情愿地回去休息了。

第三十三天

早晨起床，天气阴沉沉的。我头昏，心情沉闷，好像将有什么大事要发生似的。昨天我到医疗站体检，只是血压偏高，医生劝我不要剧烈活动。

在高原头晕是不可避免的，就连人的血抽出来都是黑色的。脱发也很严重，每天起床，枕巾上都掉有不少头发，洗头时，水盆里漂了一层，许多年轻的老高原都是头发稀疏得保不住"中央"。

上午，我召集大家议一议前段时间安排的"观云识天气"情况，大家观察得出的结论基本一致。我归纳总结为"早晚观察法"：早晨起床和晚饭后，各观察一次前方黑卡达坂顶上云彩的变化，如果都是白云朵朵，一片晴空，那么这里的白天、晚上肯定都是晴天；如果乌云密布，那么这里的白天、晚上不是下雨就是下雪。我称赞大家摸索出的这一气候变化规律，打破了长期以来三十里营房气候变化无常、无规律的传统说法，填补了三十里营房无天气预报的空白。

晚饭时分，一辆东风牌汽车驶进了我部营区。驾驶员头伸出车窗高喊："快来人卸菜！"我们惊奇地看着这辆浮着一层厚厚尘土的汽车，怀疑是不是听错了。

带车干部主动介绍，他们是阿里军分区的，二十天前军区就通知他们，说山上部队因洪水围困断菜，让他们速送一车菜来。他们驱车前往拉萨购菜，已在路上赶了近二十天。

我们很是感动，本来想坚持住不给军区添麻烦，没想到军区首长一直在记挂着我们！

菜被卸了下来，全是土豆、冬瓜、萝卜之类的果菜，一半的菜坏成了烂泥，还有一些盐巴等副食品。我们留了一些，其余全部分给了其他部队和施工队。有了这些菜，我的心释然了。

第三十八天

今天天空晴朗，是一个难得的好天气。

上午，正在室外晒太阳的官兵突然发现飞来了一架直升机，便喊着朝飞机场奔跑过去。许多民工也跑去看热闹。

直升机徐徐降落，巨大的风速卷得机场尘土飞扬，这也未能赶走极度兴奋的人们。一个中校军官走下飞机喊道："各单位的菜都有标记，一个单位一个单位的轮流卸菜，不要卸错了!"最后他说，上午送的全是菜，下午还要送一趟菜，顺便捎来报纸和信，各单位抓紧时间把病号准备好，马上就随飞机下山。

这些菜有一部分要用汽车再送往边防哨卡。山下留守处给我们购买的菜十分丰富，全是一些黄瓜、西红柿等久违的新鲜蔬菜，还有活鸡、猪肉、鱼，苹果、梨子等水果，以及清油和各种调料，我们又给各施工队分了一些。

受飞机载重量限制，我部只送一名身体虚弱者下山；几名病重的民工也乘飞机下山了。

炊事班长王春江把菜看得特严。战士们纷纷找他套近乎，想吃个西红柿或黄瓜，都被王春江这位"铁将军"给轰了出来。

晚餐，炊事班杀鸡、炖肉，做了十几道菜，我们美美地会了顿餐。饭后，大家看信、读报纸，比过年还高兴。

第四十九天

电话已经修通了好几天。前几天便道快修通时，洪水也小多了。山下留守处的同志将柴油、材料运到洪水对岸，雇骆驼驮过河，我们开车在这边接。有了柴油、材料，我们便开始施工，也能发电、看电视了。

今天，接到山下留守处电话，说路断处的便道已经修通，他们已派人上来换我们下山休整，人员下午可赶到。大家群情激昂恨不得立马下山。

晚上，给上山来的同志交接完工作，大家早早休息，明早天亮提前开饭出发下山。一些战士因为亢奋，睡不着觉，迫切地打起背包，准备好行李，坐在铺上等天明。

第五十天

天还没亮，我就被汽车的发动声和人的叽叽喳喳声吵醒。起床出门一看，汽车已发动，行李已装完车，战士们早已集合在操场，并嚷着不吃饭快出发。我逗着他们说："小伙子们，心急吃不了热豆腐，心情可以理解，山是要下的，饭还是要吃的。不然，这一天的山路还不把我们饿惨喽！"

吃完早饭，车一离开营院，大家兴奋地歌声便飞扬起来。下午，到库地停车休息时，一名新战士看到成片绿荫的树林，抱着一颗白杨树就流泪了。他已有6个多月没见过树了。

晚饭前，我们赶到叶城县。山下热得我们汗流浃背。黑黝黝的脸，浑身尘土，穿着毛衣、毛裤和冬装的我们，引得城里穿短裙、短裤的姑娘、小伙子们驻足观看，从他们惊讶的眼光中看出，我们仿佛是一群从天而降的另类。

电话梦

"您瞧，这是今日普兰县城，这是通往新疆的新藏公路⋯⋯"

"这是阿里首府狮泉河，这是狮泉河的街道、农贸市场⋯⋯"

"您看这狮泉河水有多清澈，这是狮泉河边的人行景观大道⋯⋯"

2018年9月，在新疆某部服役的我的外甥邹盼盼，前往西藏阿里普兰去执行部队换防任务。一到要换防的部队，就兴奋的不停给我发来微信视频，介绍他在高原上的所见所闻。所到之处，边录视频边介绍⋯⋯

我激动地沉浸其中，不停地给他发微信，让他尽可能地多给我发些高原上的微信视频。我惊异于阿里高原的巨变，更是感慨如今在高原上能够随时微信的通讯快捷。

外甥发来的微信视频，让我的心又飞回到了高原，思绪便从感慨里游离出来，想起记忆深处的风雪喀喇昆仑，想起当年我曾多少次为之簌簌泪下的那个"电话梦"。

那是1996年，我调到驻喀喇昆仑山某部工作，这是一个新组建的临时单位。在随后的几年里，我切肤地感受到了什么样的环境才真正叫艰苦，叫闭塞。上了山，基本上就和家里断了联系，几乎就与世隔绝，不要说手机，就是有线电话也很难要通一次家里。

山上只有一条通往山下的军用有线电话线路。我们部队临时干部家属院位于乌鲁木齐市一个无军线电话的偏僻之地，上级为解决我们这些在山上的干部与家里联系的困难，拉了条被覆电话线，给我们工程办副主任家里装了一部军用电话。这部家用电话成为整个家属院的公用电话，副主任的家属也就自然成为所有家属的义务电话通讯员。

山上电话线路畅通之时，部队领导出面协调机务站，设法要通山下乌鲁木齐家属院的电话。在山上，每次都是干部们排着队，家有急事者先讲；山下，家属们挤在一起，轮流着接听电话。有的听到久违的亲人的声音激动得泪流满面，电话成了公开情话，大家也顾不得羞了。就这，即使电话能接通时也是喊破了嗓子，听筒里传来的声音仍似"蚊子"声，经常是电话通到一半就突然中断了，再也无法要通，没轮上讲的只好遗憾地等到下次再倾诉衷肠了。

有时，电话线路遇泥石流、风雪等自然灾害毁坏，而无法抢修，几个月电话中断也是常事。

我初次上山离开家时，妻子与7岁的女儿也是刚刚随我从库尔勒市迁入乌鲁木齐市，连户口都没来得及落下。我与妻子老家都在内地，人生地不熟，女儿要转学上小学二年级，百般找人，才将女儿转了个学校上学。那时的乌鲁木齐市民家里用的是液化气罐，凭户口本才能买液化气罐和限量换气，妻子没落户口，匆忙中，我托人高价买了别人闲置的一只液化气罐。上了山，女儿上学接送、换液化气罐、一应家务事，全落在了妻子的肩上。此后，每年3月份上山，到12月份大雪封山后才能下山回到乌鲁木齐，这一年中，我几乎是音讯全无，偶尔在山上与妻子通一次电话，也是匆匆问一下家里的情况；妻子根本无法要通山上电话，一应家务都由妻子一人扛着。

那时，我们在昆仑山上工作，感到最痛苦的不是生活艰苦、工作辛苦，不是寒冷缺氧，而是精神的寂寞，感情的寂寞，对家人的牵挂。在山上，我们最大的渴望就是能与家人通一次电话，打电话成了我们生活中的一件大事。

男人尚坚强些，女同志则不然。我们单位一位做了母亲的女干部，常常思念幼小的儿子而悄悄流泪，她远在乌鲁木齐的家里电话是市话，无法打通一个军线电话以解思念之苦。每年上山时，她把儿子说的话和哭声、笑声录下来带到山上，想孩子时，就放放录音听听，边听边流泪。

那时，我们都有一个共同的梦，什么时候昆仑山上的电话能与城市里的电话一样，用手一拨要哪儿通哪儿，在边关与家人之间架起一座沟通的桥梁，那对昆仑边防军人该是一件多么幸福、慰藉的事呀！

在昆仑山上生活的几年里，经常去些一线边防连队和哨卡，所到之处，发现边防官兵与我有着同样的电话梦。耳朵里装满了电话的故事。

比如"对接电话"诉衷情吧，山上的边防部队没有地方电话，然而许多干部的家里装的都是市话，为了能与家人和内地亲人通上话，这些戍边人发明了军地对接电话的通话方式。他们先用山上军用电话拨通山下战友家里或办公室的电话，战友再用地方电话要通想要拨打的电话，然后战友把两部电话送话器对着受话器、受话器对着送话器绑在一起，通过这种特殊方式与家人通话。

三十里营房兵站张宝玉，在叶城县的家里安装了一部地方程控电话，让爱人当接线员。战士与家庭来来往往的电话都经过这里接转。战士们说，这条电话线是站长为他们架起的"连心线"。

比如"代打电话"报平安吧，凡有官兵下山，都有一项特别的任务——替战友们给家中打电话报平安。受托的官兵拿着写满电话号码的纸条一个一个地打，一条一条地照着留言念着，同时，还要边打边记，逐人记下家中要对他们说的话，回去以后，再代为转达……

很多昆仑军人告诉我，他们打电话，听到最多的，是妻子的哭泣。对这些雪域戍边人来说，电话中蕴藏着多么深刻的内涵啊！

1989年春节，在上级的特意安排下，位于昆仑腹地全军海拔最高的红山河机务站通过电话接通了中央电视台春节联欢晚会现场，官兵们簇拥一团对着话筒异常激动地含泪向全国人民拜年："强边固国是我们的责任，无私奉献是我们的品德；为了祖国的安宁，人民的幸福，我们甘愿牺牲一切。"整个昆仑官兵在为之兴奋之余，羡慕起机务站在昆仑山上得天独厚的打电话条件。

之前的两年，也就是1987年春节，当时全军海拔最高的神仙湾哨所章邦兴连长，突然接到解放军报社编辑部从首都北京打来的拜年电话，在一旁围着听电话的官兵激动得号啕大哭。事后才得知，这次拜年电话是原总参通信部作为一项重要的通讯任务保障，专门开通了卫星电话，也是解放军报第一次通过太平洋上空36000公里处的通信卫星给一个普通的边防哨所打电话。兴师动众的一个电话，极大地鼓舞和激励了一茬又一茬的昆仑边防官兵戍边热情。

后来昆仑山上有了卫星电话。打电话的人多，要抢上线是非常困难的。好不容易抢上线，卫星电话的回音很大，讲一句，必须停顿一下，等电话里回响一次你的声音，你再讲下一句。很慢很慢。时常还会遇到只能收到信号却发不出信号的现象，官兵们只能单边听对方讲话而自己却不能回答，大家戏称这为"单边电话"。即使如此，也很难打通。通常要拨好多次才能通一次话。

电话联络不畅，给工作上带来了很大不便。一些部队与上级或下级联系，只能靠军用密码电报。

十几年过去了，雪域高原也与山下一样实现了通信现代化，就连发手机微信等一些过去想都不敢想的事，如今在边防哨所变成了现实。进入新时代，昔日许多"童话"般的梦想，甚至连做梦都不可想象的事，如今都已变为现实，沉浸在温暖而幸福的回忆中。譬如这电话梦。

军　狗

我对狗向来没什么好感。记得小时候在农村，你要是穿戴阔气去串门走亲戚，狗非但不咬你，有时还会摇尾乞怜；反之，你若穿戴破旧，特别是那些讨饭之人，狗总是凶形毕露地疯狂追咬。

然而，自从上到昆仑山后，我便改变了对狗的一贯看法。我发现身边那些被边防官兵称为"军狗"的狗，全然没有印象中狗的那种势利。

这些常年生活在边防军营，同官兵一起巡逻、守防的"军狗"，都是官兵自己饲养、没有训练过的"草狗"，别看长得其貌不扬，但兵味浓、通人性。长期的守防生涯，官兵与军狗之间结下了谁也离不开谁的深厚友谊。

这些把一生都交给了风雪边防的军狗，有的比官兵在边防的时间还长。守防官兵一年一换防，可军狗是从来不换防的；在寂寞的守防生涯中，军狗的责任意识极浓，它们视哨卡为家，从不乱跑。

三十里营房医疗站，有两条叫"药瓶"和"罐头"的小狗，如遇女士进站，它们一蹦一跳地跑在前面欢迎，煞是殷勤；若是男同志进站，它们总是一个劲儿"汪汪"叫着示威。特别是男士们若想走进女护士们的宿舍，必须有主人陪同，否则就难过它们的"关"。

"药瓶"和"罐头"是女兵们的保护神。"药瓶"和"罐头"还会捕鱼。

冬季，官兵们有时把冰封的河面凿开一个小窟窿，"药瓶"和"罐头"就会扑上去，瞪大眼睛盯着河水，瞅准了张口一咬就衔住了一条鱼，一甩脖子"叭"地把鱼抛在岸上。官兵们不时吃上"药瓶"和"罐头"捕来的鱼，同时也享受着它们给寂寞生活带来的无穷欢乐。

我在三十里营房的几年中，从未发现哪"家"的狗串过门，这虽然与长期封闭、寂寞、孤独、压抑的生活环境有关，但我想主要还是这些狗已适应高原、根植边防了。

要是那些一直在山下长大的狗上山，情形就决然不同了。1998年7月份，我们部队在山下某军犬训练大队花了500元钱内部价，买了一条身材高大、形似黑驴并取名"黑驴"的军犬带到三十里营房，上山的第一天，它新鲜得到处乱跑。可能是这位"洋朋友"长相太丑，也可能是这里的狗从没有串门的习惯，结果无论串到哪"家"都不受欢迎，惹得哪"家"的狗都追着它朝死里咬，将它赶出大门外，为此，各家还意见纷纷。

第二天，我们只好用铁链将"黑驴"锁住。第三天，它就熬不住了，急得"汪汪"地吼叫着不停，眼泪都吼出来了；次日晚饭后，我们实在是不忍心，便把它放开了。此时，已尝过周围同类厉害的它，再也不敢独自朝外跑了，只好围在我们身旁团团乱转，不停地撕扯着我们的衣边，缠着带它出去玩。我们把它带到门前喀拉喀什河边，它兴奋得像个小孩似的又蹦又跳，不停地在浅水区和河边奔跑着，像发现了新大陆兴奋得让给它洗澡。此后，只要将它锁住，它就吼叫着不停。反正它也不咬人，任它去吧！后来我们再也没有锁过它。

这条"黑驴"实在是耐不住寂寞，还不出一个月，它就人不知、鬼不觉地同周围的狗朋友们厮混熟了，晚上居然还敢串门，同它的"朋友"

睡在一起。

后来，奇迹出现了，在它的煽动下，三十里营房周围部队的十几条狗，竟然在凌晨4时左右从各自防区跑到门前新藏公路上"联欢"，相安无事、十分精神地撒着欢，相互追嬉、打闹，或悠闲地在大门前的那条"南京路"上散着步，白天它们一个个愁眉苦脸、无精打采的情形，此时全都荡然无存。玩上1小时左右，又自行解散，回到各自防区。害得我为观察它们这一行动好几个晚上都没睡好觉。

每当我同老边防们谈论起此事时，他们都感叹地说："这是从未有过的！"

在某边防团前指，我看到一条老得满嘴无牙、已有多年"军龄"的肥大黄狗，名曰"阿黄"。让人奇怪的是，这只狗每天只要听到院内高音喇叭里播放的军号声，不管它处在什么位置和什么情况下，都会迅速直起后腿，前腿腾空，一动也不动、两眼全神贯注地盯着高音喇叭，跟着军号声，一声接一声地高声吼叫着，号声停，它的吼叫声也跟着停了，一天要是放10次号，它也跟着吼叫10次；平时不放军号时，它从不连声吼叫。官兵们说"阿黄"神经过敏，一听见军号响，就像是在接受首长检阅。

"阿黄"总是跟随响起的军号一起吼叫，想必有些原因。为弄个明白，我找到老边防、前指总指挥李银堂中校，他说："这条狗以直立的'军姿'跟着军号吼叫已有五年多了，怎么回事我也弄不清楚。"

"我们这里的狗，跟战士一样自觉，每天只要出早操的军号声一响，院内的7条狗都会自觉地早早跑出来，部队开始集合，这几条狗也自觉地排成一列站在部队后面。部队早操完毕解散，狗也跟着解散。每次开饭，这几条狗总是跟着部队卧在食堂门口，等待分发食物。无论是白天还是夜晚，这几条狗都十分自觉地卧在自己的岗位上守门，从不乱跑。战士们都说边防上的狗没训练，全靠自觉养成！"他还动情地对我说，"边防官兵同狗的感情深着哩！你别看边防上养这么多狗，我们还从未发现有哪一个连队、哨卡把狗打死吃肉的，即便是在缺粮断菜的日子里！"

这话我信，我曾目睹过。我们刚开始到昆仑山施工，住在这个团前指通信连二楼时，每天晚上都能听见好一阵狗哭声。据通信连官兵讲，这条狗已经有13年的"军龄"了，以前从不哭；刚开始哭时，他们制止了几次，但不生效。后来连队干部总是讲，狗哭是件不吉利的事，干脆把狗杀了埋掉；说归说，可这事谁也不敢轻易做主。最后，连队干部决定由全连官兵举手表决来定这条狗的生死，结果以少数服从多数未获通过。目前这条狗仍健在，依旧每晚哭上一阵。

还有一次是，这个边防团前指的一位副营长，在路过三十里营房机务站大门时，走得靠门太近，没堤防机务站看门的狗猛一下子扑了上来，将他腿咬得鲜血直流；他恼怒至极，提起手中的枪就朝狗开了一枪，狗负伤而逃。为这事，机务站领导很是不高兴，当天就将情况上告到南疆军区。事后，南疆军区派人对此事进行调查，给了这位副营长一个处分才算了事。

生活在特定环境，产生出的是一种特殊感情。用边防官兵的话说，他们同狗之间的感情，那真是生死相依的昆仑山那样厚重、坚定的感情。

某通信总站前指张处长告诉我，有一年冬季，一天夜晚死人沟至多玛段通信线路突然中断，红山河机务站站长张关申奉命带领维护小组顶风冒雪前往抢修。由于高寒缺氧，过度劳累，第二天下午，当他们检修好线路返回，在翻越距机务站仅有2公里的小山时，一个个瘫倒在山坡上爬不起来了。这时，碰巧机务站的狗发现了他们，狗狂叫着一溜烟往站里奔去，跑回站里，不停地"汪汪"直叫，声音都变了调，硬是把站里官兵带到现场营救，否则，后果真是不堪设想。

谈起狗同边防官兵之间的感情，李银堂中校绘声绘色地讲起他在神仙湾哨卡当连长时的一个故事。

那年，他带领全连官兵到神仙湾哨卡接防，在山下老乡家讨了一条小狗带上哨卡，起名"座山雕"。每天像抚养婴儿一样，给小狗喂奶粉、罐头和饼干。在大雪封山的日子里，战士们担心晚上小狗冻着，每天轮换着将小狗放进自己的被窝里一起睡觉。狗养大了，官兵们同这条狗之间的感情也愈来愈深了。每次巡逻，这条狗总是跑在前头，一旦遇有情况，就奋不顾身地冲上去，为官兵们做开路先锋。晚上站岗时，这条狗总是警惕地伏在哨兵脚下，陪哨兵一起放哨。

有时干部或战士临时下山办点事，这条狗就用嘴死死地咬住你的裤腿，双脚刨地，显得很不安，两眼泪汪汪地舍不得让你走；等你上山返回哨卡时，它就立刻"汪汪汪"地欢叫着，亲昵地扑向你，前腿紧紧搭在你的双肩上拥抱你。你亲切地抚摸它几下，它就很乖巧地卧在你脚下，像久别亲人的孩子似的摇头晃脑，摆着尾巴。战士们都视这条狗为哨卡里的一名"编外士兵"。

李银堂还说，你别看这条狗乖巧、温顺，但它的警惕性却很高，一见到生人上卡，就会追着咬。1987年夏天，新上任的指导员刚到哨卡报到，这条狗就围着他狂叫。第二天晚上，指导员上厕所，这条狗一见就立即扑上去紧追不放，围着哨卡紧紧追了指导员4圈，最后终于追上了指导员，猛扑上去咬了他一口，指导员忍着疼痛，喘着粗气跑回宿舍，一怒之下，提起冲锋枪冲出门外，一声枪响，这条狗便倒在了血泊中。

战士们听见枪声，紧急披衣夺门而出，一看傻了眼：自己的亲密"战友"倒下了！吵吵嚷嚷要找指导员讲理，并扬言要收拾他。李银堂出来做了好半天的工作后，战士们才伤心地哭着将狗抬回宿舍；这一夜，大家都流着泪守在狗旁没一人合眼。

次日，战士们默默地看着狗，没一人能吃进去饭。最后在其他连队干部的劝说和主持下，这才平息了众怒，大家流着泪给狗整理了"遗容"，并给"他"穿上战士们的迷彩服，恋恋不舍地为这条狗举行了隆重的葬礼，并立碑一块，上面书写着"亲密的战友，坐山雕"，以表怀念……

耳闻目睹了昆仑"军狗"一个个充满兵味人情味的故事后，我被深深地感染了，从内心里喜欢上了它们。

朋友，如果你有机会踏上喀喇昆仑边防哨卡，见到这些随官兵们一起守防的忠实"军狗"，我想一定会比我有更深的感受。

高原人家

都市人，想听"生命禁区"喀喇昆仑山上一个八岁小女孩第一次吃薄荷糖的故事吗？

初上喀喇昆仑山，对什么都感到陌生和好奇。

这天上午，部队的孙长江少校说："山上没什么好吃的，我去找户牧民换头毛驴回来，你有没有雅兴跟我们一起去玩玩？"

我当然求之不得。

我们到赛图拉道班找到维吾尔族工人买买提江，请他为我们当向导和翻译后，便驱车从三十里营房出发，沿新藏公路往前赶。

一路上，买买提江不停地向我们介绍着山上的风土人情。他说："这一带的人家很少，都是世代游牧在喀喇昆仑山深处的柯尔克孜族群众。牧民们常年在山上放牧，吃粮全靠牲畜换，所以在山上有钱也买不上肉；现在换头毛驴得4袋面粉，换一只羊也得3袋面粉；前几年两袋面粉就能换头驴。不知怎么了，今年一下子就涨了。"

车上，我一直在想着：在风吹石头跑、氧气吃不饱、四季穿棉袄的喀喇昆仑山上，这些柯尔克孜族人家是怎样生活的？

行至三十里营房9公里桥时，汽车朝左驶离公路，顺一山坡上爬行1公里左右，便上到了山坡的顶部。只见坡下有几间土屋孤零零散落在荒原旷野上。

听见汽车声，一位长着长长胡须的老人与两位妇女、三个小孩从土屋里跑了出来。进院门，是一座小四合院，院里灰土、羊粪很厚，阵阵狂风吹得尘土飞扬，令人睁不开眼睛，我们掩面飞快地跑进了土屋。坐在满是尘土的土炕毡毯上，我们与主人聊起来。老人告诉我，他叫买地库尔班·卡特，已70岁了，从记事起就在昆仑山上游牧，如今全家已有10口人。20年前，他在这里盖了8间低矮的土屋，开始了高原定居生活。

我掏出一把水果糖给三个小孩，孩子们高兴地疯抢着吃了起来。看上去三个小孩最大的也不过5岁，小的还在吃着母亲的奶水，全家人的脸都是古铜色。老人家有两个女儿，都已结婚，女婿都是山里的柯尔克孜族牧民。现在家里的这两名妇女，一个是老人的老伴，一个是他们的小女儿；三个孩子是他们的孙子、孙女，其余的女婿、女儿和孙子都到康西瓦放牧去了。

问起他们在高原上如何生活，老人说，他们家目前有180只羊、7头驴，为防止晚上狼偷袭和羊冻死，8间土屋有5间是羊圈。每年9月份，他们要赶十几只羊到山下去卖掉，买些衣服、面粉、盐等生活用品。不够吃时再用羊在山上换些粮食。烧的全是干牛、羊粪，喝的是山沟里喀拉喀什河的水。

老人告诉我们，他的两个女儿出生时是他自己接生的，4个孙子、孙女出生时，是老伴尼沙艾孜在这间土屋里接生的。

看着老人十分幸福的表情，听着对现实生活很满足的述说，我感慨万分：在如此恶劣、缺氧的高原上，70岁了身体依然如此健康，在无任何医疗条件下，4个婴儿安全出生，这不能不令人惊讶……

看着老人高原红脸庞的小女儿在奶孩子，我问她多大年龄，她告诉我说还不满25岁。我拿起相机给她拍照，她始终羞涩地笑着。这是我第一次近距离接触昆仑山上柯尔克孜族妇女的眼神，我惊奇地发现，那笑就是从眼神开始的，当她面对镜头的一刹那，睫毛一忽闪，眼睛刷地睁大，一些亮亮的东西就快乐地放射出来，从眼角到嘴角，然后溢满整个脸庞。

那眼神，纯净如水。

扯完闲话，我们进入换驴的正题。老人说夏季他家的羊、驴全赶到康西瓦放牧去了，到10月份才赶回来圈养，家里现在一只牲畜也没有。

我们只好驱车告别，老人全家热情地出门挥手相送。看着这户老少高原人家，我心酸至极。我们返回新藏公路继续前行，不知不觉，车已行至康西瓦道班，此处距叶城县450公里。道班的路牌上醒目地写着：康西瓦，海拔4250米。

汽车在买买提江的引导下，停在一个地窝子前。我打开车门，下车走上几步，就感到有些气喘，炎炎的烈日烤得人脸上一阵灼疼。定睛一看，周围就这一户人家，在这户人家地窝子木头门上钉有一块蓝色的铁皮门牌，上写着：柯尔克孜族，05号。

举目四望，巍巍昆仑山逶迤连绵，四周的雪峰伸向天际同蓝天连成一片；门前一条汹涌澎湃、宛如游龙的喀拉喀什河九曲连环，瑰丽而神奇，多姿而迷人。

我们推开虚掩的门，弓着腰走进地窝子，碰巧主人都在。地窝子很低矮、窄小。在买买提江的翻译下，我们认识了这户4口柯尔克孜族人家。

主人阿不力孜，今年51岁。儿子阿提江和儿媳阿依巴卡，阿提江左腿有点跛，在山上放羊摔的。8岁的小孙女阿依古丽见到我们进来，直往大人背后钻。

他们都是皮山县三九乡二大队的牧民，在喀喇昆仑山上放牧已十几年了，家里放养着250只羊、100头驴、50匹马、200头牦牛，主要靠儿子和儿媳放牧。由于长期受高原紫外线的照射，他们全家人的脸上都晒成了紫铜色，手上裂开了一道道口子。

环顾室内，墙角堆满了干牛、羊粪，想必这些都是用来做饭和取暖的；地上堆放着一张破渔网和几条小活鱼，墙上还挂着一串串小干鱼；一看就知道，门前这条喀拉喀什河成了他们赖以生存的食鱼基地。主人告诉我们，他们每天主要以吃馕饼和肉为主。言谈中，主人感到目前的高原生活很殷实、富足。不过，我还是替他们担忧，在这么闭塞、孤寂的环境里生长，至今还未上学，小古丽今后的教育怎么办？如果有个三病两痛的，在这前无村、后无店的高原上，这一小户人家又该怎么办！

孙少校他们同主人商量着换驴的事，我在一旁没事，就疼爱地拉了一把8岁的小古丽，想逗一逗她。她非但不过来，还喊叫着把手指含进嘴里，跑到父母的身后躲起来，一双亮晶晶的眼睛睁得圆圆的，胆怯地偷看着我。

我顺手从口袋里掏出一把五颜六色的薄荷水果糖，伸到古丽面前想逗她过来。她看后有些好奇，但怯生，没有到跟前来的意思。

我剥开一块糖放进嘴中，装出吃着很香甜的样子。这时，古丽的小嘴才开始微微张开，一下一下地动起来。我张开嘴，用舌头将糖伸出给她看，再收回去慢慢吃，这样反复几次，小古丽被逗得直流口水。

我招手让小古丽过来，她竟然来到我的面前。我张开嘴，示意她学我把嘴张开。待她微微张开小嘴后，我剥开一颗糖放进她嘴里，她刚舔几下，就一副痛苦的表情将糖吐了出来。哦，原来是薄荷糖带点凉、辣味的缘故。

我又把嘴伸向她面前，装出吃得很香甜有味的样子，她的嘴随着嚼了一下后，可能是刚刚尝到糖的余味吧，她随即从地上捡起糖，放进嘴里又吃开了。

嚼着嚼着，她又皱开了眉头，咧开了小嘴。但一会儿她又笑开了，她一边笑着，一边不停地用小嘴嚼着，银铃般的笑声脆脆地升向云空，传向很远。

吃完后，她又张开小嘴、伸出小手找我要糖吃。我拿出相机，让她拿着小鱼，等我给她照完相后再给她糖吃，她拿着两条小鱼听话地、羞涩地看着我给她拍照。

临别时，我把口袋里的水果糖全掏给了古丽。当我们载着换来的一头毛驴走时，小古丽跑出来目送着我们远去。

一天换驴的亲历，令我感悟：生活在这块高原上的人们是多么容易满足，生命是何等顽强、伟大啊！而都市里有些人，即使被金子埋起来，也会觉得缺什么。究竟缺少什么呢？没有经历过大苦大难大悲大痛者，是不能了解到这一层的。

昆仑寻夫

那是8月的一天，午休时分，我正躺在阿里军分区留守处一平房前苇席凉棚下的藤椅上纳凉看书，突听有一女声唤我。抬头循声望去，我蓦地一惊：这不是战友晏江陵的爱人武思庆吗！只见依然风风火火地她脸色通红，浑身上下全是土。

"你这是从哪儿来？"

"刚从昆仑山上搭个便车下来。晏江陵让我来这儿找你，给我找个车回库尔勒。"

我连忙给她倒水洗脸、泡茶。刚一坐定，她便快言快语地说起了她此番的昆仑之行：

"我这次是带着满腹的牢骚和怨气，闯昆仑寻丈夫来的。临行前，我就痛下了决心，如果丈夫不跟我回家、不向组织要求转业，就同他离婚。

你是知道的，他军校毕业以来一直在驻库尔勒市部队工作，我家和单位都在库尔勒市，一家人在一起多好啊！不知他脑子里哪根弦突然出了毛病，不管我和家人怎么劝阻，就是不听，硬是找组织将他调到了昆仑边防上工作。结婚以来，我们夫妻从未分开过，突然两地分居，总觉得家里冷清清、心里空荡荡的，等待他归来的那种孤独、失落感时时袭上心头。

他上昆仑山四年来，别说什么花前月下、卿卿我我了，就连信都极少给我和女儿写过。6岁的女儿雪儿经常问我：'爸爸在哪儿，什么时候回来？'问得没法，我就指着家门前的一座山告诉她：'你爸爸在山的那边和很多的叔叔一起保卫祖国，等山顶上的雪化了，你爸爸就回来了！'后来女儿想爸爸时，总是站在窗前呆呆地痴望着那座大山。

为了安慰孩子，女儿生日那天，我特意请了几位好友和她们的孩子到我家做客。看着别人一家团团圆圆幸福生活的情景，我的心仿佛像打翻了的五味瓶很不是滋味。这一夜，我流泪了。

有人说：做女人难，做军嫂更难。我的体会是做昆仑山边防上的军嫂不知得忍受多少不为人知的艰辛，那真是难上加难。且不说生活中的困难，孩子病了，半夜三更上医院连个陪的人都没有，我们女儿就是一次发高烧给耽误了，得了肺炎，后来又做了扁桃体摘除手术。

一位闺蜜经常劝我，还不快让你老公转业回来，你知道别人背地里叫你啥？我缄默了。这位闺蜜再也按捺不住了，她说：'别人都叫你活寡妇！你知道雪儿为什么前几天一直待在我家不愿回来吗？她们班上有个调皮男孩经常欺负她，还说她没有爸爸，结果两个孩子吵起来，老师批评她，说她是班干部、三好学生，不应该和同学吵架。雪儿倔得很，死活不肯向同学道歉……'

听到这儿，我心如刀绞，顿时感到四肢麻木、头晕眼花。女友走后，我一夜未眠，前思后想，决定独身去一趟昆仑山，把丈夫给找回来。

第二天，我把女儿安排在她姨妈家中。临走时，我说：'雪儿，妈妈出差去，要过很长时间才能回来，你在家一定要听老师和姨妈的话，好吗？'孩子哭着说：'妈妈快点回来，雪儿想妈妈。'

就这样，我忍痛割爱，下决心哪怕是九死一生也要去昆仑山把丈夫给拽回来。这一次，无论他再花言巧语、嬉皮笑脸哄我，我也不再上当受骗了。

清晨，我瞒着父母，从库尔勒搭上了去叶城县的公共汽车，走了两天一夜，终于到了叶城县。一打听，才知道上昆仑山的路还远，没有公共汽车。在叶城奔波了一天，终于找到了一辆上山的地方便车。晚上，我疲惫地躺在一个破旧、肮脏的招待所里，翻来覆去地睡不着。次日凌晨，只听到室外有人大喊：'喂，起床，准备上山了！'我一下子惊跳下床，开门一看，天还很黑。

我眼睛近视，模模糊糊地爬上了拉水泥的大货车，躲在驾驶室后边一长条铺上，一声也不敢吭。车刚走出60余公里，轮胎爆了，驾驶员下去修车时，我缩在长条铺一角不知不觉睡着了。突然，我被一声严厉的吼叫声惊醒：'起来，别睡了！'我吓了一跳，赶紧爬起来。我长这么大，还是第一次出远门，更何况，这次是一点准备都没有的独闯昆仑山，我开始有些后怕了。

车子摇摇晃晃、上下颠簸地走着。天渐渐亮了，外面下着雨。我壮了壮胆，透过窗户向下望去，哎哟！吓得我一哆嗦，路真险呀！车一会儿爬坡，一会儿下坡，一会儿急转弯，一眼望上去，陡峭的"之"字形的山路，似一根飘带挂在山腰，用棍子一挑就会掉下来。我闭上眼睛，手紧紧抓住铺沿，吓得脸色苍白。我的心快要提到嗓子眼了，我越来越感到喘不过气来，张大嘴巴呼吸也无济于事，胸闷、心慌、头晕接踵向我袭来。

驾驶员看我脸色有些不对，塞给我一瓶矿泉水、一块馕、几个水果糖，生硬地说："垫一下就好了。这是库地达坂，第一次上山都这样。"

达坂还未下完，车轮胎突然爆了，驾驶员这次真的生气了，对我吼

道：'快下去搬块石头！'

我赶紧下车，喘着气、吃力地搬了块石头给他。他边修车边嘟囔道：'真倒霉，拉个女人车就爆胎！'

我怕他们扔下我不拉了，便上前讨好地没话找话道：'师傅，你们这车往山上送货几个月了？'

师傅眼一瞪说：'三个多月了，从没坏过车，第一次拉女人就坏车，你这是傻了还是疯了，命都不要了，上他昆仑山干啥去？'

我赔着笑说：'我上山去部队看丈夫，有急事！'

'噢！'师傅的脸这才阴转晴。

不一会儿，车修好了。司机告诉我说：'高原反应大，现在才走了三分之一的路，你千万不要睡着了，万一窒息了，我们可怎么办。'

我点点头说：'谢了'一路上，我与两位师傅说说笑笑，他们对我的态度明显好了，车内的气氛也活跃了。

'上麻扎达坂了！'两位驾驶员提醒我。我感到胸闷、心慌、头晕、头痛得厉害，恶心想吐又吐不出来，有一种说不出的难受，我咬紧牙关硬挺着。车爬到麻扎达坂顶上时，抬头望车外，我感觉伸手就能抓住天边的云彩，呼吸不畅，我不得不张大嘴巴猛喘气，疲软地斜躺在车上。

达坂总算过去了，天渐渐黑了。

这时，车外呼啸的狂风裹着雪花和雪粒打得车玻璃噼里啪啦地响。我长这么大，还是第一次看见8月下大雪。在叶城出发时，穿着裙子都流汗，此时紧裹着司机油乎乎的破棉被还发抖。

晚上10点左右，不巧车坏了。我下车准备去方便一下。驾驶员突然大吼一声：'别跑远了，小心有狼！'

我一阵惊悸，心中惧怕和强烈的高山反应，加之寒冷，我浑身发抖，蹲下去后，差一点就起不来了。

黑压压的群山里依旧刮着大风，下着大雪，我高山反应得昏昏欲睡，难受得又睡不着。不巧，车子连续爬了好几个麻花状的山路，行至山的垭口时，抛锚了，司机急得束手无策。

'车是修不好了，今晚要在黑卡达坂过夜了！'驾驶员生气地说。

我说：'师傅，这儿有多高，心里咋这么难受？'

'5300米！'驾驶员心烦地答了一句。

我又冻又饿又渴，连一点吃的东西都没带。原想饿了，就在路边店买点儿吃，谁知山里连个人影都没有见到。我躺在驾驶室里真有种生不如死的感觉，开始胡思乱想：还没有见到丈夫，万一……女儿怎么办？

这时，我们突然发现有亮光。有车来了！我们一阵惊喜。但又害怕来的车不搭理我们。结果一拦，车停了。我们让他们给前面三十里营房某部队捎个口信，说助理员晏江陵的妻子上山困在黑卡达坂上。

大概过了4个多小时，丈夫带车接我来了。我顾不得外面凛冽的寒风和大雪，激动地跳下车去，跑上前紧紧搂着丈夫哭了起来，丈夫拍了拍我，小声说：'羞死了，这么多人……'

凌晨3点多钟，我来到了丈夫所在的部队　三十里营房边防某部。官兵都在等我还未休息，一个个笑逐颜开，特地做好了一桌饭给我接风，一口一个：'嫂子请喝饮料，嫂子你辛苦了，请多吃点菜……'看上去，我来了，他们真是比过年还热闹。面对战士们的一声声'嫂子'和憨厚的笑脸，我感到前所未有的温暖和幸福。

这一夜，虽然我时不时地因出不来气而憋醒，但还是出门的这几天里睡得最香、最甜的一夜。

第二天，丈夫问我：'老婆，你疯了，真是吓死我了，怎么也不捎

个信就上山来了？多危险啊，要不是碰巧有车路过，这一夜看你怎么过呀！'

是啊，现在想想，仿佛是在做梦，越想越后怕。

在三十里营房，我一住就是10天。那里真可谓是人迹罕至，生活的艰苦寂寞让我始料不及。10天中，我看到了山上无法打通地方线电话，信又无处可寄。

我虽然每天都感到头晕气短，但每天都被周围的见闻感动着。一桩桩、一件件，让我读懂了他们不一样的担当和奉献。

丈夫部队的政委腿摔断了，组织上让他下山住院，他操着浓浓的湖南腔说：'工作这么忙，我能下山吗？'有一位干部的妻子捎信说她剖宫产，生了个儿子，当时差点要了命，这位硬汉子，泪水往肚里咽，硬是把信锁进了箱子，和战士们一起执行任务去了。有许多干部都30多岁了，还没找上对象。有一位战士家里来信说母亲病危，让他速归，他把信放进口袋里一声不响，紧握钢枪守在边防哨卡上……联想到自己，真是太自私了。

当丈夫带我去看了康西瓦烈士陵园后，看到那么多年轻的战士为了保卫祖国长眠在昆仑山上，我感动得热泪盈眶。当我目睹到丈夫常年就是在这样一种环境里为国戍边，连氧气都吃不饱，比我的生活环境不知要苦多少倍时，我想，即使我丈夫不来这里戍边，还会有其他人的丈夫来，我们不愿意干，难道别人就愿意干吗？正是因为有了我们这些军嫂的无怨无悔，官兵们在边防才能更加安心，正是我们这些军嫂默默的鼓励和支持，给了边防官兵们更多坚守的勇气与动力。我越想越觉得误解了丈夫，对不起丈夫。

相聚总是太短。转眼，我就将踏上返乡之路。这趟昆仑之行虽历经艰苦，但不虚此行，让我真正认识和理解了我的丈夫，还有他的战友们。

临下昆仑山时，我没对丈夫说起此行的真实目的。告别时，我帮丈夫整理了一下军装，给了老公一个深吻，然后忍泪含笑说：'老公，你在山上要注意身体，这次我什么也没给你带，但在这里我读懂了你，家里你就不要操心了，你放心在这儿工作吧！'

临行时，丈夫部队的领导和官兵列队给我送行，那场面，感动得我泪如泉涌……"

采玉人

夏日的一天中午，我们驱车从三十里营房出发前往昆仑山玉矿。

玉矿在距三十里营房15公里的一座山上。此山属昆仑山系，行政区属新疆皮山县，玉矿里的玉石为纯正的"和田玉"。

没来玉矿前，经常看到三十里营房的官兵拿上罐头等物品，到玉矿交换玉石，下山雕刻成玉器。

和田玉自古就非常有名。据史料记载，人类第一个使用玉石的人，距今一万两千余年。和田民间有种说活：昆仑山是神对大地的赐予，玉是昆仑山对人类的赐予。

和田玉来到人间有两种方式：一种是在昆仑山中寻找玉矿，开采玉石，称采玉；另一种是到玉龙喀什河（又称白玉河）里捞玉。这些玉石都是洪水季节从昆仑山上冲下来的，在上千公里的河床里碰撞打磨，到了和田已磨成光滑洁白的小块玉石，这种玉叫"仔玉"。找玉的人都相信有"玉缘"的说法。

夏季，我曾在和田随当地友人到玉龙喀什河里捞过仔玉。我们在河滩上低头寻玉，在清澈的河水中捞玉，十分有趣。和田人捞玉的本领，很让人佩服。他们行走在混浊的深水中，凭脚的感觉，就能辨出哪块是玉，哪块是石，绝不会错过。

玉矿位于海拔4300多米的山腰上，我们沿采玉工人踏出的羊肠小道，艰难地爬到了矿上。山上风大，紫外线强，氧气稀薄，5名采玉工人头发脏乱、脸色黝黑，嘴唇上裂着口子，双手指甲翻翘。

几个矿口像一片鸡窝状，石碴滩上，堆有几堆青白玉石，这种直接从山里采出的玉称为山料，这里的山料主要是青白玉。采玉人告诉我，这是他们从刚找到的一条玉带里采出的，准备这几天背到山脚下运走。

我趴在洞口看下去，洞内漆黑。矿工说带我下洞去看一看，一了解，这里什么安全措施都没有，我不敢拿生命儿戏，便在洞口与他们寒暄起来。

5名矿工都是四川南充人，已在此采玉7年多。他们是矿主的雇工。矿工们介绍说，采玉不像挖煤，煤矿选一个矿点就可以采几年，甚至几十年。但玉矿不一样，有时是碰运气。这座山里有许多个玉矿带，有时用炸药炸开几个洞口，白辛苦几天，找不到一条玉带，都是常事。

我看到玉矿洞口都比较小，只能进去一个人。矿工们说，找玉矿带是极辛苦的事，一个人钻进洞里，打洞四处寻找，根据石质的成色判断是否有玉带，玉石有"干湿温润"的特点。这里的玉带一般宽70厘米左右，构造大多呈线状，有的也呈环状，如果开采到出现一层黑石头，玉带就断了，再往前开采，就没有玉石了。

取玉时，不能狂轰猛炸，要用膨胀剂，采取无声爆破，不能强撬，以避免人为的裂缝。他们在这里曾采过一块重110公斤的青白玉。

取玉是个危险的活计，洞顶上经常掉石头砸伤人。有一次，有两个兄弟在洞内采玉时，洞口塌方，被埋进洞内，他们营救了5个多小时，才把人救上来。

采玉人是艰辛的，曾有汉《史记》载："取玉最难，越三江五湖至昆仑之山，千人往，百人返，百人往，十人返。"即便如此，一代又一代的昆仑采玉人仍纷至沓来。

我们下山来到矿工的住处，一个地窝子，既是他们的宿舍，又是伙房。照明用的是马灯和蜡烛，吃水要到远处的喀拉喀什河里，用塑料壶一壶一壶地背回来。我看到伙房里放有几塑料壶5公斤装的散酒，炊事员介绍说，这里馒头蒸不熟、米饭夹生，很少吃上蔬菜，大家都很累，又没别处可去，闲时都以喝酒来打发时间，平均每天1人要喝半斤散酒。

半天的玉矿之行，我深刻地感受到采玉人的艰辛，玉石的确来之不易，不过，也学到了一些识玉鉴玉的常识。

采玉记

在喀喇昆仑山三十里营房住久了，慢慢就同周围部队官兵混熟了。闲暇之余，去串串门，发现一些干部战士宿舍床下、窗台上、墙角里都放着一堆堆玉石，一询问，才知这些玉石大都是他们从山里和门前一条喀拉喀什河里采捞的。

昆仑山盛产玉石早有所闻。

春秋战国时，就有文献载：昆仑为"玉山"，是"群玉之山"。西汉中山靖王刘胜夫妇墓葬中出土的由2498块玉片缀成的"金缕玉衣"，据说也出自昆仑山。昆仑山盛产白玉、青玉、黄玉、墨玉和碧玉，其中，黄玉最佳，是上品玉，青、碧玉次之；昆仑玉石最显著的特点是：晶莹美丽，质地细腻，温润光洁；呈半透明状为最佳，白璧无瑕为上等，因其酷似羊脂，因此又称"羊脂玉"。

目前，珍藏在北京故宫博物院的玉器之王"密勒塔山玉大禹治水图"玉雕，其玉石就出自昆仑山叶城县境内的密尔岱山。

1789年，叶尔羌伯克玉素甫在昆仑山采到3块特大玉石，总重13.2吨，其中，最大的一块青玉石重6吨。据说1978年，有人在昆仑山上采到一块518斤的稀有高档白玉，轮换抬运，历时18天，才运下山来。流经新疆和田的玉龙喀什河、喀拉喀什河、墨玉河，源头皆出昆仑山，当地群众经常在河中采捞玉石，这些玉石都来自昆仑山。

昆仑山上盛产玉石，也不是满地都有，玉矿床一般在海拔4000米的深山峻岭间。

临下山前，我想体验一下采玉的滋味，顺便也想采些玉石回去留个纪念。三十里营房兵站教导员吕超在山上任职时间较长，他对哪里有玉石比较熟悉。在我的一再请求下，他答应带我去采玉。

次日吃罢早饭，我们一行5人，带上干粮徒步从三十里营房出发，先来到喀拉喀什河采玉。

我们在河床的卵石滩里扒来扒去，两个小时过去了，我一块玉也未找到。他们几个倒是捡到了几块青玉。

我们决定去三十里营房西南沟里采玉。从三十里营房到西南沟山脚下，是一片约5公里长的乱石滩，海拔4000米左右。虽说这样的路在昆仑山上算是好路，但我们还是艰难地走了两个多小时。走到山脚下，一个个累得气喘吁吁，我感到两腿软软的，一点儿也不听使唤，像灌了铅似的，阵阵头痛，痛得人心慌意乱，咚咚直跳的心脏像要蹦出胸膛，我再也控制不住身体的平衡，身子一软，顺势倒在山脚上，四肢平展朝天，躺着呼哧呼哧地喘粗气。

此时，我真有点儿动摇了上山采玉的信心，想不到采玉会这般辛苦。

休息了一阵儿，吃了点干粮，大家开始上山。上还是不上？已经走了二分之一的路程，况且我也是七尺男儿，也算是半个昆仑军人了，难道还能被眼前的这座山吓倒吗？我心一横：上！这时，吕教导员又鼓劲对我说："只要爬过这道山脊，就到了我们要去采玉的沟谷。"我们艰难地爬呀，爬呀，终于爬到了山脊的顶峰。站在山顶，我约莫同三十里营房比了一下，这里的海拔高度至少有4900米。随着海拔的增高，反应更大了：脑涨、心慌、胸闷、气憋，喉眼间似有棉团堵塞，两腮肌肉发酸，津唾泉涌，我连忙掏出抗高山反应的复方党参片，一口吃进去6片药。

下午4时30分，我们到了沟谷。狭长的沟里全是乱石滩，这便是我们此行的目的地了。稍做休息，吕教导员说："现在大家分散找玉，6点钟我们准时到这里会合；找玉中大家要注意：一是要仔细看，看石头是否透光，越透光越是好玉。二是要认真摸，用手摸着有油脂感，再用大拇指甲在石头上刮几下，有光滑感时即是玉石。三是敲，玉石硬度比一般石头高。"

最后，他又补充说："玉一般都在石头中藏着，需有耐心和毅力方能寻得！"按照吕教导员所讲和在三十里营房所看到的玉石模样，我仔细地在乱石中搜寻着，一会儿我便发现了一块光滑圆润的墨绿色玉石，紧接着，又采到了不少青、白色玉石；我兴奋极了！心想，这里的玉石真多，这次苦算没白吃！

下午6时，我吭哧吭哧地背着一大包玉石准时来到会合点，经他们4人一一鉴定后，顿时，我的心就凉了半截。没有一块是玉石，全是石头！唉！昆仑山上的石头怎么同玉石这么相似！不过，他们4人倒是采到了6块玉石。

喀拉喀什河渔趣

昆仑山有众多江河源头交汇,可谓万水源头。在这无边的荒凉的黄色调中,流动的河是唯一能使人感觉到生命存在的物象。

三十里营房门前有一条奔腾而过的喀拉喀什河,它翻山越岭一直流向远方的和田;河边那泛着青色的低矮的杂草,让人感到生命与希望。

喀拉喀什河,又称绿玉河,意为出绿玉的河。因每年夏天山洪暴发,昆仑山外露的玉石随水冲入河中而得名。

这天晚上,边防团燕和明副政委找到我,说明早去河里钓鱼,问我有没有兴趣一同前往。我新奇地问道:"河水流得这么急,又浑浊,海拔又高,氧气稀薄,河里会有鱼?"燕副政委说:"鱼多着呢!不信你一去就知道了。"

次日,在燕副政委的催促下,我起了个大早。草草地吃罢早饭,我们一行8人、两台车,带着16个渔竿,沿新藏公路驱车前赶。说是渔竿,其实是边防战士自己在竹竿上系着一条尼龙线,线上缀着5个鱼钩,线尾绑着一个螺丝帽制作而成的。

车上,燕副政委告诉我,明天有工作组上山来,山上来了客人也没什么好招待的,只好到河里去钓鱼,这条河如同他们天然的农副业生产基地;他说,为了今天的钓鱼,他们昨天派人到距三十里营房15公里的赛图拉挖了不少鱼虫，河里的鱼最喜欢吃这种虫。

大约走了30公里，我们在一草茂河床宽的地方停车了。每人两个渔竿。不一会工夫，边防团这些钓鱼的老手们就"战果"辉煌，每取一次钩至少有2条鱼。

从小在河边长大的我，按照家乡钓鱼的老方法，一手拿着一个鱼竿，两个胳膊累得酸痛，就是钓不上一条鱼。我生气地说道："难道这里的鱼也认生？"

这时，燕副政委走过来。这位1979年从湖南桃源县入伍的副政委，除1994年12月调往某边防团任了一年的政治处主任外，从战士到副政委一直战斗在这个边防团没挪过窝，他自撂在这条河里钓了十几年的鱼，算得上是经验丰富的钓鱼老手。他操着一口浓浓的湘音，手把手向我传授起山上钓鱼的经验。他说："我们早早来钓鱼，是因为上午水清、风平浪静，鱼能看得清食；中午，风大，水急，又浑，不好钓鱼。"

他告诉我，钓鱼要到有洄水湾的浅水区去，特别是岸边草多的地方，这里的鱼一定很多；再者，钓鱼时将钩抛出去后，得把竿平放在地上，用一块石头压住鱼竿，抛出的鱼钩尼龙线要绷直，与竿成90度角，当发现竿头接连晃动几下后，你再轻轻地将竿拿起，猛地用力朝上一甩，准能钓到鱼。

我照此法钓了一会儿，果然钓到了一条大约200克重的小鱼，我用手抓住小鱼，似鲇鱼一样光滑。这里的鱼最大的不过500克，小的只有几十克，都是一种形状：无鳞、头尖、短小、细圆，看上去肥溜溜的，脊背发青，鱼肚发白。

下午2点多钟，有的人已经钓了满满两水桶鱼，我还是上午钓到的一条鱼，我有点沉不住气。这时，见前方有一名柯尔克孜牧民族穿着皮衣裤，用网在一河汊里捕鱼，我心中一动，走上前去，又是递烟，又是递饮料，打着手势表示想借网一用，牧民慷慨地点点头，伸出两个手指头，意思是只准捕两网。

我收起网拦在河的分流口，此时烈日炎炎，山谷中蒸腾的热浪挟着强烈的紫外线，炙烤得我脸上针刺般疼痛，头感到快要烤焦似的。我脱掉裤子，下到河里，冰冷的雪水刺得我脚、腿麻疼的，实在坚持不住了，我只好上岸去找那位牧民借来皮衣裤，在水里不停地来回蹚跑着赶鱼；连收两网，一共才网住4条鱼，其中一条收网时还跑掉了。

上岸后，我已累得嘴唇乌紫，直喘粗气。不久，脖子和脸上也开始脱皮。再看边防团的同志，都将衣领掀起，戴着草帽和墨镜在钓鱼，以防紫外线照射。

晚上，我们油炸、清炖鱼。吃油炸鱼连刺都不用吐，清炖鱼肉质细嫩，鱼汤清香可口，尤为鲜美，只是带点泥巴味，我一下吃了20条鱼，还觉得不解馋。

有了这初次上山的钓鱼经历后，此后我常随单位的同事去喀拉喀什河边垂钓，几乎每天晚上都能吃到味道鲜美的干炸鱼、清炖鱼和泡菜鱼，至今想来都别有一番情趣。

景仰康西瓦

　　一个人的青春在哪儿度过，那里就一定会成为他最留恋的地方。一个人的军旅在哪儿艰苦度过，那里就一定会成为他最想念的地方。我的军旅岁月中，青年时有几年是在喀喇昆仑边防那片高寒缺氧的土地上度过的。我经常会想念一个叫康西瓦的地方。

　　康西瓦，柯尔克孜语的意思是"红色山冈"，维吾尔语的意思是"有矿的地方"。我曾多次攀爬过那里的玉石矿洞。20世纪60年代初，那里驻有我边防部队一个排，被称为"红色哨所"。它位于昆仑山与喀喇昆仑山交会点的正北方向。两条山脉的碰撞在此形成一个海拔4700多米的康西瓦达坂，是新藏线上令人生畏的10个达坂之一。

　　康西瓦，一个鲜为人知的地方，一段尘封已久的历史记忆。在高原戍边军人的心中，这里是一块圣地。许多边防战士表决心的时候经常会说："生在喀喇昆仑为祖国站岗，死在康西瓦为人民放哨。"

一

　　康西瓦是离天堂最近的灵堂，是烈士安息的地方。

　　从新疆叶城县驱车沿新藏公路，登上昆仑山，爬过库地达坂、麻扎达坂、黑卡达坂，自三十里营房东行75公里，来到100多名边防军人的生命栖息地 海拔4280米的康西瓦烈士陵园时，眼前的一切总会令我肃然起敬。这里是中国海拔最高的烈士陵园，也是距离内地最为遥远的烈士陵园之一。冻土下的坟茔里，长眠着83名在1962年那场边境自卫还击战中西线地区牺牲的战士；还有一些是因公牺牲或被高原病夺去生命的战士，他们牺牲在阳光灿烂的和平年代里。

这片墓地深藏于世界屋脊一隅，终年泡在漠风、冰雪、苍凉之中。喀喇昆仑高原就是它的墓碑。

我认识康西瓦，是在22年前。我在三十里营房戍边的5年里，已记不清有多少次前往那里凭吊拜祭，每每伫立烈士墓前，我心底总会倏然涌起一份至诚的感动，内心升腾起一股力量；崇敬多于怀旧，珍惜大于痛楚。

康西瓦烈士陵园建在倾斜、宽阔的冲积扇上，坐东朝西，背靠昆仑山脉，面向着烈士们曾经战斗过的喀喇昆仑山脉，脚下是奔腾不息的喀拉喀什河，周围雪峰裹拥，虫鸟绝踪，万籁俱寂，是天地间最安静的一座陵园。这里没有围墙，没有护栏，也没有守墓人。穿过仅有的两个由砖石砌成的门柱，就来到了纪念碑前，这是一座灰白色的建筑，下面是水泥平台，正中是高约8米的碑体，上面写有"保卫祖国边疆的烈士永垂不朽"13个红色大字。纪念碑下，都是过往部队的官兵祭奠时留下的各种酒瓶、香烟、糖果、点心、饮料、军用罐头、鞭炮纸屑和花圈等。

纪念碑的后方是分南北两块排列的烈士墓。一块块高出地面约80厘米的灰色水泥墓碑，十分简朴，没有墓志铭，只刻着人名和"某连某班班长或战士、某省某县某村人"，还有生卒年月。每块墓碑的后面都有一座高原黄土夹杂着暗红色沙砾堆成的坟茔，每座坟茔的高度与形状都基本一致。这些捐躯沙场的勇士，死后与他们生前一样朴实无华。

雪山埋忠骨。半个多世纪过去了，烈士们仍屹立于昆仑山上，像座丰碑，死也要守护着这片祖国的疆土。

这里一直是西北高原军人的精神高地，官兵们仍把他们视为相伴的战友。凡是上山的军人，不论职务多高，不论公务多忙，都要去祭奠康西瓦的烈士，给"老班长"们点支烟，敬杯酒。女兵们会"敬糖"，并悄悄地说："别再抽烟了，吃块糖吧！"每逢清明，纪念碑前会摆满在高原难得一见的鲜花。每有部队车队路过康西瓦的时候，一律自觉减速慢行，跟烈士们打招呼的喇叭声响成一片，在山谷中久久地回荡不息。据说这也是山上几十年来自发形成并延续至今的不成文规矩。

每次前往凭吊拜祭，我站在四周荒凉的纪念碑下，抬头仰望，心情无比凝重。这座纪念碑是1965年5月由新疆维吾尔自治区党委、政府和新疆军区立的。我1965年出生，还在牙牙学语时，这些烈士就长眠在了昆仑山上。一想到这些，我的心情就多了几分肃穆。

我脱下军帽，用悲壮的情怀，默默地为先烈们祈祷，然后打开一包烟，放在纪念碑前，逐根点燃，取出军用水壶，以水代酒，敬洒在碑前，向这些"永远守防"的军人三鞠躬。之后，又挨个到每座墓碑前敬烟、敬礼，抚摸着冷硬的墓碑，呼叫着他们的名字，与年轻的老兵们无声地交流。与众多英魂对话，我的灵魂，醒了。当我看到"17岁""18岁"的字样时，我的泪水冲出了眼眶。为了祖国，他们的生命在青春时节，永远定格。

我轻轻地在坟茔中走着，看着那依旧保持着列队出征姿态的一排排整齐的坟茔、墓碑，仿佛是一列列士兵方队，是一个个站着的有血有肉的生命。我知道，在这沉重的墓碑下，100多位年轻的灵魂在静静地安息，陪同着他们沉睡的一定有一个个惊心动魄的故事。我想知道，这些烈士牺牲前，或那一刹那，最想说的是什么？可如今这些墓碑默默无语。

看着许多在我还未出生时就牺牲了的烈士，我无法遏制纷飞飘逸的思绪。这些年轻的英烈里，有尚未更改的乡音，有刚刚起始的爱情，有许多还未绽放的花蕾……从戎戍边，光荣捐躯，故乡遥遥，就地安葬。青春的溪流就此止步，这陵园当之无愧是一座青春之墓。

二

墓园里安葬有3位一等功臣。秦政清，是一位家乡在湖南省湘阴县赛头乡赛头村的英雄，我曾在一本书中查到过他的英雄事迹。1962年11月18日，在那场边境自卫还击战西线的最后一次战斗，新疆军区阿里骑兵支队4连承担主攻任务。战斗打响了，连长曹福荣带着通信员秦政清冲在最前面。秦政清两次用自己的身体掩护连长，棉衣被弹片撕破，左肩负伤。在穿越敌军布下的第二道雷区时，曹福荣遭到敌人机枪扫射，使他无法指挥战斗。秦政清发现，是曹连长身上挂着的望远镜暴露了他的指挥员身份。于是，他火速爬到连长身边，抢过望远镜，挂在自己身上，朝另一个方向跑去，以吸引敌人的火力。雨点般的子弹倾泻而来，秦政清胸部多处中弹，倒在血泊中。曹福荣指挥连队迅速冲上敌人阵地，全歼了敌军。

在清理秦政清烈士的遗物时，曹福荣才知道，小秦是个独子，他的父亲病故不久，生病的母亲、年轻的妻子，还有没见过面的儿子，正在急切地盼着他回家呢！

曹福荣不忘秦政清救护自己的战友情谊，长期以来把秦政清的母亲当作自己的母亲一样奉养，每年寄钱寄物，问候不断，直到他当了团长、师长，1990年身为师长的他专程去湖南探亲认母。他的这一动人事迹，当时在《解放军报》刊登、中央电视台播出后，一时被全军传为佳话。我还曾找来这篇发表在1992年《解放军报》上、题为《天山情》的报道，在秦政清的墓前诵读过，以告慰英烈。

这些殒身雪域边关的烈士们，他们父母、亲人的热泪抛洒得最是遥远。毕竟，这里海拔高、山路远、地势险峻，交通极为不便，普通人要上一趟高原就更不容易了。当年，道路及生活保障条件差，上来的可能性就更小了。现在，50多年过去了，烈士的父母应该都不在人世，兄弟姐妹也都过了花甲之年，烈士牺牲时大都十八九岁，大的也不过20多岁，几乎没有结过婚。你想，老家的人谁来看过他们，又怎么来看他们？

站在陵园放眼四周，一切都那么遥远，那么空旷，可一切又都在你的眼前。对面不远处就是那场边境自卫还击战"西线前指"所在地旧址。从对面山谷进去几十公里就是当年的战场。我凝视远方，战场的嘶鸣声仿佛就在耳旁。那时，我们的装备和保障条件与现在相比，简直是天壤之别，战场离后方比对方要远得多。作战需要的物资装备都是汽车向上运一段，然后用骡马向上驮一段，再由人工从谷地走荆棘小道背或抬到阵地上的。就是在这个被医学专家称为"生命禁区"，被军事专家称为"耸入云霄的战场"上，我们收复了全部领土。这里安葬的烈士和他们的战友，打出了中印边境50多年来的和平与安宁。

常常想，如果没有那场战争，如果他们不是告别爹娘和家乡来到高原，如果他们能够从那场战争中凯旋，那么现在，他们一定正享受着儿孙绕膝的天伦之乐；他们会向后来者讲述当年发生在祖国西部边境线上的那场卫国正义之战，赢得数不清的掌声和鲜花；也会和所有的老人一样，享受着夕阳之美的幸福生活。

三

丰碑无言，烈士长眠。站在先烈曾经誓死保卫的土地上，心中的景仰之情油然而生，仿佛一座座山峰就是一座座丰碑，镌刻着英烈的丰功伟绩，诉说着一段段英雄往事。这些长眠在雪域昆仑的英烈们，在无数后来者泪光盈盈的仰视中获得永生，延续着生命的音响和光华。

为了不让烈士的英灵孤独，2000年8月，南疆军区决定把康西瓦烈士的坟墓迁至山下。这天，我随迁墓官兵一起来到康西瓦烈士陵园，祭奠之后，走到一位烈士墓前，大家怀着崇敬的心情，小心翼翼地打开棺椁。结果，大家惊呆了：近40年的光阴洗礼，近40个春秋轮回，烈士遗体保存得极为完好，面容栩栩如生，一切的一切都如同发生在昨天。带队干部立即决定迅速恢复烈士墓原貌，把情况向上级汇报。上级答复说，烈士的遗体保存得这么好，说明他们的魂灵已融进了他们誓死保卫的国土，融进了他们相伴近半个世纪的高原，他们不愿离开啊，就让他们在康西瓦安息吧！

"天地英雄气，千秋尚凛然。"岁月的车轮走到了今天，回望康西瓦烈士陵园里那些烈士名录，回首先烈们渐行渐远的背影，沐浴在新时代的阳光里，我们唯有记住他们，记住这些为保卫祖国默默献出生命的英烈们，记住他们曾经为之殉身的梦想、曾经为之奋斗的事业、曾经为之坚守的初心。缅怀是为了更好前行。先烈的眼睛永远注视着我们。如何继承他们的遗志、告慰他们的英灵？这是我们必须答好的时代考题。

诚然，我们缅怀英烈，并非为了铭记仇恨，而是要以史为鉴，面向未来。我们热爱和平，捍卫和平，反对战争。

和平需要守护，英烈值得敬仰。一切都没有忘记，一切都不能忘记。

登上神仙湾

　　时值盛夏。山下酷暑炎炎,神仙湾却依然寒风料峭。

　　神仙湾,一个听起来如诗如画的名字。只有驻守在这里的官兵和到访过哨卡的人,能够体会到这"人间仙境"意味着什么。

　　从三十里营房出发,行至康西瓦烈士陵园下面,有一片青绿中泛着金色的草滩,草滩上有几间废弃的房子,那就是对印自卫还击战时新疆军区的前沿指挥所。从废弃的指挥所附近跨过喀拉喀什河,有一条通往神仙湾的简易公路。过哈神大桥、越哈巴克达坂、黄羊滩,涉二三百米宽的冰河,前往神仙湾哨卡。途中没有青山绿水,没有生命颜色,没有充足的氧气;赤裸的山挽着赤裸的山;崎岖的路牵着崎岖的路……

　　同行的南疆军区工程科科长张国强介绍说,这条公路没开通前,去神仙湾光在喀喇昆仑山里就得转6天,沿途多在5000米以上,路全是用汽车轮子压出来的。20世纪80年代中期,工兵们硬是用几百吨炸药炸通海拔6042米的哈巴克冰峰,修了现在这条直通神仙湾的路,从三十里营房上去160多公里,一天就可以往返。

　　当年,修筑哈巴克达坂公路时的一幕幕场景,我在三十里营房已听某师工兵营营长司金尚介绍过。他说,当年他们工兵营奉命打通哈巴克达坂,仅在一段6公里长的线路上,就要修总长超过4公里的回头弯道;

施工月余，塌方一百多次。恶劣的气候，经常刮着七八级大风，沙尘弥漫，许多战士因缺氧而头痛欲裂，吃不下饭，睡不着觉。超强度的劳作，非常人能够忍受的天力的折磨，曾使多少强壮的小伙子晕倒了，病倒了。

是的，达坂路难行，达坂路更难开。无论在哪一座高寒缺氧、气象复杂、山势险峻的达坂上，一条车道的诞生过程，都是难以数计的土石方的大转移，坡与崖的削割，沟与壑的填升。那些道路的开拓者，经受了多少风险，多少艰辛啊！

来神仙湾哨卡之前，我查看了该边防团的简史。了解到，神仙湾海拔5380米，年平均气温低于零摄氏度，昼夜最大温差30多摄氏度，冬季长达6个多月，最低气温可达零下40摄氏度，属"永冻层"之地；一年里17米/秒以上大风天占了一半，空气中的含氧量不到平原的45%，而紫外线强度却高出50%。

"神仙湾"这一美丽的地名，来自20世纪50年代初，我边防部队一支小分队到喀喇昆仑山隘执行勘察、设卡任务，攀上这座无名雪山，天已黑尽，便搭起帐篷宿营。翌日晨起，举目四望哟，山是冰砌就，地是雪铺成，峰傍一片云，款款入天际。不约脱口而出：真是神仙居住的地方！于是，这里有了一个美丽的名字——神仙湾。

走进神仙湾，我突然有一点点失望。这个被中央军委授予"喀喇昆仑钢铁哨卡"荣誉称号的神仙湾哨卡，那时乃至后来相当一段时间，是我军也是世界上海拔最高的军事哨卡，号称"天下第一哨"，应该挺立于雪峰之巅，想象中是一个很美的地方，然而却孤寂地处在光秃的大山包围之中的山坳里。

官兵热情地把我们迎进哨卡。我默默注视着他们古铜色的脸，像注视一本玄妙深奥的书。高原就刻在官兵年轻的脸上。

哨楼建在一座山顶上。放眼望去，哨楼上的国旗在雪山白云的衬托下，显得更鲜红、更耀眼。刚被迎进哨卡院子，我就直奔哨楼，肩上挎着的一架短镜头照相机此刻十分沉重，我将照相机取下放在地上，顿有卸下一袋面粉的感觉。几乎是一步三喘、三步一歇，中间不知歇息了多少次，才登上顶端的第108级台阶。望着启功先生手书的"神仙湾"三个遒劲的红色大字，才真正体味出什么叫举步维艰与高不可攀。

哨楼上的风大，吹得人直打趔趄。哨楼顶上的五星红旗猎猎作响，战士的军衣也被吹打得"啪啪"直响。我的头像被人死死攥着，脑袋在急剧地膨胀，太阳穴霍霍地跳动，心脏"怦怦"跳得吓人。这里的戍边人却自豪地宣称："神仙湾上站过哨，任何困难都不怕。"

我自豪地与哨兵并肩站着，体验了一把在神仙湾上站哨的滋味。

风在耳边呼啸着，我俯视喀喇昆仑山隘，心潮澎湃，思绪随风在山谷里流动、回荡。这里扼守着喀喇昆仑山在内的数条通外山口，是古代连接中国和印度两大文明古国重要的陆地通道之一。有史料记载"唐僧取经"出帕米尔高原的明铁盖达坂，返回时则经印度的列城和喀喇昆仑山口回到我国。"二战"后期，盟国援华的大批物资也是从印度经这里驮运至新疆叶城后，才被运往抗日前线的。

5000米以上的高山上，空气稀薄，深呼吸几大口，也没有在平原平静地呼吸一次"吃"下的氧气多。站了几分钟的哨，我就感到天旋地转，身上一阵阵发冷，身体酥软得实在无力支撑了，一屁股瘫坐在了哨楼上，鼻嘴共用吸气也保障不了身体的需求。高山缺氧，首先打击的是人的大脑，其次是心脏和胃。

在哨楼台阶两侧，能依稀看到一片片的呕吐物。"官兵们不仅要练上哨，还要练冲锋。"脸色黑紫的指导员燕和中喘着气告诉我，新兵刚上来时，有的新兵平均每冲50米就要呕吐一次，吐完再冲。

在哨楼上，可清楚地看到环绕神仙湾的6座大山，其中最低的海拔也在5600米，而巡逻点位都在山脊上。好多年前，他们曾把军马和军犬运来爬山巡逻，可没出一个月，就被缺氧击倒了。可以想象，官兵们攀登一座座6000米高的大山，该需要多么刚强的意志！

置身在神仙湾哨卡，感觉胸闷气喘，头重脚轻，走路打飘。这里空气中的含氧量不足平原地区的百分之四十，在这里行走，即使什么东西都不带，也等于平原地区负重40公斤。

在这里，阳光、空气、水，三大项中没有一项是满足健康要求的。严酷的自然环境，使这里的官兵看上去脸是青的，嘴唇是紫的，眼睛是红的。

哨楼边，有几个倒塌的窝棚，那是20世纪60年代建卡时官兵们住的。再往下，两排青砖房子是20世纪70年代的营房。如今官兵们住的营房，是80年代中期建的。新一代的保温营房正在建设之中，几个民工有气无力地干着活。

哨卡指导员告诉我，建这栋新营房，民工是一批批地来，一批批地跑。听说在这里施工，一天工钱100元，都争着上来，干了一天，一个个头痛欲裂，胸闷如堵，呕吐不止，夜间喊声、哭声、骂声连成一片，第二天便有人偷着跑了。100多元，现在已不算什么，但在20年前，就是神仙湾哨卡一名战士一个月的津贴。后来，一有车上来，民工蜂拥而上，没命地往车上爬，就是死也要下山。民工们说："这里简直是个要命的地方，每天就是给再多的钱也不干了！"现在跑得只剩下这几个刚上来的民工。无奈，备沙石料的任务只好由哨卡官兵们承担。

营房前面的台阶下有一个浅浅的池塘，那里存着的是雪山融水。看到一个战士吃力地打上一桶水，在台阶上休息好几次才提上来，我连忙上前去帮一下，谁知提一桶水刚走上两步就喘不过气来，双手疲软无力。

走进战士们的宿舍，被子叠得方方正正。有一间房子里，堆有柴火垛似的一方方冰块，这些冰块是战士们开车到冰湖打回来的，需要的时候砸碎放到高压锅里融化。可见官兵们吃水困难。

我熬不住剧烈的头疼，打开氧气吸氧，看到施工和巡逻回来的官兵没一人吸。

哨卡荣誉室里记录着太多悲壮的故事：教导员沈鹏生上山守防时，感冒发烧转成脑水肿。在大雪封山最艰苦的日子里，他的病情日益恶化、经常神志不清。病逝后，遵照他本人的意愿，战友们把他的遗体埋在哨所后面的雪山上。

战士赵金宝，参军时刚满18岁，身体单薄，又是独生子，上山不久，就得了高原心脏病，高原病魔夺走了他年轻的生命……

在这里守防的时间久了，官兵们普遍眼球充血，头发脱落，指甲凹陷，心室肥大，有的患高原心脏病、高血压，有的还曾患过脑水肿，有的性功能减退。建卡以来，先后有6名官兵被高原病夺去生命。一位诗人写过这样的话："我的生命不属于我，它属于我的祖国。"军人不是诗人，但军人用自己的牺牲和奉献，把最壮丽最动人的诗写进了高原的天空，他们永远有一颗炽热的心，永远有一个诗一样的梦。

如今的神仙湾，虽然守防生活、医疗条件发生了历史性的变化，但无法改变的自然条件依旧恶劣。

午餐，哨所的餐桌上摆上了一桌罐头宴，一盆高压锅压出来的面条。我实在是太饿了，然而没吃上几口饭菜，就开始"翻江倒海"地呕吐起来，直把胆汁也吐了出来。整个人近乎昏迷状态，毫无知觉地被人架进了返回的吉普车上。

　　我想这辈子也可能就上一回神仙湾。上了一回神仙湾，我方知生命是多么渺小，方明白精神是多么伟大。从神仙湾哨卡出来，我对生活对生命忽然有了一种强烈的渴望。

云端里的天文点

　　许多年以后我还记得那个夏季。在那个离天近离人远的天文点哨卡，那冰，那雪，那逶迤连绵刺破青天的冰峰雪岭，在天际同蓝天连成一片，神秘的独特风景依然在我脑海中鲜亮如昨。但我知道，更使我难以忘怀的，是天文点哨卡那些高原戍边军人的故事。

　　那年夏季，我跟随某边防团的送菜车，从三十里营房出发，前往天文点哨卡。一路上，我真正感受到了出发前大家众口一词的"天文点哨卡是喀喇昆仑高原边防上最苦的军事哨卡"。

　　天文点哨卡，海拔5170米。因20世纪50年代初，国家天文气象勘察者来到这里，在一座无名山头装置了测定天文气象的设备而得名。全军海拔最高的神仙湾哨卡，过去是喀喇昆仑边防上最远、最苦的哨卡，自从神仙湾的交通条件改善之后，天文点就成了最苦的哨卡。

　　出发前，我与该防区边防团团长郭凤岭在三十里营房聊天，他告诉我，1959年5月，天文点边防连官兵带着三顶帐蓬一口锅，经过数天的艰难跋涉到那里建卡。他说他当兵刚上山时，说是到边防，也不知道海拔有多高，一听说山上水果罐头肉罐头随便吃，津贴也比山下的多，山下每月12元，山上就是16元，农村来的孩子，朴实，都争着上山。

　　上的第一个达坂是阿卡孜达坂，海拔3000多米，迎面是奇峰陡壁，脚下是悬崖深谷，路很窄，连错车都错不了，心里就有些害怕。第二个达坂是麻扎达坂，海拔5000多米，开始感到头痛、恶心。干部说，不要紧，这是高原反应，歇一歇就会好的。

当到了天文点哨卡就有了思想压力：怎么这些地方连个老百姓都没有，连根草都不长呢？老兵们出来热情欢迎，拿出水果罐头肉罐头，但没有一个人想吃，连里不得不开展吃饭比赛，一碗良好，两碗优秀。他吃了吐，吐了再吃，头痛，就用背包带绑着脑袋。他们开始领略到了喀喇昆仑的威力。

"但人嘛，就怕比。在康西瓦参观了烈士陵园，那里埋葬着中印边境自卫反击战中牺牲的几十位烈士。听老一辈说当年的边防军是骑骆驼来的，而我们是坐汽车；过去是罐头盒煮萝卜，我们现在用的是高压锅；过去住的是帐篷，我们住上了营房。一对比，大家劲头来了：同样是人，别人行，我们为什么不行？"他说。

过了一段时间，他们慢慢适应了，吃饭睡觉不再成为问题，但新的问题又出现了，就是雪海孤岛那份难以忍受的寂寞。

走进天文点哨卡，我才真正体味到了什么才叫苦。山高，气温更低。毕竟八月了，是这里的夏季，可竟还有这么多的冰雪，空气中弥漫了料峭的寒意。官兵们介绍说，这里几乎每天午后都是狂风怒吼，一年四季都穿棉衣；吃的东西全靠山下往上运，路途遥远、艰险，途中四季无常，新鲜水果蔬菜到了天文点有一半烂成了泥。高寒缺氧和光秃秃的大山，给人带来极大的生理和心理压力。

初到天文点，我有一种孙悟空戴"紧箍"的感觉，一阵阵头痛欲裂的滋味，让我难以忍耐。官兵们告诉我，哨卡官兵一年一次换防，遇到探亲休假或下山执行任务，不是乘坐给连队送给养的车，就是前往新藏公路边搭乘地方的过路车，就这还得碰运气。

冬春季节冰雪挡道，夏秋季节山洪拦路，进出一次十分艰难。一次，哨卡指导员李清玉奉命下山去参加南疆军区基层建设经验交流会，途中遇到山洪暴发车陷半路，战士们蹚水护送他走了九个多小时，赶到新藏公路边，才拦上一辆地方路过的大卡车下了山。归队时，李指导员从山下买了40只活鸡，带上哨卡只有三只是活的，还奄奄一息。

在天文点哨卡旁边的边防公路上，架有一座小桥，我在桥头上看见有这样一首打油诗："有幸来到天文点，才知道啥是苦来啥是甜；来世如果能当兵，我就要到天文点。"

指导员李玉清说，这是筑路民工写的。那年7月初，近100名内地民工来到天文点哨卡修路。强烈的高山反应折磨得他们死去活来。那天傍晚，5个民工不辞而别。7个多小时后，战士们找到了他们，5个人迷了路，依偎在一块大石头旁边，哭得气断声咽。

这天夜里，月亮特别亮，一名民工拔掉鼻孔里的氧气管，发现二班长冯权在窗前走来走去，出去一看，只见冯班长的眼睛捂着白毛巾，旁边还放着一盒水，捂一会，把毛巾浸在水里拿起来再捂上。"这是咋的呢？"他走到冯班长跟前问。"这叫雪盲，白天一睁眼就流泪，晚上疼得厉害。"

"这样的坏天气，不能给领导说说，不去吗？"

"这哪行，这么长的边防线，没有像样的公路行吗！"

"我们是冲着每天180元才来的，看你们早晨摸黑就出门，晚上不见月亮不收工，一天工作十五六个小时，每月挣多少？"

"不瞒你们说，你们两天的工资比我们全月还多。"

"这么苦的地方，你们写信告诉亲人吗？"

"从来不，我们寄回家的照片都是在山下照的，有花、有草、有果树，写信总说哨卡多好多美……"

第二天清早，民工们再也躺不住了，爬起来直奔施工队：工钱多少随你便，路不修通不下山。

一夜的对话，感化了5名民工，也感化了所有想提前下山的人。路修通后快下山了，民工心想要给天文点留点什么，想来想去，写下了那首打油诗。

我知道，海拔5000米以上的哨卡，无一例外全部缺水。因海拔太高，无法打井；也因为气温太低，修水塔和引水工程解决不了防冻问题。有关部门曾多次试验，无一成功。其中缺水最严重的是天文点哨卡，时至我去天文点，他们生活用水依然靠砸冰、拉水。

天文点哨卡附近倒是有一个冰湖，可水不能吃，吃了影响生育能力。打冰时，官兵们迎着凛冽的寒风和雪粒，被噎得嗓子里像塞了棉花。有时打完冰，官兵的脸被紫外线"烧"烂了，水是有了，可还是洗不成脸。

有一次，连队拉冰车陷入冰湖中，全连除了执勤的官兵，都赶来救车。大家担心，拉冰车如果救不出来，冬天"吃"冰该怎么办？到夜里10点，车还没救出来，20多名官兵只好无奈地往回返。一出冰湖，突然下起大雪，四周全是白茫茫一片，路也找不到了，他们竟在雪地里转了一个晚上。天快亮时，前来营救的连长李文，把45发信号弹打到最后一颗，才找到他们。如果救车官兵们看不到那最后一颗红色信号弹，后果不堪设想。

在天文点哨卡，巡逻执勤的是戍边守防最重要的任务，也是最艰巨的任务。与哨卡官兵交谈，让我深感："苦啊，真苦啊！"

巡逻途中，皑皑白雪刺得人睁不开眼睛，凛冽的寒风刮在身上、脸上，像刀子划过一样痛。一路上，蹚冰河、上高山、闯沼泽，大家四肢麻木，脸面红肿。有的雪盲，白天睁眼流泪，晚上疼得厉害；有的脸上大片大片地脱皮，人都变了样。

有一年的大年三十，时任哨卡指导员的陈全新带队巡逻出发没多久，车陷冰湖中，大家只好弃车徒步前进。走到一达坂顶上，狂风骤起，一阵狂风吹跑了陈指导员的皮帽。零下30多摄氏度的严寒，浸骨透髓。巡逻完所有的点位，回到营房，陈全新的耳垂被冻掉了。副连长起草了一份电报给团里："巡逻一切正常，指导员耳朵冻掉半个。"陈全新看后改成了"巡逻一切正常。"

天文点哨卡前一倾角五十度、大约二百米高的一个山包上，耸立着全军最高的前哨班、海拔5390米的某高地。当我站在前哨班，一种"白云从我脚下过，祖国在我身后强"的豪迈气概油然而生！

有人说，没有信仰的力量，没有忠诚担当与牺牲奉献精神，在天文点能待得下去吗？

风雪边关铭记着官兵无怨无悔的付出。遥望哨卡对面的山坡，官兵用石头摆成的巨幅祖国地图格外醒目。

想起将军姚铁山一首写天文点的诗：

白云迷雾脚下绕，

小路弯弯上九霄。

天蓝日近雪不化，

紫色射线恶如刀。

一日三餐艰难事，

战士十八都显老。

春秋不知何处去？

风卷雪花四季飘。

是的，岁月如此静好，只因有人替我们负重前行。

红柳滩夜话

红柳滩兵站是去西藏阿里必经之站。

"天不怕，地不怕，就怕红柳滩到多玛。"新藏线汽车兵们的这句口头禅，指的就是红柳滩至多玛这段路，距离远，路难行，气候变化无常。上山的车队或单车驾驶员按惯例，都是当天赶到红柳滩兵站，住上一宿，养精蓄锐，次日好顺利抵达多玛。

红柳滩兵站，众山包围之中，海拔4200米，因过去满山沟的红柳而得名。如今只有稀稀落落为数不多的红柳，一点儿也找不到当年遍地红柳的痕迹。

我这是第三次住在红柳滩兵站。

8月的红柳滩之夜，雪花飞扬，朔风劲吹。我戴上皮帽，裹紧大衣，从食堂吃罢晚饭前往客房，浑身冻得瑟瑟发抖。

我被安排住进2号客房，碰巧前两次也都住在此房，睹物思情，顿感亲切了许多。室内有两张床铺，未生火炉，冷飕飕的。我打开床头边的氧气瓶，想吸口氧，一点氧气也没有，便和衣背靠床头，盖上棉被，半躺在床上取暖。

晚上11点半左右，房门突然"哐当"一声被推开，闯进一位全身着迷彩服、肩挎藏式包、蓬头垢面的男子。我定睛打量了一下他：1.65米左右个头，黑黝黝的脸庞上有些疤痕，年龄有30多岁，典型的高原人形象，估计是位在山上出苦力的民工。

来人顺手把挎包扔到床头里角，摊开被褥一声不吭地脱衣钻进了被窝，看上去他很疲惫。

"你从哪儿来?"在昆仑山上俩人能住一起也算有缘，我主动与他搭话。

"从甜水海兵站来。唉，今晚要不是运气好挡到了车，差点又当'团长'了!"他友好地回答。

一听说甜水海兵站，我顿时来了精神。

甜水海兵站海拔4900米，位于红柳滩、多玛之间，那里的水是苦水，土是碱土，年平均气温在零下20摄氏度以下，方圆百公里没有一丝绿。又是风口，高山反应比神仙湾哨卡还严重，上山的人除不得已，谁也不愿住在那儿。

我曾在甜水海兵站住过一宿，想起那晚被高山反应"放翻"时的滋味，至今心有余悸。

他告诉我，他叫王兴平，是甜水海兵站指导员，快一年未下山了，这次是领导电话批准他下到三十里营房兵站休假10天，搭了个便车，半道上不巧车坏了，又另搭了一辆车才赶到这里。

"你为啥不下山回家休假?"我问。

"我老家在山东济宁，太远，自己又没个小家，往哪儿回?"

"那你多大了?"

"28岁。"

"怎么到现在还没有女朋友?该不是条件太高了吧?"我笑着说。

"嘿，说起来你不相信，我们站长今年都29岁了，还没一点'情况',我俩都是'困难户'!"

王兴平滔滔不绝地讲述起了他的故事:"我刚从军校毕业那阵,在昆仑山脚下某汽车团当排长,常年跑昆仑山,很少考虑个人问题,加之工作忙,也没机会谈对象。后来上了昆仑山,调到甜水海兵站,一年只年底下一次山,轮我'留冬'时还下不了山。随着年龄一年年增大,父母着急了,忙着在老家给我张罗了一个姑娘,催我回去相亲。等我回去一见面,姑娘当时就提出了疑问,对别人说:'新疆远一点就将就吧,你看他这张脸咋跟正常人不一样,红黑红黑的还带有疤痕,人也木讷得很,说不定有什么病呢!'

"我也是一个有血性的男儿,一气之下回到部队。后来决定降低标准,在山下的叶城县找一个成家算了。可接连见了两个姑娘,人家一看我这张高原脸就吓跑了。

"也难怪,我们甜水海兵站的人因吃水,脸上大都长有疙瘩,最后生疮结疤。在高原,脸色经过长时间的紫外线照射,开始由红变得黝黑。年底撤站下山,脸上的颜色刚刚恢复好点,又得上山。

"去年底我聪明了一回,撤站下山后,先不找对象,待休息了一段时日后,才见了一位姑娘。姑娘长得也算标致,这次是她看上了我。可我一看她描了个蓝眼睛圈子,涂着鲜红的口红和那股大方活泼劲儿,倒觉得有点'不安全',就主动跟她'拜拜'了。"

我笑他说:"你常年在山上见得太少了,现在的姑娘都时兴这个。"

王兴平不以为然:"这方面可是有教训哩,我有一位战友在阿里边防,一年难得回一趟家,他妻子特别活泼、开放。一次他突然下山回家,竟然捉了奸,他一气之下告发了这个奸夫,并与妻子离了婚。结果孩子判给他抚养,他要上山守防,无奈只好雇了个保姆在家照看小孩。"

交谈中，我了解到王兴平是一个热爱边防、事业心很强的人，他引以为豪的是在军旅生涯中，在新藏线海拔最高、最苦的兵站当过主官。在他这一任，兵站连年被评为先进。他学习劲头足，一有时间，就坚持读一些文学、政工之类的书籍充实自己。

王兴平的择偶标准不高。他幽默地说："能理解边防军人职业和苦衷就行，人要老实、本分，独立生活能力要强，农村或是城市姑娘都无所谓。"说这话时，王兴平靠在床头，头枕着胳膊，两眼望着天花板，一副神往的样子。我从侧面望着他，突然发现他特帅……

我给他打气道："清朝咸丰年间有个叫王永彬的人，著有一本《围炉夜话》，书中无尽妙用的睿智至今还在启发教育着人们，说不定今晚咱俩的这番红柳滩夜话发表后，也能感动许多人，还能帮你寻到一位红颜知己哩。"

说罢，我们相视而笑。

甜水海之夜

至今，我还刻骨铭心地记得那年在喀喇昆仑山上甜水海兵站度过的那个夏夜。

那是8月的一天清晨，我们驱车从三十里营房兵站出发，沿新藏公路前往阿里。当夕阳收起最后一束霞光时，汽车驶进了甜水海兵站加油站，加完油后，司机面带愁容地说道："天快黑了，到前面多玛兵站还有几百公里，今夜只好住在这里了。"

没来甜水海之前，就听说过甜水海兵站是山上所有兵站中高山反应最大的地方，常年奔波在这条线上的驾驶员除非不得已，一般都不愿、也不敢在此过夜。

走进兵站，举目四望，天空颜色略呈一点红色，兵站门前汩汩流淌着一条河，荒无人烟，寸草不生，显得格外寂寞荒凉。虽已是8月泼火的季节，但扑面而来的寒风，却使穿着毛衣、毛裤的我感到冰冷刺骨。

这里的高山反应的确严重。从兵站大门到客房也就是50米左右，当我一步一步沉重地走完这段路时，已有反应了，先是胸闷气短，接着是头晕，司机说我嘴唇发紫，脸色蜡黄。

兵站客房招待员张卫军，热情地将我们迎进客房。房内没生火炉，站着直打寒战。在路上颠簸了一天，已十分疲劳的我，什么也不想吃，想到明天早上还要赶路，便和衣钻进了被窝，可翻来覆去，心里难受得无法入眠，胸口闷得像压了盘石磨，透不过气来，想吐又吐不出；起床坐着，又觉得上身太重，重得难以承受，头痛得直想朝墙上撞；站也站不成，坐也坐不得，想睡也睡不着，不知该如何是好，此时真有种生不如死的感觉。

夜深了，门外的寒风越发凌厉，风裹着雪花打着呼哨，顺着窗户和门的缝隙，朝室内呜呜地猛灌，让人听着心里发毛。我烦躁地寻思着如何才能熬过这一夜！

这时，小张端着半洗脸盆热水推门进来，抱歉地说："今天也不知道你们来，连火都没有生，先洗把脸、烫烫脚吧！"我连忙说道："谢谢你，我现在不想洗，干脆到你宿舍聊聊？"小张高兴地应允了。

兵站值班室内火炉烧得通红，一进门就感到暖和多了。我斜躺在床上，背靠着被子，有气无力地低声同小张聊了起来。

小张是1995年从陕西宝鸡市入伍的，那年19岁。他说，刚入伍时父母写信告诉他，家里正设法找人将他调到乌鲁木齐，他毫不犹豫地回信谢绝了父母的好意。他说，人的一生当兵只有一回，在艰苦的地方锻炼锻炼对他这个城市兵来说，或许有点好处。新兵集训结束，他主动找领导要求分到了甜水海兵站。

我说："这里的高山反应这么大，你受得了吗？"

"据前几天住在兵站里的中国科学院地质研究所的博士们说，甜水海是世界地质研究的前沿，是与大陆碰撞的交界处。这里海拔4900米，虽名叫甜水海，其实没有海，水也不甜，说这里是生命的禁区一点也不过分。"他说，上个月，一个操四川口音20岁左右的小伙子，从叶城县搭地方车投宿到距这里百十公里左右的红柳滩运输站，第二天起床出发时，司机怎么喊小伙子都没反应，再用手一摸，发现小伙子浑身僵硬冰凉，早已断气了。这小伙子也没有什么证件可说明他是何方人，司机只好把他掩埋在附近新藏公路旁。而红柳滩海拔也只不过是4200米，周围还有茂盛的水草和红柳，与甜水海相比，高山反应不知要轻多少倍。

我轻问小张有无怨悔过。他说："刚分到兵站那阵儿，我一连几天几夜吃不进饭，睡不着觉，紫外线烤得脸上能搓下一层层皮屑来，爆裂的嘴唇能嵌进几粒大米。半年下来，凹陷的指甲朝盐罐中一戳，便可盛起一小撮盐巴。不过时间一长，慢慢地也就适应了。开始家里总是一个劲儿地来信问我兵站在什么地方，我说在昆仑山上。后又来信问山有多高，我说站着一伸手就可摘下一颗星星！父亲说那山一定是仙山，肯定漂亮极了！"

小张的一番话让我顿悟：喀喇昆仑高原海拔再高，也被官兵们踩在脚下。在可以标注的高度上，另有一种难以标注的高度在超越。那是一种精神的高度。

"由于反应太大，我们这个兵站很少有人住，汽车部队一般在这里加上油就走了。客房里就我一名招待员，平时清扫一下室内卫生，洗一下被子、床单，过一段时间跟车到30公里外的一泉眼拉回一车水，工作不算很忙。"小张说。

"你门前的这条河水这么清，为啥还要到别处拉水？"我疑惑地问道。

他说："别看这条河水清，其实水又咸又苦！去年夏天，兵站水车坏了，炊事班急得没法，就用河水做饭，当天晚上，全站人员身上都起了红疮，然后溃烂、流黄水，让人奇痒难忍，第二天全站人员都被送到三十里营房医疗站去了。但奇怪的是一到冬天，河里的水结冰后，挖出冰块化水吃没多大事儿，也不知道这是什么水质，从未有人化验过！"

我说："你们真正是拿着生命来戍边的呀！"

"边防总得要人来守，生活总得有人来保障呀！不是有句话'乐在山上守卡子，喜看山下数票子'吗？说起奉献，前段时间，我们兵站里有个服役满两年的农村籍战士，分到了一个学习汽车驾驶指标，结果他下山去检查身体，视力只有0.4，可是他上山检查时视力是1.5，没法子，他只好又被退回了兵站。"他说。

我被小张绘声绘色的讲述吸引住了，想听他继续讲。过了一会儿，小张有点不好意思地告诉我："前天，我们兵站住进了两名从阿里过来的女同志，本来客房归我管，可炊事班的小王却跑到客房，又是给她们提水、扫地，又是送开水，磨磨蹭蹭地不愿离去。其实我心里明白，他也没有什么坏心，说穿了还不是一年多没见过女人，想趁机多看一眼，结果，误了做饭，被管理员狠训了一顿。不过，这事只是跟你谝谝而已，你可千万别当真写进文章里，不然，这就真的影响咱们军人形象了！"

已是凌晨5点了，这天晚上我也不知道看了多少次手表，总嫌时间过得太慢，真是度日如年。强烈的高山反应，加之过度的劳累，我实在坚持不住了，起身告辞回到客房，看到司机同我一样一夜没合眼。我们决定动身前行。

迎着风雪交加的茫茫黑夜，汽车徐徐起动，我们频频回首。尽管在黑夜中什么也看不见，兵站离我们越来越远，但是兵站和站里的官兵在我们心中却越来越高大！

此时，我仿佛明白了一个道理：昆仑山这片土地之所以神奇而有魅力，是因为有了军人的生命，才充满了阳刚之气；是因为矗立着这些最可爱的人的英姿，才显得巍峨壮观。

死人沟里一个兵

圆月又如约升上了宁静的夜空。一个人的夜色里，我站立窗前，凝望着如水的月光，我的思绪不由又飞回那片永远的高原，默默地怀想起那年我在"死人沟"里遇到的一个兵。

那是1996年，我从三十里营房驱车到西藏阿里执行任务，在海拔5300米的昆仑山腹地碰到一个兵。和他接触之后，我心里就有一种冲动，不写写他，总觉得对不起他，对不起默默奉献的边防军人。

那是8月22日凌晨，我乘坐一辆东风牌汽车从甜水海兵站出发往阿里赶。临行前，兵站指导员交给我一份入党志愿书和两条哈德门香烟，让我捎带给在死人沟执行任务的一名叫朱德明的战士，并让带话给朱德明：经过考察，站党支部已研究吸收朱德明为中共预备党员，让他尽快填好入党志愿书，交给过路到兵站来的车队带回。末了，指导员说，这名战士特别能吃苦，工作责任心极强，曾受到路过的部队多次表扬与好评。

我与司机这是第一次去阿里，只听兵站指导员介绍死人沟在前方几十公里处，不知道具体位置。初听死人沟这个地名，我们就有一种毛骨悚然的恐惧感。

这段路没有大坡，但坑凹较多，土大呛人，路旁没有道班。车颠簸地行至中午，我们发现路旁有一顶军用帐篷，上面写着"兵站服务保障点"几个字。车没停稳，帐篷中走出一个兵。他的脸是紫色的，嘴唇裂开了一道道血口。他介绍说，他就叫朱德明，今年19岁，一个人在这里搞服务保障。

我环顾四周，荒无人烟，寸草不生，公路北边有一无名湖泊，湖泊不大，岸边还有冰雪，湖水平静，湖泊边有一群群羽毛黑亮、肥大的乌鸦，问他："这地方是死人沟？沟倒不深，咋这么荒凉？"

小朱说："这里就叫死人沟，离叶城县665公里，离狮泉河有300多公里。"

走进帐篷，是一个简易食堂，比较干净整洁。新藏线因库地有一段公路被水毁，来时的路上没见过一辆车。朱德明好久没人说话了，见到我和驾驶员，话特别多。他说好久一段时间没有车队来，一个人待得确实急得慌，他又说对这种近乎原始的生活已经习惯了；他说他一入伍就来到昆仑山甜水海兵站，一直未下过山，从未痛痛快快地洗过一次澡，真想到澡堂里泡上三天三夜；他说他经常流鼻血、感到头痛、腿手关节痛，脚肿得穿不进鞋；他说都几个月了，还没收到家里的一封信，不知道母亲的病好了没有；他说他每天的工作是到距帐篷1公里远的一泉眼旁挑泉水，而后再烧上一保温桶开水、做饭；他说他最高兴的时候是看到过往的汽车兵吃上他做的可口饭菜后那股满意劲儿；他说他也记不清送走了多少批车队。

"你一个人晚上待在这里害不害怕？"

"开始有点怕。刚上来时，老昆仑人告诉我，死人沟原来叫铁隆滩，也有人叫它'泉水沟'。过去从新疆到阿里的驼队经过这里时，经常有人和骆驼死在这里，死得多了，后人就给这里改名叫'死人沟'。你没有看见这里到处是骨头和一群群见人都不飞的乌鸦？晚上这里到处都闪着磷火，狼也围着帐篷嗥叫，风大得有时要把帐篷吹翻，真让人头皮发麻。刚上来那阵儿，每晚我都用被子把头包得紧紧的。后来，我知道帐篷扎得牢，狼进不来，慢慢也就不害怕了。"

"你小小年纪，真不简单！"

朱德明不好意思地笑笑说："你不知道，在这里我代表的是整个兵站，你没听汽车兵讲'天不怕、地不怕，就怕红柳滩到多玛！'红柳滩到多玛全长360公里，海拔高，路况差，高山反应大，我们甜水海兵站距红柳滩兵站近，离多玛兵站远，在这段路上是高山反应最大的一个地方，大多数车队只是在兵站加一下油，一般不愿在兵站食宿；死人沟处在两站之中，为了延伸服务，兵站今年5月份决定在死人沟建一个保障点，解决过往部队吃饭问题，当时我在兵站战士中是上山时间最长、兵龄最老的一个，有困难老兵不上谁上，我就找领导主动要求来到了这里。"

"你一个人在这里工作累不累？"

"习惯了。你别看我现在挺清闲，等有车队过来时，我连说话的时间都没有；有时，几百人的车队一过来就是几个，不管是白天还是晚上，只要车队一到，你就得做饭，饭菜还得按照兵站规定的接待标准去做，保证大家吃得满意！"

我佩服地说道："你真能吃苦啊！"

他说："在昆仑山上不吃苦行吗？要真正说吃苦，边防哨卡的战士、汽车兵比我还苦，我们兵站就是为他们服务的，不然，途中生活保障不好他们怎么上边防、到哨卡。那天，某汽车团的一辆车坏在了距死人沟60公里的山坡上，当时车队已过，只剩下驾驶员在看车等车队返回，我得知后，每天都做够驾驶员吃一天的饭菜，搭地方车送一趟，一连送了5

天，虽然辛苦，但我认为这是我应该做的工作。"

我问朱德明当兵几年了。他说两年了。

我说："你当兵最大的愿望是什么？"

他说："刚入伍时，我想在部队学一门技术；来到昆仑山，耳闻目睹了边防军人的事迹后，我的理想是努力工作，争取评为一名昆仑卫士，挂上奖章。上山一年多，我一直在甜水海和死人沟待着，昆仑山上好多地方都没去过，我真想去一趟神仙湾哨卡！"末了，他又说道："你能不能给我照张相？我上山以来，还没有照过相；有了照片，将来我下山了可以拿着照片自豪地对周围的人讲：我曾在昆仑山上当过兵！不信，有照片为证。"我爽快地取出照相机，满足了他这一小小要求后说道："我一定设法托人将照片带给你。"

"只顾跟你说话，忘记给你们做饭了。"小朱说着就忙活去了。

不一会儿工夫，米饭、四菜一汤就端到了桌上。我喊他过来一起吃，他说："我不饿，只是想坐在你车上听听歌，行吗？"我赶忙走出帐篷，打开车门和收录机，这时，他又有点不好意思地说："不瞒你说，我好久没有听见歌曲声了，挺想的！"

吃罢饭，我走出帐篷，看见朱德明坐在车内扶在方向盘上，那如痴如呆的听歌表情，着实让人不忍心去打扰他。

告别朱德明，我们驱车前赶，当我从倒车镜中看到巍巍昆仑山下那顶帐篷小屋和仍在挥手的朱德明时，两眼模糊了：多好的战士啊！

迷人的多玛

驱车在新藏公路无人区穿行了几百公里之后，那满目苍凉的雪山，崎岖、颠簸的山路，变化无常的气候，加之缺氧，折磨得我一直大脑混沌，精神萎靡不振，昏昏欲睡。

翻过界山达坂，一进入多玛，我陡然兴奋了起来。天空明显地蓝多了，大地低矮稀疏的草，就像一张黄绿相间的大毡毯铺向远方，畜群像云彩一样在草原上游动，点缀其上的几座零散的白色帐房炊烟袅袅，几条藏獒（牧羊犬）在帐房前追逐戏闹；多玛沟水清草茂，鱼儿成群，3只一身灰白、腿颈修长的黑颈鹤立在沟中，不时发出几声鸣叫。流云倒映水中，水流潺潺，这色调，这层次，这如画的高原景色别致得令我心醉。

多玛，属西藏阿里地区日土县的一个区，海拔4500米，与新疆只隔了一座界山达坂。界山达坂是新疆与西藏的分界线，也是两种宗教文化的天然界限。

一

多玛区实在太小，散落着的十几间砖房和土屋还不及内地一个小村庄大。

　　我食宿在多玛兵站。兵站和区上隔一条河水沟，军民关系处得相当好。吃罢晚饭，我请兵站指导员王兴理带路去多玛区。走进区委书记强培多吉的宿舍，室内清冷，空荡荡的，屋顶上吊着两大包酥油，地上堆着一些杂物；里面套间的门缝中透着灯光，推门进去，暖气扑面，周身温暖多了。强培多吉书记正与一名藏族人用藏语说着话，我一点儿也听不懂。听罢王指导员的介绍，强培多吉友好地同我握手。就在他起身的刹那，我看到他腰间挂着一支"五四式"手枪，十分显眼。

　　强培多吉书记身材魁梧，汉语讲得十分流利。他热情地给我们每人倒了一碗酥油茶。我这是第一次见到酥油茶。在叶城县时，一位掉了一颗门牙自称是老阿里的汉族人告诉我，他这颗牙齿掉了，在阿里喝酥油茶最管用。他说，有一次他随工作组到一藏族牧民帐房里喝酥油茶时，咬紧牙齿，酥油茶从门牙的缺口被吸了进去，牙齿外面阻了厚厚一层羊毛，要不是这颗牙掉了，还不把羊毛全给喝了进去！此时，想起这件事，我一直不敢喝酥油茶。书记可能看出了我的心思，双手端起茶碗递给我笑着说："喝吧，这是我们藏族人最好的茶！"盛情难却，我接过茶碗，抿了一口，细细品味了一下，挺醇香的，哪里有什么羊毛。我接连喝了几口，嘴唇油润润地，舒服极了。我方明白，怪不得藏族牧民嘴唇不皲裂，原来是酥油茶的保护。

　　我向书记讨教酥油茶的制作方法。书记介绍说，先把羊奶、牛奶加工成酸奶加热后装进皮桶里，不时用勺捣搅，两三小时后上面浮一层粒状油块，把它捞出来放在木盆里，洒上凉水，然后再把水挤干，就形成酥油了。将适量酥油放入特制的长桶里，佐以食盐，再注入熬煮的浓茶汁，用木柄反复捣拌，使酥油与茶汁融为一体，呈乳状即可。酥油茶是藏族人民的一种饮料，多作为主食与糌粑一起食用。

说完，书记热情地递给我们每人一个空碗，王指导员说这碗是准备吃糌粑用的。一会儿，只见书记左手提着一个面袋子，右手伸进袋里给我们每人碗里抓进了一把面。我这是第一次吃糌粑，不知道怎么个吃法。我仔细看了看碗里的面，像炒面，王指导员告诉我这是炒青稞麦面。他走到我身旁手把手地教我做糌粑，我左手托着碗，他向我碗里倒些酥油茶后，让我用右手的五个手指在碗里面揉捏起来，不断地把面往碗边上按，就像和面似的。一会儿，碗里的炒面就成了一团软硬适度的糌粑，碗也变得干干净净。我一小团一小团地用手往嘴里送着，吃着有一种特别的清香，有一种奶香，还有一种腻腻的柔柔的感觉。

我会心地吃着糌粑喝着酥油茶，环视了一下左右说道："书记，我还是第一次见到一个区委书记设施如此简陋的办公室。"没想到强培多吉却乐哈哈地说："跟牧民比，这已经是最好的了，这间屋是我的办公室兼宿舍，外边的那间屋是区上的公物库房，我还兼着库房保管员的责任哩！"

"那你家在什么地方？"我说。

"我还没结婚呢。"书记难为情地应了句。

我诧异了！看上去书记也是中年人了，在这样一个高原牧区，凭条件、地位，他不可能找不上爱人。任凭我怎么追问，书记总是含笑不语。

兵站王指导员附到我耳边悄悄地说："书记是在一次雪灾中命根冻坏了才不愿意结婚的。"

我立即不好意思起来，知趣地转移开了话题，问起书记和多玛区的基本情况。

强培多吉书记告诉我，他已36岁，小学三年级毕业，驾驶员出身，以前经常跑新藏公路到新疆，学会了汉话；之后，担任过日土县宣传部副部长、文教局长；1996年才到多玛区任书记，吃饭自己做，区上没有食堂。

他说，多玛区辖3乡8个村，海拔都在4500米以上，总人口1000人，以牧业为主。牧民属游牧民，住的是帐房，住户相当分散，全区按牲畜存栏数去年人均收入1200元。区上有一所寄宿制小学，共两个班，31名师生，由他兼任校长；有一辆运货的汽车，没有邮局；日土县商业局在此开了一个小商店，卖些生活用品；仅有的一台小电影放映机成为这里的奢侈品，每周在区党委会议室里放几场电影，免费观看。

我们正谈着，一个藏族小男孩哭哭啼啼地闯了进来。听罢小孩的哭诉后，书记安慰了一阵，小孩这才边擦眼泪边退了出去。原来这个小男孩是多玛小学的学生，因挨了其他学生的打，来找书记告状的，书记答应马上去处理这事。

"你一个书记还管这事？"我问。"除本职工作外，什么夫妻吵架、羊只丢失、小学的事等等，牧民一有事就来找我，我都得耐心地去解决。"书记自豪地说。

二

听了书记的介绍，我对他很是佩服。

一阵说笑之后，书记起身要去小学，我便跟随着一同前往。

小学的几间砖房是区上最好的建筑。我们打着手电筒，走进学生宿舍，只见孩子们都挤睡在低矮的长土炕上，没生火炉，我穿着毛衣毛裤都觉得冷，而孩子们有的盖着一条薄薄的小毡子，有的盖着一张羊皮，没见到一床棉被，饭碗杂乱地摆放在炕边地下；这间是男生宿舍，隔壁一间女生宿舍情形也与此相同。几个熟睡的孩子蹬掉了"被子"，光着身子蜷曲着，我忙给他们盖好羊皮、小毡子，怜悯之情油然而生，眼泪怎么也控制不住地流了出来。

我也是一名父亲，想想生活在城市中的女儿，有零食吃、玩具玩，上小学时，白天上学送、放学接，晚上还得勤看着，怕蹬开被子受凉，百般呵护之中，稍不如意时女儿还撒娇生气……

走出学生宿舍，一轮硕大的明月遥挂中天，寂静的夜空繁星闪烁，感觉天离人特近，阿里高原的夜色比喀喇昆仑山的夜色让人心旷神怡多了。

书记叫开教师宿舍的门，室内点着一盏汽灯，两名年轻漂亮的女教师热情相迎。这里共有两间房，外面的这间是她俩的办公室兼厨房，里面那间是她们的闺房。两名女教师一个叫德吉美朵，一个叫丛笑。招呼完我们坐定，俩人便忙乎着取筒打酥油茶。我发现丛笑长得特美，看上去根本不像常年生活在高原上的人。一问才知，丛笑家在阿里地区，父亲是法院的一名干部，在太原市西藏班上的初中，刚从合肥师范学院毕业分到这里实习两个月。

两名女教师都在内地上的中学、师范，汉语讲得很流畅。我们边喝着女教师刚打好的酥油茶，边谈论着多玛区的教育。

书记说："区上的寄宿小学只有一、二两个年级，三年级的学生全送到日土县小学去上。在这里，学生们享受'四包'（包学费、包吃、包住、包医疗），放假后才能回到父母身边。在阿里地区，牧民的孩子一旦考上中学，毕业包分配，全享受干部待遇。"

"你们这里学龄儿童入学率一定很高吧！"我说。

书记没有正面回答我，继续滔滔不绝的讲述着……

多玛区距新疆叶城县820公里，距阿里地区日土县120公里，属纯牧区，到目前为止，全区还没有走出一名大学生，从多玛区走出去的只有3名中专生。现在，全区学龄儿童210名，除多玛小学29名学生和送往日土县小学的20名学生外，还有161名孩子未上学。主要是孩子太小，父母害怕饿着、冻着，舍不得送来上学，还有一些父母觉得上学没用。

1995年，多玛小学总共只有7名学生。区领导每次下乡检查工作，都带有一项宣传教育重要性的任务，积极做工作让小孩上学；然而，工作组每到一处，孩子们都吓得四处乱躲。

1996年开学时，他带人到牧区一辍学的小学生家中劝他复学，孩子吓得哭着像山羊一样朝山顶上狂跑。书记说，这主要是学校以前每天开两顿饭，孩子饿怕了。现在好了，区上雇了一名炊事员，每天改开三顿饭，每顿都有酥油茶喝、糌粑吃，每周还能吃上几顿羊内脏、风干生羊肉和用大米、羊肉煮成的稀饭，兵站还经常给孩子们蒸些馒头吃。

这里冬季太冷，小学每年3月1日开学，11月15日放假。开学后，离学校近一些的父母平时还能来校看看孩子，远的只能等到放假时才能见到孩子。今年开学时，孩子被家长骑马送来，大部分只穿着一套破烂的衣服，什么都没带，区上也没钱，但还是想法给每个孩子买了两套衣服、一双鞋子，还配了碗筷。另外他们还到县教育局要来两顶旧帐篷，给孩子垫炕，买来一些羊皮、毛毡当被子，晚上孩子们尿炕了，天亮了晒干，晚上再用。

最操心的事是学生生病，两个月前，一个学生感冒引起肺水肿，他连夜用区上的大货车将其送到日土县医院治疗；他说万一学生有什么闪失，他就是失职，也不好向家长们交代……

说话间，我撩开衣袖口看了看手表，已是凌晨2点了，就在我起身告辞的当儿，书记要我摘下手表给他看看。我摘下手表交给他，书记仔细看了一会儿，有些爱不释手地问："这手表真漂亮，能不能卖给我？"其实，这块手表是我上阿里前在喀什花了150元钱买的一块石英表，只不过是样式有些新颖。看书记喜欢，我很干脆地送给了他。

书记有些不好意思地说："你要不要酥油？"

我说什么都不要，你明天给我介绍介绍多玛区的文化就行了。没想到书记竟高兴地说："只要你不走，明天我带你去看岩画和神洞。"

我立即答应，兴奋地与王指导员一起回兵站休息。

三

次日，我在兵站吃罢早饭，特意带上十几个馒头，背上一壶水，同书记一起去看岩画。

书记是日土县土生土长的，又担任过多年县文化教育部门和区上官员，对多玛区悠久的远古文明、民俗和灿烂的民族文化相当熟悉。

我们从多玛区出发，向南步行约两公里左右，走至一东西方向山沟的尽头停了下来，书记说这里海拔4600多米，岩画还在山腰上。稍做休息，我们开始爬山，我气喘吁吁、疲惫地爬到山腰处时，惊喜地看到了岩画，仔细一数共有六组画面，图像呈深红色和棕色，清晰可辨，大都是动物，也有一些人物及符号性图案。书记说："据有关资料介绍，这里的岩画制作年代属吐蕃时期。"

在高原行走真是步履维艰，临上阿里时，想到来一次不容易，要争取多跑、多看、多采访、少休息。一旦上来了，却浑身疲软，无精打采，只想休息，一点也不想多跑。看完岩画后，书记问我还有一处岩画想不想去看时，我说："算了，我们还是回去吃午饭，然后去看'神洞'吧。"

我与书记在兵站提前吃了点午餐，书记带上酥油和哈达，又在兵站找了几个大空罐头瓶子，说是准备装圣水用，然后乘坐我带来的东风牌卡车向南北边儿驶去。走了七公里多，车再也无法通行，我们只好下车步行。大概步行了两公里左右至一山脚下，书记说："'神洞'到了，就在这座山上！"

我举目望去，眼前的这座孤山很高、很陡峭，像金字塔似的，山顶部尖尖的。

这时，书记十分神秘地悄悄告诉我："这座山很神灵，每次上山进洞，都得先绕这座山转上几圈，否则，心不诚过不了'天桥'，会坠下悬崖；你是初次进洞，记住，只能绕山转一圈。"

我的心"扑通"一下紧张了起来，虔诚地绕着山脚开始了转山。当转到山的背面时，我抬头仰看，只见头顶上空有一块长石头连着我左边的另一座山，想必就是书记所说的"天桥"。

"天桥"悬在半空中，怎么过去呀！我越想越紧张，头皮直发麻，身上直出冷汗，不知不觉我一连转了两圈山，待我猛一醒悟过来时，只觉得后怕。

爬山自然苦不堪言，但无论如何也要进洞看个究竟的决心给了我勇气和力量。好不容易才爬到山顶，书记说此地海拔有4700多米，以前牧民在山顶上看到过雪鸡和野牦牛，1972年，一个牧民在这里还看到过一头熊。我仔细环视了左右，的确有不少动物的骨头。

山顶上一块不宽的天然石头连在邻山上，有1米多长，这就是书记所说的"天桥"。"天桥"下好似万丈深渊，有恐高症的我一眼望下去，顿时心跳加速，头晕目眩，两腿直打战，我正在发愁如何爬过"天桥"时，书记又在一旁严肃认真地说道："要是干过亏良心坏事的人是过不了'天桥'的，以前，曾有一个男牧民第一次过'天桥'时，就掉下悬崖摔死了。"

亏良心的坏事我倒没干过，这一点我很坦然，但这桥实在是悬得吓人。我心一横，过！我趴在"天桥"上，两眼朝前，小心翼翼地爬着过桥。

过了"天桥"就到了洞口，顺着洞口朝里一看，黑乎乎的。这是一个天然洞穴，可能很久以前有人类居住过。洞最宽处有5米左右，窄处只有1米左右；高处有2米左右，低处须弯腰低着头过；洞壁上的石头光溜溜的，手电光一照直反光，书记一言不发地边走边用酥油朝洞壁上粘贴1元钱或角角钱，见有石头缝就塞进一张钱。

洞壁上和石缝中有不少人民币，我是第一次经历此事，感到特别阴森和神秘，吓得也不敢多问。走了30—40米，便到了洞穴尽头，正前方洞壁上有一块突出来的石头，刻着六字箴言，上面摆放着许多大小不一的泥、石佛像和哈达，地上有一潭清澈透明的泉水。只见书记献上哈达后说："多喝些'圣水'，可百病除身，会给你带来好运；要是你的车装上圣水，跑起来可以赛过火车哩！"

书记的话我虽然不信，但"圣水"我还是要尝一尝滋味的。我一连喝了几口，顿感清爽可口，这圣水的确解渴，水质比纯净水还要甜。

书记把所带的空罐头瓶子全部灌满了"圣水"，提了一大兜子。

回到兵站，天已漆黑。我给兵站官兵讲述此次的历险故事，他们竟然不知有此洞穴，都像听天书般好奇。

四

第二天早饭后，我正准备起程去阿里，强培多吉书记匆匆跑来兵站说："今天有对青年男女要结婚，你想不想去参加婚礼？"

这次本来我就没打算在多玛停留，昨天已待了一天，今天要留下又是一天！我犹豫了一阵，感到机会难得，最后还是决定留下看一看多玛区藏族牧民的婚俗。

上午，我随强培多吉书记去参加婚礼，书记带着十几条哈达。婚礼地点距多玛区两公里多。

我边走边向书记讨教多玛区的婚礼习俗。书记说："这里基本上是包办婚姻，男女青年到了结婚年龄，订婚时，先由双方父母商定后，女方父亲到男方，男方母亲到女方，介绍各自孩子情况，征求男女青年的意见。返回时，双方家庭各准备一份定亲礼物，用哈达包上一块茯茶，再包上10元、20元或50元不等的钱和一件毛衣。男方的礼物女方父亲带回后，先交给妻子，由妻子转交给女儿；女方的礼物男方母亲带回后，先交给丈夫，由丈夫转交给儿子。如果哪一方的订婚礼物被退了回来，说明不同意；如不退，说明同意。定了亲后，双方父母开始择定迎娶的吉日，筹办婚礼。

结婚前，双方父母先到村里给儿女开好结婚证明，然后再到多玛区给儿女办理结婚证，因没有地方照相，结婚证上不贴照片。

结婚时，男方家里要提前搭好一顶新帐房给一对新人用，请两名会唱结婚歌的牧民来助兴。婚礼在男方或女方家举办都可以，谁家的帐房大就在谁家举办。"

今天结婚的是多玛区多玛乡男青年顿珠和女青年卓玛，两人同村，婚礼在卓玛家举行。我随书记走进卓玛家时，看到帐房里坐满了客人，室内一长条桌上摆满了烟、酒、糖、牛羊肉、饼子、糌粑、酥油茶，帐房内外充满了喜庆的气氛。新娘卓玛在另一顶帐房里化妆，等候出嫁。书记给卓玛家送了100元钱的礼，我也随着送了100元。

上午12点左右，新郎顿珠在歌曲声中朝卓玛家走来，新娘卓玛也在歌声中从另一顶帐房朝家中走来。卓玛家帐房门两边，站满了迎候的人，其中一人手里拿着盛满青稞酒的大酒壶，另一人手里拿着两只碗，新郎、新娘在载歌载舞的一片欢歌笑语声中，同时进入帐房。进门时，每人喝了一碗敬上来的青稞酒后，客人们开始祝福这对新人，并献上哈达。接着客人们纷纷给新郎、新娘的父母和兄弟姐妹每人献上一条哈达。然后开始了载歌载舞，饮酒狂欢。

吃完饭后，新郎、新娘在客人们的歌舞声中，被簇拥到新搭的帐房里休息。

书记说："今天的婚礼只是个开头，还要唱歌、跳舞、饮酒狂欢好几天。"

考虑到次日还要去阿里，我不敢多待，催促书记在晚饭前赶回了多玛区。

五

回到区上，强培多吉书记径直带我来到多玛区旁的一座土佛塔旁，说到这里转转能保佑我驱车前行平安、吉祥。

佛塔是露天的，红蓝白等多色经幡，在呼啸的山风中，猎猎舞动。塔旁有两大堆刻有经文的石头，上面横七竖八地摆放着一个个裸露洁白骨头的牛头、羊头，透出神秘的气息。这时，一名藏族妇女手摇嘛呢筒走来虔诚地绕佛塔转圈，嘴里喃喃地念着六字箴言。

佛塔正中的一个洞口吸引了我。我想知道里面装了些什么，便趁书记不注意，把手伸进泥洞内，忐忑不安地摸出了几个手掌大的泥塑。西藏人称"嚓嚓"。多为度母菩萨像，造型十分优美，洞里面有很多。

这夜，我睡得很踏实。次日，天将晓，我们就上路了。

车开得飞快，且相当稳。

在那遥远的"天路"上

老战友宋怀忠多年追随汽车兵一次又一次跋涉在新藏线上，用相机镜头记录下了一组老照片、新照片：昔日，车辆老旧路况差，汽车兵露宿车旁是再平常不过的事；如今，列装的重汽豪沃车辆，折叠上下铺人性化设计，其舒适程度不亚于火车卧铺。昔日，喷灯、高压锅，煮出的面条夹生，还有一股汽油味；如今，单兵卡式炉，鸡蛋面、麻辣烫任你选……这组老照片新照片像电脑上被触动的按键，一下子打开我记忆的数据库，20年前的如烟往事又渐渐清晰。

那条九曲回肠、被称为"天路"的新藏公路，全程须翻越16座冰山达坂、穿越几百公里无人区；特别是通往哨卡的支线，雪阻、洪水和过水路面较多。每年冬季，暴风雪、泥石流、雪崩、山体滑坡和缺氧就像一把把"钢刀"悬在官兵的头顶上。"何处路最难？最难是昆仑。"5年前，这条路还是全国唯一未铺设柏油路面的国道。

在这空旷寂寥的高原上，那为边防部队运送给养的车队，就像一条条墨绿的丝带，连接着哨卡、兵站、军营。在汽车那危机四伏的车轮上，汽车兵们那感人的故事，能感动得让你流泪；那神奇的故事，神奇得让你感到是在听《天方夜谭》；那沉重的故事，沉重得让人感到透不过气来……

一

在新疆军区某边防团前指，那时，有一位被官兵们称为"黑鹰"的汽车兵，他叫申亚飞。申亚飞自1995年6月登上喀喇昆仑山，担负着为边防一线哨卡送粮、送菜、救送病员等运输任务，以过硬的驾驶技术，极大的工作热情，赢得了这一美称。

6月的一天，申亚飞驾驶着满载物资的车辆从前指赶到班公湖水上中队，已是夜里10点多钟了。这时，中队接到前指电话：空喀山口哨卡有名危重病号，让申亚飞速去，连夜送往三十里营房医疗站。已长途奔波了一天的申亚飞确实太累了，但命令和危重病人都容不得他犹豫。他趁卸车之机吃了几口饭，又驱车闯进了茫茫昆仑雪夜中……

没跑多远，车出现了故障，申亚飞连忙下车检修。刺骨的寒风夹着鹅毛大雪吹得他视线模糊，一不小心，他一头撞到车上，左眼眉额骨碰开了一条口子，血流不止，疼得他两眼直冒金星。他迅速从口袋里掏出一盒火柴，撕开两边的黑纱皮贴在伤口上止血。

他风风火火地赶到空喀山口后，哨卡里的医生焦急万分地抬上病人，又催他赶快往下送。这位战士患的是高山缺氧、感冒引起的脑水肿、肺水肿，大小便失禁。车上有病人，车窗又不能开，驾驶室里空气很不好，申亚飞感到昏昏欲睡，他只好对医生说："我实在困得不行了，咋办？"

医生连忙说："如果再拖延下去，这位战士就会有生命危险，我这带有兴奋药片，你吃些吧！"

为了尽快送病人，此时，他也顾不得那么多，一下子就吃进了6片兴奋药，精神马上就上来了。靠着这股药力，他驾车又跑了几百公里的山路，于黎明时安全赶到了三十里营房医疗站，那位战士得到了及时抢救和治疗。

12月份是昆仑山上最冷的季节，哈气成霜，滴水成冰，厚厚的积雪将公路铺盖得严严实实，到处都是一片银白世界。一天，申亚飞同另一名驾驶员各自驾驶一台车，前往几个哨卡执行运送物资任务。车辆艰难地向一个个哨卡摸索爬行着，当赶送最后一个哨卡——空喀山口哨卡，行至野马滩时，申亚飞停下车来看了好半天，也看不到一直跟在后面的另一台车的影子。

他想："这么冷的天气，如果要是同伴的车坏了，那就惨啦!"不行，得回去看看!

申亚飞掉转车头朝后找了四十多公里，终于发现了脸冻得乌紫、浑身哆嗦的同伴和他的车，此时已是深夜11点多钟。询问方知车没有机油了，他连忙取出车上的备用机油加进同伴的机油箱内。发动车前行十几公里，他突然看到水温表显示水温达到100摄氏度。停车一看，水箱里一点水也没有了。再寻望前面同伴的车，早已没了踪影。

在这冰天雪地里，到哪儿去找水啊？申亚飞只好挖一桶雪，用喷灯烧。这天晚上出奇的冷，风也刮得特别大，雪怎么烧就是不化，情急中，他左手提上桶准备倒雪，只听"哧哧"几声，申亚飞的手被烧红的水桶烫得直冒焦烟，疼得他连喊带叫，当时左手就失去了知觉。怎么办？不能坐等冻死!他忍痛拿着铁锹到冰河里挖冰块，怎么用劲挖，冰都没反应。情急中，他从车上取出冲锋枪，朝冰中一阵乱打，而后他又把打碎的冰碴铲进桶内用喷灯烧，还是化不成水。实在无招，他只好坐在车内等着救援。

次日上午10点钟，空喀山口的战士们前来救援时，发现申亚飞就像一尊雕像被冻在驾驶室里，一句话也说不出来。在空喀山口哨卡，申亚飞休息了六天时间，身体才逐渐恢复了知觉。事后，哨卡的战士开玩笑地说他："如果你不返回去救别人，早早到了哨卡也不会冻成这样！"申亚飞却认真地说："我要是不去救战友，他就会冻死，我用冻伤去换取战友的一条生命值得！"

一次，哨卡战士刚换防不久，申亚飞奉命前往空喀山口哨卡送副食品。上午8点，当车行到库尔拉克堡哨卡与空喀交界处的一道冰河时，车陷入冰河里，无法前进。此处距空喀虽只有20公里，但此段路海拔都在5000米以上，氧气稀薄，气候恶劣，道路崎岖不平。为使肉、菜等食品能及时送到哨卡，申亚飞只好步行前往哨卡报信。他艰难地往哨卡一步一步地挪着，剧烈的高山反应使他脸变得乌紫，呼吸困难，头痛胸闷，恶心呕吐。他走走停停，20多公里的路程，他整整走了近10个小时。哨卡接到他的报信后，立即派人驱车连夜将车救了回来，看到这些被抢救回来的肉菜等食品，申亚飞会心地笑了。

二

昆仑山曾让多少人为之折腰、低头、认输。然而，新疆军区某汽车团五连士官耿记会，官兵们说他是一个从不向昆仑山低头的人。

年复一年的上、下昆仑山，耿记会算是同昆仑山较上了劲。那年6月份，耿记会随车队从阿里返回至红柳滩时，自己的"铁骑"给自己出了一个不小的难题：水箱裂口、漏水，走不了几步，水箱就"开锅"。真是要命！在昆仑山上到哪儿去焊接水箱，车队无法帮助他，只好先走。这时单身一人的耿记会仿佛看到喀喇昆仑在嘲笑他："看你今天低头不！"

他一边思考着，一边爬上车厢，将自己的棉被撕开，掏出一块棉絮，掺和一团黄油，塞进裂口处。办法是不错，但车走不多远，水箱又"开锅"了；再无别招，他只好提着水桶到几百米远的水沟里去提水。车走一会儿，"开了锅"他再停下来加水……

昆仑山似乎在有意与他作对，刚才还是晴朗的天，忽然间狂风四起，风裹着沙子打得脸刀割般疼痛。车上没有吃的东西，饿得他直吐清水，渴得实在不行了，就喝点浑浊的雪水，缺氧和长时间的饥饿使他整个脸变得如同"紫茄子"似的。当他坚持着将车开到三十里营房兵站时，已是晚上12点多钟了，这条只有120公里的路程，他整整跑了18个小时。

不向昆仑低头，说起来容易，但真正与它犟起来，还需要毅力和智谋。那年7月初，耿记会驾驶满载七吨多物资的"铁骑"，行至海拔6000米的界山达坂时，左后车轮同时双爆胎，他用一个五吨的千斤顶顶车还打不起来，于是就用两个五吨的千斤顶把车顶起，开始扒胎补胎。平时换个轮胎不算什么，可在海拔5000多米的地方，在只有水平面50%氧气的稀薄空气中，真的很艰难。干一会儿，他就感到头痛欲裂、恶心想吐，两腿像灌了铅一样沉重，每动一下，都很吃力，直喘粗气。好不容易把车胎补好装上，走不多远，车左后轮又同时爆胎。昆仑山似乎在有意捉弄他，这次在界山达坂上车左后轮反复三次双爆胎，在寒风雪地里抢修车辆，他的手、脸冻裂开一道道血口，但他都没有吭过一声。

那年8月底的一天，耿记会满载着物资随车队到达日土兵站时，已是下午8点钟了。此时，车队接到边防哨卡急需一车物资的通知，连队干部想到了耿记会，派他连夜出发，赶往狮泉河。耿记会二话没说，驱车前往。事情往往是越急越出问题，当车行至狮泉河达坂时，风扇上的皮带突然断了，怎么办？这时，夜空一片漆黑，伸手不见五指，呼呼的狂风抽打得他不停地哆嗦，偶尔听到几声狼嗥，让他毛骨悚然。耿记会顾不上这些。时间紧，任务重，不能坐等救援，他急中生智，从车上取出一根麻绳代替皮带套在风扇轮上，麻绳毕竟不如皮带，转了一会，突然"嘭"的一声，水箱下面的水管由于承受不了过高的水温爆炸了。车上又没带备用水管，耿记会急得不知如何是好！

这时，前方来了一辆地方车辆，他连忙拦住，说尽了一切好话，买了一截半尺长的旧水管，费了好大劲把炸掉的水管接好，可水箱里的水又漏完了。附近全是乱石滩，无一滴水，真是干着急无招！还是老天长眼，突然间下起了大雨，此时耿记会那股高兴劲甭提了，他冒着大雨拿着自己吃饭的碗，在公路低凹处将积水一碗一碗地连泥带水倒进水箱里。这条全长90公里的路程，折腾得他一夜未合眼，早晨7点多钟他才精疲力竭地把车开进狮泉河。

三

天苍苍，雪皑皑，路漫漫，山巍巍。在这著称于世的"生命禁区"里，危险是高原汽车兵们生命方程式中一个永恒的常数……

一次，某汽车团五连执行边防哨卡物资上送任务，车队被风雪围困，有一辆车出现故障"趴窝"等待救援。那天晚上，汽车兵李红打开干粮袋，与战友胡红玉在驾驶室里一起分享食物。

吃着吃着，突然听到了狼的吼叫声。两人借助白雪的反光向外张望，不禁出了一身冷汗——一群狼正在争抢他们扔到车下的骨头！

不一会，骨头抢光了，一只狼前腿扒上车门，瞪着两只绿幽幽的眼向车内望；还有一只蹲在汽车发动机的车盖上，隔着玻璃与两个汽车兵对峙。

胡红玉赶紧检查玻璃和车门是否关严。摸到车门有些不严，他用极快的速度把车门猛地打开又快速关好。

哪知，这门一开一关之间，李红打开的那包干粮滚下了车外。两人急了，一个猛轰油门、猛按喇叭，一个趁着狼群受惊退步的机会，跳下车把干粮抢了回来。

靠这包从狼嘴里抢回的干粮，两人在寒冷的生命禁区里度过了难忘的两天两夜，直到前来营救的战友到来。

喀喇昆仑抗风斗雪，需要胆量和勇气。

1998年10月8日，某汽车团奉命出动128台车给新藏公路沿线哨卡和群众运送物资。一场暴风雪从天而降，天地间顿时一片混沌。两个小时不到，地上已覆盖了60多厘米厚的积雪。该汽车团官兵面临严峻的挑战：

在红柳滩通往甜水海方向，30多台车前进受阻，打头车无法辨认方向，滑下路基，15人冻伤；

在巴尔到狮泉河60公里处，20多台车遭风雪袭击，能见度不到5米，官兵们只能用大衣和被褥垫在车辆下开路；

在海拔4700米的"死人沟"恐怖地段不远处，一辆运输车陷进冰河，风大，气温低，3人被困48小时；

在空喀山口17公里处，3台车因视线不清，相继陷进100多米宽的冰河……

山上遇险的消息传到山下，驻守喀喇昆仑山脚下的原某分部时任部长王兴春、政委吴长友连夜紧急部署救援工作，命令驻三十里营房的指挥所采取一切措施确保人员和车辆安全。

但在这次抗暴风雪战斗中，仍有40多名官兵被冻伤。

谭小明，当我在这条路上听到他的英雄事迹时，流泪了。他，陕西城固的一名普通农村青年，1977年入伍来到某汽车团后，就再也没有离开过昆仑山。

他在日记中写道："一块钢，只有经过高温熔炉里冶炼，才能成为优质钢；一名战士，只有经过艰苦环境的摔打，才能大有作为。"

那是一个开满鲜花的5月，他探家归队，正赶上高原开运时节。回来头天，他就主动请战要上山。

当车队开上海拔6000多米的界山达坂时，气候骤变，狂风夹着大雪，两米外看不清道路。他驾驶的打头车在前面开路，由于能见度低，得不时打开车窗向外观察。抗着高寒缺氧，破冰挖雪，他连续奋战十几个小时，为车队打通了道路。

就在这时，友邻部队和藏族同胞的6台车陷进了冰层。为救战友和群众，他脱下唯一能御寒的皮大衣和毛毯铺在车辆底下，组织拉车。数小时后，6台车相继救出，20名兄弟部队的战友和藏族群众得救了，而他终因劳累过度，并发严重的肺水肿，永远地闭上了眼睛……

谭小明，那时每当我驱车翻过一个个达坂，看到一座座山峦时，就想到了他。相信他已融入这昆仑群峰当中，化作了山脉，他的灵魂将和大山一样永恒。

在这条雄奇万古、英雄辈出的路上，先后有几百名烈士长眠于此，几乎每公里就留有一名烈士的遗骨。

雪山上的灯光

　　在边防上施工，所需钢筋、水泥等建材，全由山下运上去。带拉运建材的车队上山，安全责任重，每次我都不敢丝毫懈怠。

　　一大早从叶城出发，随着山势不断拔高，路上的颠簸、高山反应的折磨，身体于车座间歪来斜去，终不知如何放置才舒坦些。当远处山坳里朦胧闪现出几星灯光，在夜色里是那么明亮，心中便会涌起一阵温暖和力量：啊，到家了！可以美美饱餐一顿、好好歇歇腿了。

　　我知道，三十里营房到了。

　　那是三十里营房兵站的灯光，也只有兵站这么晚还亮着灯。这一温暖的瞬间，直至今天，直到永远都定格在我的记忆里。

　　在千余公里长的新藏公路线上，沿途驻落着为守防部队和上下山车队做后勤保障的兵站——官兵们昵称的"喀喇昆仑一串明珠"。从北向南数，一库地，二麻扎，三十里营房、红柳滩、甜水海，余下多玛、日土、狮泉河和巴尔，号称新藏线上"九大兵站"。兵站兵站，雪中送炭，替车加油，给兵做饭。兵站是往来部队行走昆仑的驿站，是高原军人温暖的家。在兵站那寂寞难耐的屋檐下，这每个兵站的兵，与哨卡的戍边人一样普通。让他们讲故事，他们常会挠着后脑勺，憨憨地笑。但是，当我走近他们，与他们熟络了，再倾听他们的故事，不禁哑然无语……

"我们红柳滩，居中间地段。前面这条河，叫喀拉喀什河；屁股后面一带高山，海拔五六千米。山上环境苦，条件差，但我们缺氧不缺精神，苦地方、险地方，是我们建功立业的好地方……"那天，我住进红柳滩兵站，热情的站长林久华这番话，撩拨起我与他聊呱的浓厚兴趣。

1995年4月，林久华被任命为红柳滩兵站站长。上任伊始，大家讨论他执笔，修订完善了兵站各项规章制度，制定了各类人员的岗位责任制。

比如值班吧，他们建立昼夜值班室，全站人员实行挂牌服务。并要求：大型车队、新老兵到站，全体人员敲锣打鼓欢迎；要提前与三十里营房或多玛、甜水海兵站联系，准备好开水；人员一到站，干部要带着战士迎上去倒杯开水；客房服务员生火将客房烧暖；部队什么时候到站，食堂什么时候开饭，零星来客，随时供饭；遇有病员，另做病号饭，及时供好氧；过往部队晚到或早走，随时加班发电。

山上吃蔬菜困难，林久华利用废旧营房的后墙，带领大家垫炉渣和牛羊粪，建起了一座300多平方米的温室大棚，反复试验种菜。山上下午风大，昼夜温差大，他在塑料大棚上绑上一层厚厚的棉垫；每天清晨，早早地将棉垫掀开采光；中午，再将棉垫放下绑紧。如此反复试验，从几次失败中他总结经验，成功地种出了十几种时令蔬菜。过往部队到站，终于能吃上新鲜蔬菜了。

以前，兵站吃水只有一眼浅水井，井水少、费力气，过往车队给车加水、洗车，全到门前河坝里提，很辛苦，尤其晚上，天黑极不方便。他们自己动手，把水井掏深，在屋后山坡上埋一十立方米高位水罐，用潜水泵将井水抽进水罐，采用自流方式，解决了吃自来水的问题。随后，林久华又同大家一道抡镢、捉锨，在兵站大门前修建了大型停车场，在停车场安装了一高位水罐，配上水桶，过往车队无论什么时候到站，用水都有保障。

林久华在山上吃苦，也苦了山下的妻子和儿子。妻子好不容易盼到从四川老家随军，没曾想仍是两地分居。红柳滩距叶城近500公里，途中四座险陡达坂。站上工作缠身，林久华常年难得下山一趟与家人团聚，妻子在叶城举目无亲，一切生活困难全靠自理，有时深夜年幼的儿子突然生病，有时妻儿同时生病，弄得妻子疲惫不堪、手足无措。尽管如此，妻子无时无刻不在担忧着他的身体和安全。每年，妻子都要上趟山，带上好吃好喝的前来探望他。千里迢迢昆仑的探亲路，妻子历尽了艰辛。

1997年，妻子上山探亲，到达兵站的第二天，突然拉肚子，肚子痛得厉害。起初，林久华以为妻子是水土不服，也没在意，让卫生员给妻子拿了些止泻的药吃。下午5点，妻子肚子剧痛得满床乱滚，他急忙求助刚住进兵站的某汽车团带队领导，连夜要了一辆车将妻子送往三十里营房医疗站。次日早晨8点多，赶到医疗站后，颠簸了一夜的妻子，下车后双腿发软。他把妻子背进急救室，初步诊断是阑尾炎，医生一致劝他下送治疗，他放心不下兵站。在医疗站消炎治疗了2天，妻子肚子基本不痛了，谁知，到了第3天，妻子突然又不行了。在医生的一再劝说下，他做通了妻子的工作，给妻子找了个便车，让她自己下山治疗。

事后，林久华才知道妻子途中强撑着下山，到家后昏昏沉沉一头倒进床上就不省人事了。是好心的邻居下班回来，踢开他家的门，发现他妻子浑身冰凉、毫无知觉，急忙将其送往十八医院抢救。一检查，发现他妻子腹腔里有积血，须马上手术，家人要签字。无奈，邻居找中心兵站领导替他请假，打电话让他速下山。他接到电话后，急得火烧火燎，就是找不上车，等到下午6点多钟，他好不容易才搭上一辆地方过路车。

次日上午10点，当他赶到医院，妻子已做完手术躺在病床上，因等不及，邻居帮他在手术单上签了字。医生一个劲儿地说他："你还要不要媳妇？"他愧疚地一个劲儿地道歉："我在山上下不来！"为这事，他一直觉着有愧于妻子。

后来，林久华又调任库地兵站站长。这年7月，学校放暑假，已经10岁的儿子吵着要上山看爸爸。他的妻子便带儿子搭军车上了山，一家人团圆在了一起。天公偏不作美，消融的冰山雪水聚成洪流，一夜之间便把新藏公路近40公里的路段冲得没了踪影。眼看孩子开学的日期临近，无奈之下，林久华就从附近一个牧民家找来一峰骆驼，备好干粮送她们母子下山。骆驼在齐腰深的泥水中往前蹚，孩子趴在牧民怀里，吓得哇哇大哭，妻子在牧民背后也是一身的冷汗。在40多公里的泥水中，他们骑骆驼走了近10个小时。

三十里营房兵站的站长张宝玉，从库地兵站到三十里营房兵站，在山上一干就是十几年。那年2月，兵站受命重新设站，为上山的某勘察组做接待保障。冬季设站，兵站过去还从未遇到过。这时的喀喇昆仑，千里冰封，银装素裹。受领任务之后，张宝玉二话没说，带着打头车就上了山。他带领兵站几名留守人员连夜检修锅炉，试烧暖气，积极做好各项准备工作。在勘察组上山活动的一周时间里，他整天一身工作服，一身煤灰，始终把房间烧得暖融融的，确保了这次任务的圆满完成。

还有三十里营房兵站炊事班班长尹雪峰，自1994年12月入伍，新训结束分配上山后，一直都坚持在兵站服务接待过往部队。1999年8月，在接待上级工作组和过往部队期间，因人员多，任务重，开饭次数最多的一天要开十次饭，他每天只能休息四五个小时，最忙时一天一夜未合眼。一天，有位首长关心地问他："小伙子，在山上待了多长时间了，下过山吗?"他说:"待了四年多,下山休息过半个月。"这位首长听后既感动又心疼,叮嘱他:"可要注意保重好身体,我给你们领导说一声,下山去休息几天。"他一听便急得憋红了脸,忙说:"首长,现在正是最忙的季节,兵站本来人手就少,我下去了,别人就要多干一份活,求您别给我们领导讲。"就这样,他一直坚持到10月份兵站撤站时才下山。

在大雪封山的日子里,兵站不再有人来,撤站后,一座座大山,就剩下几个官兵相依为命,一分一秒地熬到来年春暖花开……

那年底大雪封山后,甜水海兵站由管理员王界强、士官魏英杰、义务兵张秀强"留冬"。留冬,喀喇昆仑军人的专用名词,是指大雪封山期军人们在高原兵站留守。

交通中断,几乎与世隔绝。白天因油料少不敢发电看电视,连打扑克牌也三缺一玩不起来,几张熟悉的面孔天天在眼前晃来晃去,时间久了,大家大眼瞪小眼的也无多余的话可说。

有天,张秀强匆匆跑来说:"管理员,昨天晚上菜房里的炉子熄了,菜都冻成了冰疙瘩。早上我把炉子烧了一会儿,菜全化成泥水啦!"王界强一听,懊恼地说:"糟糕,我们冬天吃啥?"

"现在,只剩下花盆里栽的那棵白菜了,怎么办?"

没有菜,3个人尽管肚子饿得咕咕叫,还是吃不下饭,眼巴巴地看着那棵菜。王界强说:"我们不到最后谁都不能动那棵白菜。"大家成天夹豆腐乳吃馒头,或炒米饭,或吃罐头。一晃两个月过去了,王界强看到大家指甲凹陷,嘴唇干裂,实在不忍,就剥下一片菜叶,熬成菜汤让大家喝。

于是,那棵白菜便成了兵站的风景,一有空就要观赏一阵,这片叶子黄了,那片叶子干了,都被记录在案……

按照惯例，山上兵站"留冬"都由一名干部带一名士官和一名义务兵。那年，麻扎兵站5名士官都面临转业，三级士官陈文鸿自愿留下。周站长让陈文鸿打电话征求妻子的意见。沉默了几分钟，妻子郁学琼说："眼看就过年了，干脆我过来陪你！"

郁学琼把3岁的女儿交给母亲照看，就直奔喀喇昆仑山而来。

车行库地达坂顶，驾驶员小王大喊："不好了，路上有冰上不去！"说着，小车就直往后溜。千钧一发之际，"咣"的一声，车停住了。下车一看，车轮在距悬崖不足半米处被一块大石头挡住。太悬了！吓得郁学琼老半天都说不出话来。

晚上12点，郁学琼终于见到了丈夫。

除夕夜，郁学琼绞尽脑汁，变换花样，为"留冬"3人做了一桌丰盛可口的年饭，两个战士端起杯子，以水代酒，深情地说："嫂子，谢谢您！"

如果说，昆仑山兵站的灯光，照亮一批批守防官兵和汽车兵，给他们无尽的温暖和力量，那么，这些兵站屋檐下的兵站人，他们就是雪域高原里的"生命灯光"。

游班公湖鸟岛

驱车新藏线，翻越新疆与西藏交界的界山达坂，车过多玛，远远看到一片湖光，那就是位于西藏阿里高原日土县境内的班公湖，它躺在峡谷中，水色如靛，湖面或窄或宽，两岸山峰绵延。

著名散文家周涛是这样描述班公湖的：一望无际如海，像只蔚蓝色的眼睛望着你，鸥鸟翔集，阴云低垂，细浪轻柔。在这干燥的高原上，奇迹般呈现出这一湖深情，诱惑你，迷醉你，湖心岛上有数不清的野鸟蛋俯拾皆是，湖中的鱼傻得用大头针可钓。

班公湖，藏语又叫"错木昂拉仁波湖"，意为"明媚而狭长的湖"，海拔4300米，是高原上的内陆湖，大部分位于我国西藏阿里日土县，小部分西伸克什米尔地区境内，是我国两个跨国湖泊中的一个。它的奇特之处是"一湖两味"，湖水由东向西依次为淡水、半咸水、咸水，在我国境内的湖水为淡水，鸟美鱼肥，而靠近印度一侧的克什米尔水咸产虾。

班公湖东西长155公里，南北窄，最宽处有15公里，最窄处只有40米，水深57米，湖水清澈，蓝得令人心醉。湖上分布着大小岛屿，其中最著名的当数鸟岛。湖岸四周有早期文明遗址。

班公湖上有个某边防团班摩掌水上中队，战士们戏称为"西海舰队"。

在班公湖中队，战士们给我讲述了一个怎么都令人难以置信的真实故事：那是1992年10月，上级一个工作组乘坐的舰艇在远离哨卡近百公里的湖岸抛了锚，中队命令在对面无名小岛上作业的志愿兵郭志安横渡班公湖，务必在第二天天亮前将艇修好。郭志安二话没说跳进了班公湖，10月高原的湖水冰冷彻骨，加上严重缺氧，眼睛产生幻觉，辨别不了方位，小岛到对岸的距离是5公里，尽管郭志安熟识水性，也适应了高原，但他却在湖里游了整整7个小时，从下午1点一直游到晚上8点！当他爬上岸来后，已经浑身瘫软，没有了半点气力，一骨碌扑倒在地上。

那年，在这个中队，指导员给我介绍5号巡逻艇艇长陆光兴时，说他是一个恋着昆仑不走的人。陆光兴有一个哥哥叫陆光成，10年前，守的也是这条边防线，给边防哨卡采购、运送蔬菜。4个月中，在"生命禁区"跑了8个往返，没想到在第8次运输途中，突发高山病，倒在喀喇昆仑的冰雪怀抱中，再也没起来。刚18岁，入伍才7个月。

父亲带着初中刚毕业的小儿子陆光兴，万里到边关，"国家这么长的边防线，一个军人也不能少，我把小儿子带来了，如果符合条件，就把他留在这里，完成他哥未尽完的义务。"

一夜之间，陆光兴穿上了绿军装，成为一名戍边战士。陆光兴也很争气，好学习，入伍第二年，就以优异成绩考入青岛海军潜艇学校。毕业后，他选择回到班公湖不久，被上级正式任命为5号巡逻艇艇长，也是水上中队第一位士官艇长。

班公湖是一条狭长的带状湖泊，弯道多，且暗礁密布，这样的水域，就是大白天巡逻，稍不注意，也可能出意外。

陆光兴摸索和掌握了一套夜晚巡逻听、记、嗅、看、摸、检的本领，哪里有几块暗礁，哪里水流急，漩涡多，他心里都装着一幅活"湖图"。

一晃，陆光兴当艇长7年了，年龄也不小了，中队领导多次动员他下山，趁早成个家。他说，时间到了，她也就来了。

也怪，说来就来。姑娘还挺招人喜欢，什么时候都乐呵呵的。那是上山的前一天，陆光兴在电话里给女朋友说班公湖多好多美，还说湖里鱼多，鱼还很傻，傻得用大头针可钓，姑娘听得呵呵笑："鱼都傻成那样儿，人待时间长了不傻吗？"陆光兴一听这话，后悔自己那不把门的嘴。他正犹豫给女朋友再说点什么，电话里却传来"我就喜欢你现在这样，傻乎乎的"。

5月里的一个清晨，带着对水上中队的敬佩之情，我们乘坐水上中队的汽艇从班摩掌出发，去游览班公湖鸟岛。极目远眺，喀喇昆仑山系和冈底斯山系尽收眼底，白雪皑皑，与碧波相映，美得眩晕。坐在艇上，湛蓝的天空，流云倒映湖中，仿若天际近在咫尺；蔚蓝的湖水，碧波荡漾，在晨风的辉映下，湖面波光粼粼，五光十色，使人心旷神怡。

一路上，随行的中队水兵给我们讲述了不少有关班公湖的故事。其中最让我们惊奇的是：同是一泓湖水，在东部我国境内是水色碧绿的淡水湖，且物产丰美、草茂鱼肥，盛产味美的高原鲤科裂腹裸鱼；而在西部印度境内为咸水湖，水涩而咸。问其原因，水兵告诉我们一个传说：十八世纪，清朝驻青海的蒙古族将领格登次旺率骑兵数千人，马不停蹄来到班公湖，当时人困马乏，大汗淋漓，眼见有清澈如镜的湖泊，兵马全部跳入湖中，汗渍流到克什米尔，使西边的湖泊变成了咸水。而按科学的说法，班公湖在我国境内湖段地势高，湖面宽且狭长，在印度境内湖段地势低且湖面窄，雪水汇集，杂物沉积，使西部的水变咸。

倚在艇边，欣赏大自然赋予班公湖奇特的风光，不知不觉汽艇已跑了60公里，这时，水兵们指着前方喊道："鸟岛到了！"

放眼望去，深蓝色的湖水托出一个白色小岛，鸟类成群，那些飞舞的精灵扇动洁白的翅羽，有的在岛上奔跑，有的在天空盘旋，有的连跑带飞，一头钻进湖水里，一个猛子扎起，在汽艇周围荡起的涟漪上一起一伏，发出嘈杂的叫声，这别致的自然景色真让人有种此景只应天上有的感觉。

艇还没靠岸，我们就迫不及待地跃跃欲下，水兵忙说："别急着下，岛上的跳蚤太多，大家得先武装一下再上岛！"

在水兵的演示下，我们心有余悸的将衣领掀起扣紧，用布条扎住裤脚，把深腰解放鞋带系紧，再将袜子套在裤脚上。经过一番包装后，水兵们从艇里拿出一长条木板，从艇上搭到岛边，让我们踏着木板上岛，这主要是害怕跳蚤跳进艇里。

一踏上鸟岛，我们立即被岛上的奇景佳色所震慑。成千上万的鸟儿围绕这个小岛捕食、嬉戏、翱翔，岛上空间小，鸟窝挨着鸟窝，窝里躺着鸟蛋，几乎无处下脚，这里真是一个鸟类王国，一个鸟类聚居的极乐世界。一只只肥溜溜、毛光发亮的水鸟，在这个没有高大植被、只有土丘和碎礁石上点缀着矮灌木的小岛上，靠食鱼类顽强生存着。看到我们这些天外来客，鸟儿显得亲切、新奇，发出叽叽喳喳的叫声，毫无惧怕之感；有的旁若无人似的在我们周围嬉戏；有的在我们头顶上盘旋，还不友好地撒着粪便。

我们小心翼翼地在岛上走着吆喝着，想把各种鸟赶飞起来，拍几张群鸟飞翔的照片，一些水鸟受惊飞到天空，更多的鸟仍若无其事地在岛上相互追逐着。此时，置身于鸟岛，恍若与世隔绝，飘飘似仙，这奇异的高原景色真是任何地方也无法比拟的；在这高与天齐、缺氧的高原湖泊，能有这么好的生态环境，我还从未见过。

环顾鸟岛，面积不大，长约100米，宽50米，厚厚的鸟粪和鸟羽毛覆盖着整个岛。岛不是很高，最高处离湖面约15米左右。或许地势得天独厚，岛上阳光充足，几乎无风，令鸟鸣十分清晰，那声音里透着野性和自由。

我们注意观察了这些鸟类，有十多种，多数是候鸟，四月下旬飞来，五月筑巢繁衍后代。叫得上名的只有棕头鸥、麻雁和黄鸭。棕头鸥的嘴和脚都是红色的，翅膀长，呈白色，尾巴带点浅灰色；麻雁和家养的鹅大小基本一样，全身的颜色如同麻袋，只是尾巴处有几根显眼的黑羽毛；黄鸭同家养的鸭子大小基本一样，呈金黄色，尾巴根是黑色，飞起时，肚子上的羽毛泛着白色。

每年春天来临，孟加拉湾的温暖气流吹入阿里高原，头年冬季从高原飞往南亚大陆避寒的鸟群，又飞回来，在这里用羽毛围筑成小窝产卵，繁殖后代。

当5月姗姗来迟的春天，在班公湖降临之时，正是岛上鸟类产蛋的季节，远远看去，整个岛上一片白色；那与鹅蛋颜色、大小一样的黄鸭蛋；比黄鸭蛋还要大的白色麻雁蛋；带有褐色麻点，比麻雀蛋大的棕头鸥蛋；那一窝窝的各类鸟蛋，看上去煞是喜人。

我们只顾在岛上尽情地玩耍，忘记了上岛前水兵的话。不知什么时候，我们感到身上有种钻心地痒痛，仔细一看，啊！岛上的跳蚤真的很多，身上鞋上全都沾满了跳蚤，心里一阵发麻，浑身起鸡皮疙瘩。那跳蚤圆鼓鼓的，呈土色，比绿豆小一点。我们不敢再玩，跑到岛边，互相用刷子扫净身上的跳蚤后，慌忙上了汽艇。

离开班公湖鸟岛，回头远望，烟波浩渺之中，那让人迷恋的鸟岛，仿佛还在眼前。

醉高原

　　提起高原，人们脑海里总会出现空旷苍凉、充满狰狞的肃杀感，很难想象出那里还有油画般的风光。我在喀喇昆仑和阿里高原工作生活的几年中，尽情地欣赏和享受了高原独特醉人的风光。

　　这苍莽大山间，有荒蛮险恶之境，也有旖旎秀美之处。空旷寂静的原野，纯净如洗的蓝天，高峻肃穆的雪山，幽深浩渺的湖泊 …… 这是一个景景物物相映成趣、统一和谐的世界，一个既赐给人苦顿又赏给人愉悦的世界。

　　八月，是高原最美的季节。仰望，雪山皑皑，俯瞰，绿草茵茵。湛蓝的天空如一面深邃而明亮的镜子，如茵的大地像无边的绿军毯，如镜的碧水犹如蓝色颜料注满大地 …… 放眼望去，蓝天、白云、经幡，漫漫无边的金色草地上金黄的、艳红的、鲜蓝的、莹紫的各色小花争奇斗艳，一幅壮美的画面令人心情豁然开朗。盛夏的高原之夜，星垂原野，皓月当空，如梦似幻，真是美到令人惊叹。

　　高原是眼睛的天堂。那山、那水、那草、那鸟是别样的。群山起伏绵延，重峦叠嶂，好似汹涌起伏的海浪，山顶上是亘古不化的积雪，雪线下长满了爬地松和耐寒的高原红柳，细草芊芊，野花片片。神山冈仁波齐，在群山之中，脱颖而出，状如金字塔一般，峰顶终年积雪，晶莹夺目，宛如一个硕大的羊的头颅，蓝天苍穹下孤傲地高昂着它不肯屈服的头。神山下，平缓至极，不时闪出三五成群的棕黄色、白蹄白肚、屁股滚圆的藏野驴，在远方无声地奔驰，留下一溜烟尘。

高原上湖泊似的海子星罗棋布。蔚蓝的湖水，清澈明亮，在阳光下波光粼粼，碧波轻荡，白云雪峰倒映其中，湖周远山隐约可见，景色奇美；水面上野鸭嬉戏，水中成群的鱼儿在游弋，令人心旷神怡。人在高原，眼前豁然出现的清澈幽蓝的湖泊，是你想飞奔过去的动力，深吸纯粹的清风好像在洗肺。

高原是动物的乐园。阿里高原河湖众多，草原辽阔，气候独特，繁衍着各种各样的珍禽异兽，是我国一些特有动物、珍贵动物的产地。这里有濒临灭绝的金丝野牦牛，有白云般的羊群、枣红色的骏马，有那成群结队长着长长黑色犄角的藏羚羊，同时还生活着黑熊、棕熊、狼、狐狸、盘羊、猞猁、藏野驴等野生动物。它们或是奔跑，或是漫步，或是啃食着嫩草，或是吸吮着母亲的乳汁，或是昂起头颅凝视着远方，对从身边奔驰而过隆隆作响的汽车，除见有成群结队的山兔在随汽车追奔，其他动物依旧没有一丝怯懦。与之怡闲相呼应的是，逐水草而居的牧羊人，身着藏袍放牧着一大群毛色各异的羊，羊们散落在绿毡般的草地上沉思般边吃边走，威武的藏獒撒欢儿追逐箭一般的野兔；藏族牧民帐房里冒出的缕缕青烟，与天上白云连成一片，给高原平添了几分安宁祥和。

高原是云的故乡。大团大团的云朵纯粹洁白，挂在天空沉甸甸的，既浓重，又轻柔，如诗，如梦。清晨，云在山峰弥漫，在山谷涌动，近的飘在眼前，恍如人在云中；稍远的萦绕在山间，山似梦中仙境。雨雪之后，棉花似的云朵越开越大，瞬间变成了轻柔的白纱，在山间袅袅升起。再后像雪白的羊群，似奔腾的战马，如匆忙的使者，从容飞渡，来去无踪。

云在天上飘动，影子在大地上掠过，碧绿的草地在云流的映衬下色彩斑斓，犹如一块巨大的迷彩布，把草地打扮得分外妖娆。云不墨守成规，每时每刻都有新创意；云有层次的美，有型有款。时刻花样百出、千奇万巧的云景，常使人遐想联翩。我爱高原的云，因为亦真亦幻的云仿佛成了心灵远游的载体，寄托着人们的留恋与追求。

高原不仅美丽、壮观，而且还有独特的文化景观。在这里，几千年历史留下的文化积淀，无不打上各个时代的烙印。进入阿里高原，经幡招展的嘛呢堆最为亮眼，蓝、白、红、绿、黄5种颜色的布条和哈达上写满了六字真言，每摆一次就等于向天传诵一遍经文。当你驱车在崎岖荒凉的山路上爬行时，一看到嘛呢堆，便是一种慰藉，一份温暖。迷路时，它还是一座显示方位的路标。漫步街头，身穿美丽民族服饰的藏民们，手摇转经筒口中喃喃祈祷与人擦肩而过；四处回荡着明亮而高亢的歌声，不必懂歌词，那声音就直把人们的思绪引向高远；许多男人、女人、老人和孩子赤裸着双脚，五体投地一步一个等身头虔诚地用身体丈量着走来 …… 让人感受到了高原的粗犷壮阔之美、宗教的精神之美 ……

高原处处是风景。然而，高原最美的风景不仅当数一望无际的草甸、变幻莫测的云、圣洁纯净的湖 …… 还有忠诚奉献的兵。高原军人的美，是美在脸上的高原红，美在"缺氧不缺精神"的气概里，美在"苦地方险地方、建功立业好地方"的血性里，美在他们澎湃激情、守望岁月静好，书写赤胆忠诚里。

高原的美令人愉悦欢欣，高原的美令人陶醉。不过，要是没有敢上高原的勇气，没有乐观的精神，没有捕捉美的眼光，是发现不了、欣赏不到这种醉人的美的。

雪域情

　　我对喀喇昆仑有着故乡般的感情，但又不同于故乡。故乡养育了我的身躯，喀喇昆仑养育了我的灵魂。

　　每每向人谈起喀喇昆仑，就像谈起自己的家园，有说不完的话题。在喀喇昆仑边防，我们总是"水杯不离手，唇膏不离口，整天把墨镜戴，吃药好似吃蔬菜"。但我们对山下的人和刚上山的人还风趣乐观地说："我们山上喝的是矿泉水（指雪水），洗的是桑拿浴（在温室里擦澡）。"

　　在昆仑山这样一个特定的环境里，人情显得特别厚重。每年山下的新鲜水果、蔬菜刚上市，不管哪家先送上山来，大家都会相互分一点给各个单位送去，哪怕一家一个西瓜、一把蔬菜、几个桃子，不在乎少，大家都说这是一点心意。有一年开春，边防某部一位领导的朋友上山来看他，给他带了一筐葫芦瓜，谁知带到山上后，已冻得只剩十几个好葫芦瓜了，这位领导便让通信员切开分成几块，送到防区各部队，让大家烧汤都尝个鲜。

　　我在山上亲眼看见了官兵为出车祸受重伤的战士两次献血的情景，至今想来，仍很感动。高原上有民谚，"给金给银不给血，送羊送牛不送命"。在山下献一点血不算什么，可在高寒缺氧的山上，人的血液就显得特别宝贵。即便如此，当部队官兵们得知受伤的战友急需输血时，都争先恐后地排队要求献血。

在昆仑山上生活的那几年里，我亲身体验到了山上人的热情。特殊的环境地域，人与人之间有着不同于山下的感情。遇有下山数月上山者，相见分外地亲切，大家最直白的表达方式就是安排给上山者接风。接风时，大家越说话越多，越说情越浓，上山者海侃一番下山的见闻感受后，毕了一句话，还是昆仑山简单的生活好，山上的兄弟们最亲、感情最浓。说着、笑着、闹着，大家心里彻底放松，憋闷的心情借此宣泄一番，有人为情，有人想家，有人眼含泪花，那场景、那氛围、那情感，着实令人为之动容。我每次参加接风活动后，寂寞的心情就会释然，轻松愉悦一阵子。

那时，每年的"八一"建军节，昆仑山上过得最为隆重。因为春节时兵站等后勤保障部队，除了留冬者，大部分人都下了山，唯一能在人员众多时过的节日就是"八一"，且又是军人们自己的节日。周围驻军单位、地方养路段会餐时，都会热情地邀请友邻单位领导和有关人员前来参加，这已成为昆仑山上不成文的习俗和礼节。各家都摆上各自山下送上来的最好菜肴，大家借共同欢度节日的机会，畅谈思想，交流感情，化解矛盾，协调关系，平时单位与单位之间、领导与领导之间、同志们之间的矛盾和工作中的问题，此时解决得十分容易和顺利。

昆仑山让女人走开，却无法让一颗心被山上丈夫拽拉着的军嫂们走开。每年都有一些牵挂丈夫的军嫂拖儿带女上山探夫，孩子小、不懂事，刚上山，兴奋地四处乱跑，不到一天，就蔫了，小嘴乌紫头痛，走路直打飘。军嫂们上山，对丈夫是安抚，对官兵是鼓舞，友人及相邻单位都要安排欢迎接风。接风时，主人都会动作娴熟地取下酒瓶盖上的红绸带，迅速编成一朵小红花，向军嫂献花，这也是昆仑军人们自创的欢迎礼遇。

这种礼遇，让军嫂们很是享用、感动。她们亲身感受到了青春洋溢的昆仑军人们，以苦为乐、卫国戍边的满腔豪情，更加理解和支持丈夫安心戍边了。

山上官兵的业余文化生活也丰富多彩。业余时间，大家常常到房前屋后、到山上、到河边拾回一些怪石和红柳根制成盆景，将一簇簇绿草、一朵朵无名小花移植在罐头盒里，摆在窗台和门前；一周一展评，那精心堆放在一起的红柳根和怪石、花草，看上去真像一座小公园，让人心旷神怡，格外清爽。

连红柳都种不活的甜水海兵站，官兵在一个破旧的水桶里竟奇迹般地栽活了一株红柳，兵站官兵都与这株红柳合过影。

在山上，三十里营房医疗站的女护士既是"白衣天使"，又是"精神使者"。平日里，每个护士不仅要练护理技能，还要练歌舞，都要学会唱、学会跳，利用巡诊等机会给哨卡官兵演出。

4月的一天深夜，初上昆仑的甜水海兵站郭军医突患高原肺水肿病，神志不清，病情十分危急。医疗站护士涂卫萍奉命前接，往返400多公里山路，她怕驾驶员太疲劳打瞌睡，在车上一曲接一曲不停地唱了一路的歌，赶到医疗站后，嗓子哑得说不出话来。

1996年7月的一天下午，我随慕方一等3名女护士来到某工兵营施工工地上巡诊，工地海拔4000多米，飞舞的狂风夹着沙土打到脸上针刺样痛，走上几步就喘息不停。巡诊之后，3名女护士随地放下出诊包，每人唱了两首歌，集体跳了两段舞蹈。歌舞中，因喘气走调，停顿了几次，我看着演艺水平的确不高。就这，施工官兵里外还围了好几层，巴掌拍得叭叭响，看得如痴如呆。那情形让人看上去，才知道什么才是真正的聚精会神。

1997年春节，医疗站护士杜艳、刘力、慕方一带着一大筐橘子，来到海拔5380米的神仙湾哨卡，与官兵们一道唱歌、跳舞、聊天、包饺子欢度除夕，三位"天使"破天荒的到来，给这个孤寂、全是雄性的哨卡官兵带来了无尽欢乐。那晚，好多官兵都激动得彻夜未眠。

又一个除夕之夜，忙碌了一天的医疗站护士长付清荣在值班室刚躺下，一阵急促的电话铃声响了起来。小付拿起话筒，只听对方吼叫道："医疗站吗？我们是天文点哨卡，今晚全卡官兵都病了，想请你们站的女护士给急救一下！"付清荣听得蹊跷，纳闷地询问了一番后，对方支吾了半天，才鼓足勇气说："我们太寂寞了，胸中闷得慌，是心病，想与你们聊聊天，听你们唱几首歌，才想的如此下策！"听到这里，小付鼻子直发酸，她随即将医疗站的5名姑娘叫了过来，轮流与哨卡战士拉家常、海阔天空地聊了起来。之后，又对着话筒轮流为战士们唱歌，从《在那桃花盛开的地方》唱到《十五的月亮》，一首接着一首，唱得嗓子都哑了，也不知道唱了多少曲歌，慢慢地姑娘们听到话筒里已泣不成声。

同驻守一个防区，经常去巡诊，姑娘们最能理解哨卡上的官兵。能给哨卡官兵送去一份欢乐、一丝慰藉，她们都乐此不疲。姑姑们都说："在边防，我们不仅治身病，还要医心病。"

医疗站护士长韩敏和实习军医余元伦一次到神仙湾哨卡巡诊，哨卡官兵说，我们这里没有春天，没有绿色。韩敏她们把这话记在心里，回去后，她们就在医疗站附近的喀拉喀什河边和温室大棚里，采集一些野花野草，同时写信向同学、亲友收集绿叶标本，经过一番构思、整理、粘贴，一本命名为《绿色畅想曲》的花草标本集终于制作成了。笔记本里，全是用小草和绿叶粘贴的各种造型图案，每个图案下都配有一首抒情诗，并取"早春二月""水乡江南""灞桥烟柳""故乡春色"等诸多带有浓浓绿意的名字。神仙湾哨卡收到这本《绿色畅想曲》后，官兵们巡逻、站哨之余，信手翻翻都觉得干劲倍增。每逢哨卡来人，他们都说："'昆仑女神'给我们送来了'春天'！"

我经常讲，昆仑边防军人是有大情怀的。这应该也是昆仑军人们的一种情怀吧！

走进阿里

1

每次站在三十里营房门前，看着往返阿里的车辆，我就怦然心动，想去阿里。走趟阿里，也是我调到昆仑山上来工作的心愿之一。

我原以为，上了昆仑山，去阿里就很方便。其实不然，三十里营房离阿里地区首府狮泉河镇尚有690多公里的路程。

去阿里没有客班车，带车去不可能，只有搭便车。搭便车只能搭往返的车，否则，时间上不允许。

1996年8月，我终于有了去阿里的机会。我搭乘一辆拉运水泥的东风牌运输车，从三十里营房出发，前往阿里的日土县。到达日土县连夜卸水泥后，次日驾车员说什么也不肯去阿里。站在阿里的地盘上，我眺望失之交臂的阿里。只好抱憾地随车返回三十里营房。

我一直盼望着能有机会去阿里。

2

三十里营房兵站教导员吕超与我私交甚密。因了这层关系，我与兵站的官兵混得很熟。日子久了兵站的领导们都知道我想去阿里。

转眼间到了1997年的8月20日。这天中午，吕超告诉我，叶城中心兵站的送菜车今天刚到兵站，他已向正在兵站检查工作的中心兵站袁站长讲妥，让我搭乘送菜车去阿里，阿里有中心兵站的一个分站——狮泉河兵站。

我缠着领导好说歹说总算准了假，但必须随送菜车返回。

次日下午，我匆忙带了件大衣和洗漱用品，便登上了中心兵站的送菜车上路了。

送菜车是一辆搭有军用篷布的解放牌运输车。驾驶室里连我共3人，司机胡汉宏是一名士官，陕西人，带有一名四川籍战士助手邓家敏。两人对我的同行非常热情。

小小驾驶室里，装了许多录音带和"娃哈哈"果奶。这在山下被视为婴儿专利食品的"娃哈哈"果奶，被山上驾驶员们视为最具抗缺氧和营养价值的饮品，另外还有两种最受欢迎的饮品是红牛饮料和葡萄糖针剂。我经常看到沿新藏线途经三十里营房的老外们，用开水冲葡萄糖粉喝。应该是葡萄糖能让人增加热量抗缺氧的缘故吧！

一路上，胡汉宏就打开录音机。驰骋在空旷的高原上，音乐给我带来了几分轻松。

胡汉宏很健谈，我问他有关送菜车的情况，他兴致勃勃地告诉我，以前他在山下开车，才接送菜车没几年。中心兵站共有3台送菜车，每台车配一名老驾驶员、一名助手，3台车轮流，每隔10天一台车上山，为新藏公路沿线的9个兵站送菜。正常情况下，每趟往返时间得10天。这样，每台车一年至少上山12趟。如遇新兵入伍、老兵退伍，或工作组上山等，送菜的次数还会多一些。送菜车的主要任务是给沿线兵站运送蔬菜副食品，同时兼送报刊、收发信件和代打电话的任务。

胡汉宏的烟瘾较大。助手小邓不时点燃一支烟递给师傅，自己却不抽。我问小邓为什么不抽，小邓说他不会抽烟。

3

从三十里营房东行约60公里，翻过高高的康西瓦达坂，就可以看到北坡上的康西瓦烈士陵园。我曾去拜谒过多次，这里是喀喇昆仑防区戍边部队的"魂"之所在。这个陵园没有围墙，也没有守墓人。海拔4280米的康西瓦烈士陵园，静谧而肃然，周围是连绵无尽的雪山。也许烈士们在天之灵很容易满足，因为生前的生活就是这样，甚至环境更为险恶。

司机小胡鸣着长长的车笛告慰英烈。我们在汽车长笛声中穿行而过康西瓦烈士陵园。

日落之前，我们到了红柳滩兵站。

车一进站，官兵们就围了上来。

战士们没有急于卸菜，而是围着小胡、小邓要信。小邓取出一叠信件，边念名字边分发着。收到了信的战士很高兴，没有收到信的情绪有些不高。

休息了一会儿，我来到兵站站长的办公室，看到办公桌玻璃下，压着许多大报记者的名片，还有一些摄影家、旅行者的名片，我不由感叹这里的官兵，虽居雪山，比我这一直在山下生活的人见到的名人多得多。参观兵站荣誉室，里面挂满了过往汽车部队和被救人员送的锦旗和感谢信。随后，我又参观了兵站的阅览室、微机室、棋牌室、乒乓球室、台球室和健身房。

晚餐很丰盛，摆了10道菜。有炒肉丝、炒鸡蛋、罐头、小白菜等。可能是胃口大开，吃得太饱，不一会儿，就尝到了红柳滩的"威风"，气喘、头晕、脚发飘。

饭后，史指导员说，去年有一个农民工途经这里，晚上在路边饭馆喝了些酒，天亮时发现人已经死了。我开始担忧起自己来了，心头不禁罩上一层阴影。

红柳滩海拔4200米，反应比三十里营房要大许多。晚上，风特别大，迎风没走上几步，觉着整个人都晕眩得在转，张大嘴巴呼吸，气还跟不上。

晚上，我斜躺在床上，有气无力地与史指导员聊着天。

站长下山去了，史指导员一直陪伴着我。史指导员是陕西关中人，身上有着关中汉子的执着、憨厚与幽默。妻子虽然随军在叶城县，但仍两地分居。

我说："你们太热情了，热情得吃得我直气喘！"

一张黑红高原脸的史指导员哈哈一笑说："中心兵站袁站长特意打电话嘱咐我们要接待好你，我们这儿条件差，不周到的地方，你不要见怪就行"！我不由感激袁站长的周全照顾。

"你们长年能待在这里为兵服务，真是不容易，你们个个都是真男儿，我十分敬佩你们！"我说。

他说："在昆仑山上待住、守摊子，不是昆仑山人的本色。只有在这里取得新成就，才能体现苦中有作为的喀喇昆仑精神，才是昆仑真男儿。

一谈起兵站，史指导员有说不完的话。他们成功建起了温室大棚，种出了小白菜、菠菜、芹菜等蔬菜；他们又试验养活了4头猪，逢年过节，官兵们吃上了新鲜猪肉；自己动手，修建了一个能停下100多辆车的停车场；官兵们用上了自来水……

其实什么都不用说，从兵站配套的基本设施，可口的饭菜质量，到过往部队就餐时那满意的微笑，再到眼前这么多的锦旗，红柳滩兵站的政绩一下子在我眼前清晰了起来。

零点，兵站停止发电，我们的谈话结束。

清晨，我裹着大衣在静谧的红柳滩转了一圈。红柳滩兵站四面环山，红柳也不多，路边只有几间简易的小饭馆。

在河边，我碰到了邓家敏。小邓一入伍就在红柳滩兵站，刚调中心兵站工作一年多，他对红柳滩兵站有着特殊的感情。早晨他激动得睡不着觉，早早起床故地重游。我看到兵站对面的山顶上有拖拉机在跑，小邓说，那是去年开采的锂灰石矿，随后他就带我来到路边土包前，说："这下面埋有一个四川老汉，是我亲手埋的。"

我惊诧不已。

小邓说，老汉是1991年3月到红柳滩的。一天，兵站的油料员在加油站附近的一间废弃土房里，发现了老汉。只见他蓬头垢面，衣着单薄，冻得瑟瑟发抖地蜷缩在土屋墙角。问他是什么地方人，去什么地方。他只说了句他是四川人，就什么也不再说了。后来大伙都叫他老汉。小邓给这位乡党老汉找了件旧大衣、棉袄和一套旧被褥送去，送了些吃的喝的，又帮老汉支起了火炉子，送了些焦炭过去。

老汉每天都到周围的饭馆、兵站、机务站、班道去捡垃圾。他用的全是捡来的破盆、旧鞋子、旧帽子，吃的是剩汤剩菜、剩饭。老汉睡的地铺上，堆满了乱七八糟的破衣物。小邓他们经常从兵站给老汉送些饭菜，老汉总是一言不发。让老汉上山或下山，撵都撵不走。时间久了，见老汉也没有什么异常的举动，大家就默然了。

老汉虽然不说话，但爱看路边饭馆的人下象棋。小邓他们试着与老汉对弈后，没事时还经常与老汉杀上几盘。

就这样，老汉在红柳滩一待就是5年。1995年11月19日的晚上，红柳滩发生了轻微的地震，小邓他们担心老汉住的旧土屋被震倒，便去看了看，见老汉正躺在铺上吐血，便叫来卫生员给老汉治病。随后他们又回食堂给老汉做了荷包蛋，喂进去多少，老汉就吐出多少。晚上，小邓和卫生员4人一直守护着老汉，问他还有什么事需要交代，老汉连声"唉""唉"地叹着气，什么也没说，凌晨4点左右，老汉突然睁大眼睛看了他们4人一会儿闭上了眼睛，停止了呼吸。

天亮后，小邓把自己的一套新军衣、帽子、解放鞋拿来给老汉穿上。换衣服时，清理老汉所有遗物，身上仅有4.5元钱，什么地址、遗书都没有。

小邓与兵站官兵一起，在新藏公路边挖了一个坑，坑底放了一张铺板，垫了一条褥子，把老汉的遗体放在上面后，又给老汉盖上一床卫生棉被，土葬了。把老汉所有的遗物烧掉后，他们拿出了准备春节燃放的鞭炮，老汉在一阵噼里啪啦的鞭炮声中被送走了。就这样，一个不知何地、不知姓甚名谁的老汉永远长眠在了昆仑山上。

我为老汉能在这么恶劣的环境里生活了5年而惊讶，这简直就是一个壮举！

4

次日早饭后，我们从红柳滩兵站出发。从红柳滩至前方的甜水海90公里，汽车像醉汉一样摇摆着在山谷里前进，没有一个人影，看不到一点绿色。

胡汉宏说:"红柳滩到多玛这段路车子没劲跑,坑坑洼洼的搓板路颠得你肠子疼,满路的尘土飞扬,跑一天下来,人和车都跟土猴似的。"

科学实验证明:在4000米以上行车,汽车马力因缺氧下降35%的功率。其实,新藏线上的汽车兵比科学家更清楚,在平原上像匹壮马般轻松奔跑的汽车,到了高原就越跑越蔫,上到5000米时就像人得病,跑一段就"吭哧吭哧"直喘气,还不时在中途抛锚。

搓板路面就像洗衣服的搓板,且搓板很大,坐在驾驶室里,颠得人不时从车上跳起,浑身像散了架。碰到石头和稍大一点的"搓板",颠得我"哐哐哐"地"三级跳",真可谓是"车在路上跳,人在车里跳,肝在心上跳"。

过509道班,开始翻越奇台达坂。奇台达坂的路较平缓,下达坂的坡度陡。达坂土质坚硬,无植被。达坂坡上醒目地用石头垒有"高原劲旅壮国威军威"几个大字,这里是某师的高原适应性训练场。

下奇台达坂时,车引擎盖突然"腾"的一声颠开了,一下子挡住了驾驶视线。胡汉宏反应很快,来了个急刹车,着实吓了我一大跳。

胡汉宏嘟嘟囔囔下车:"X啦个屁,我就知道到这里要出事。"

扣好车引擎盖,发动车继续前走。

胡汉宏说:"老徐,你看见公路右边的一个小坟堆了没有?"

我循窗外望,也就是一个不起眼的小土堆,不注意根本看不出。

胡汉宏说:"那是有一年的8月份,一名四川籍的农村妇女准备到阿里去找丈夫,她丈夫在阿里给别人开车,多年没有回过家。巧得很,这名妇女到叶城后,在零公里一下子碰到了丈夫,便坐丈夫的车去阿里。一路上高山反应就很大,走到这里农妇就断气死了。她男人也缺德得很,就地挖了个坑把她给埋了。听说这农妇家里还有她一直抚养着的两个孩子。不知咋的，自从这农妇埋下后，车一到这里总爱出毛病。"

我一阵无言。

翻过奇台达坂，便是高原荒漠平台甜水海，往东入新疆和西藏交界的"真空地带"阿克赛钦地区。这里是彻底的人迹罕至、荒芜干涸的不毛之地。

5

中午，我们的送菜车扭秧歌似的开进了甜水海兵站。

车刚一停下，等候多时的战士们蜂拥而上。两个动作快的战士一头伸进了驾驶室里，问："班长，有我的信没有？"

胡汉宏说："好像没你们的信。"

两个战士不信，双手在驾驶室里乱翻了几遍，确认没有自己的信后，很失望地离开了。在一旁静静地等着卸菜的战士郭开清却意外地收到了3封信。

战士们逼问他3封信是谁写来的，憨厚的郭开德涨红着脸说了实话：一封是以前的女朋友写来的，另两封是女朋友的妹妹和他弟弟写来的。

大家都逼着他说："你说怎么办？"郭开清把信往兜里一塞，很男子汉地说了句："今天卸菜我全包了。"

卸菜时，我看到，凡是绿叶子菜基本上烂完了，几筐子长豆角烂得没有一根能吃的。

走新藏线的人除非不得已，一般都不敢住在此，这里的高山反应特别强烈，初来的人都会品尝到什么是生不如死的感觉。下车在院子里走了不一会儿，脚就有些发飘、头晕。我裹着军大衣一屁股坐在食堂门口的水泥台阶上喘着粗气。

午餐，我一点食欲也没有，只喝了半碗紫菜汤。

甜水海兵站的营房在沿途兵站中也很特别，每栋房子下面都有留着通气道的水泥墩。

我在工程部门干了几年，对这一点十分清楚。甜水海海拔4890米，海拔4500米以上的高原是真正的永冻层，地表2公尺内的冻土千年不化。

为防止房屋建好住人后，建筑区域内温度升高，冻土层下移，墙体沉陷断裂，必须架空基础，即用堆积混凝土的办法，在房屋基础下留出一定的空间，与外界通风，热源传到这里后，便随风而散。

到甜水海兵站屋后旷地里走一走，平坦的原野上，稍一走动，脚下全是淤泥，到处都是一根根管状粘在一起的吸水石。据科学考证，亿万年前这里还是一片汪洋大海。

我悄悄地转回兵站战士的一间宿舍里，一位脸庞紫黑的战士，正在欣赏着一只盛着浅水的白碟子里的鲜嫩蒜瓣苗，那神情好像唯恐一阵呼吸会伤害这永冻层里唯一的绿。

6

出甜水海，搓板路更"搓"，我惊讶地瞅着离地面半尺多高的水纹般的火浮动着。再往前走，是高且平的原野了，路碑5公里一个，一会儿便数出一个。天垂得很低，天似穹庐，笼盖四野，"天路"像一条没有尽头的彩练飞向天际，钻入云端。

黑色的电杆在路的一侧延伸着，像没有尽头似的，但它们也是我们最好的伴侣，只有它们一路上一直陪伴着我们。

从甜水海到前方的死人沟又是90公里，从地图上看，这一带是戈壁，甜水海以西还有沙漠，方圆几百公里大，是喀喇昆仑山与昆仑山的隔离地带。

出甜水海40公里，路边扔有3头肥胖的白色死猪。

胡汉宏说："这些猪都是高山反应死的。"他说，前年冬季的一天早晨，他开送菜车从红柳滩出发，快到甜水海时，见一地方车驾驶员拦车。停车一问，这是一辆从叶城贩活猪去阿里的车，车已在此坏了3天，车上的猪大部分已死。老板哭着求他帮忙把剩下的活猪带到阿里，他哪里敢，便把所有能吃的喝的全留下了。

车行三个多小时，我们终于到了死人沟。

死人沟的真地名叫铁隆滩，其东北方向有一座海拔6200米的冰峰，公路北有一个方圆数十平方公里的无名湖，无名湖泊里有泉眼，泉眼不大，但终年不断淙淙流出清澈的泉水。这么一个有泉水的地方怎么能叫死人沟呢？老昆仑人都说这里是一个有些"邪性"的地方，这里海拔5300多米，含氧量极低，人到此处，往往都会头晕目眩、胸闷心慌，高原反应特别严重。据说，这里曾吞噬过无数过往者的生命，后来路过此地的人直称此地为死人沟，叫得久了，人们也就忘记了它原有的名字铁隆滩。

死人沟长约50公里，状如脸盆，"盆底"狭长，空气不流通，是一个气候多变、环境异常恶劣、危险性极大的地区。人说，死人沟让人愁，来往路人不敢留。

死人沟紧接界山达坂，两地并无明显的地势差异。山势与喀喇昆仑相比，要柔和许多。

　　而今已有敢于冒险的人在这里奇迹般地立起了帐篷饭馆。死人沟里新建有7家简易饭馆,多是四川人开的,也有河南、甘肃、陕西人开的。在甜水海兵站我就获知,自从这里有了这些帐篷饭馆,兵站以前延伸设立的服务保障点便撤回,不需要再开设了。

　　我们停车,进了一家四川人开的饭馆休息,讨了点开水喝。坐了一会儿,只感到头晕脑涨,胸闷气短,头部隐隐作痛。

　　我与饭馆主人聊着说:"你们在这么艰苦的地方开饭馆,收入一定可观吧?"

　　"一年只能营业5个月,这几家饭馆多的能挣3万多元,少的也就是2万多元。"

　　这应该是他们的保守收入。

　　我心里暗暗佩服起他们:我在这里待上一会儿就很难受,他们不但要住下去,还要劳作挣钱,实在不易。

　　我来死人沟前,心里还藏了份好奇。在三十里营房时,我听开饭馆的人讲,桥头饭馆的河南人二娃,媳妇红杏出墙,跟一个陕西小伙子跑到死人沟去开饭馆了。并说二娃的媳妇十分漂亮。我曾经问过二娃,二娃憨憨地一笑说:"跑了就跑了呗。"

　　我走进一家陕豫饭馆里,是一男一女开的,一聊,便证实了这名少妇就是二娃的媳妇。二娃的媳妇的确漂亮,在新藏线上开饭馆的女人里面,应该算是一个美女了。

　　那时昆仑山上的夫妻饭店,有很多都是临时搭伙的"夫妻",赚到钱后二人平分,下山后就拜拜,真正能成为夫妻的不多。这些开饭馆的糊里麻糖事(西北话:搞不清楚的事)我是了解一些的。

　　昆仑山上的天气,就像细娃儿的脸一样,说变就变。走出死人沟,天空不知不觉地飘起了雪花，一会儿，雪粒夹着雨点开始劈头盖脸地下了起来，眨眼工夫，漫山皆白，风更强劲，远山的旷野在风雪中骤然模糊一片。

翻过一道山脊，雨雪全无，太阳霞光万道，照得山野大地亮堂堂的。

从甜水海出发以来，我的眼睛一直不听大脑调遣，迷迷糊糊断断续续地打着瞌睡，一闭眼就噩梦不断，不是梦见自己翻车，就是被抛进深渊。大概是大脑缺氧、智力水平降到了最低点，有时说话，都说的是胡话。

无尽的天涯路也并不总是单调和沉闷，过了780公里里程桩后，公路的两边不时出现肥大的老鼠满地地跑，一些零散的藏羚羊悠闲地慢步，对我们轰轰而过的汽车充耳不闻。在795公里处看见了一只孤狼。那狼步态优雅地从我们车边踱过去，像在自家院子里散步，看得见它的肌肉在漂亮的皮毛下滑动。

7

从死人沟出发向东南行60余公里，高入云端的界山达坂横亘眼前。界山达坂是昆仑山的一个山口，也是新疆与西藏的交界处。界山达坂与库地达坂之间约500公里的区域是无人区。

走进阿里，最明显的标志就是翻越界山达坂。

界山达坂，在军用地图上称"苦倒恩布"达坂，意为"红土达坂"。

界山达坂，就是天界。

界山达坂顶上，立有一米高的一座水泥界碑，上面骇然刻着：

"界山达坂6730米"。

字用红漆描过。

界碑有一处最能使人感受到已进入西藏的嘛呢堆。"嘛呢堆"就是在用石头堆成的小山包顶端，插上树枝，系着随风飘扬的各色经幡，本为"多崩""十万经石"之义。

山，在藏族人心中具有至高的地位，将其视为神的化身。每逢山口，藏族人一定会一脸虔诚地朝嘛呢堆丢下一颗石头，丢一颗石头就等于念诵了一遍经文。上面悬挂的蓝、白、红、绿、黄五种颜色的布条和哈达，有的布条上写有六字真言，每摆一次也等于向天传诵一遍经文。

六字真言音译为"唵嘛呢叭咪吽"。它的主要含义是：至心诵持六字真言能消除六道轮回之苦难，分别为：唵能消除天界的生死苦，嘛能消除非天斗争的苦，呢能消除人间生病死之苦，叭能消除牲畜役使之苦，咪能消除饿鬼饥渴之苦，吽能消除冷热地狱之苦。六字真言对于每一个藏族人来说再熟悉不过了，但对于普通牧民来说，这是一句最普通，也是最真诚的祝愿。

上界山达坂时飘起了雪花，路是泥浆交杂、大坑小坑相间的翻浆路，路面倾斜度大，倾斜的车身仿佛用手指一点就会翻进深沟。车费劲地爬上了界山达坂顶，我让胡汉宏停车方便一下。

其实，我是有意在界山达坂上撒泡尿的。在山上，真正的喀喇昆仑人的标准是：神仙湾（5380米）上站过哨，甜水海（4890米）里睡过觉，界山达坂（6730米）上撒过尿，班公湖（4500米）里泡过澡。我曾在神仙湾哨卡站了几分钟的哨，甜水海兵站睡了一晚上的觉，班公湖里虽说没有泡过澡，但在班公湖里洗过手和脸，在湖里坐过汽艇、荡过舟，就差在界山达坂撒过尿了。

界山达坂上的云很浓很低，我醉态地走了几步，面对众山，迎着猎猎寒风，十分豪气地撒了泡尿。

然后，拾起一个军用空罐头盒，将在三十里营房就已写好了的一张留言纸条放进罐头盒里，埋在了界山达坂上。

我转身回到车前时，只见胡汉宏和助手小邓蹲在车左后轮前愁眉苦脸地嘀咕着什么。

我凑了过去。胡汉宏满脸沮丧地说："老徐，你可能撒尿的地方和方向不对头，得罪了山神，就在你撒尿的那会儿，我的车轮胎突然爆了。"

我不知所措地立在风里，像一个犯下了大错等着挨训的孩子。

我觉得有点对不起他们。在山下，换个车轮胎不算什么大事，可是当你在海拔6000多米的地方，在只有50%的稀薄空气中，那是一件多么艰辛的事情。

换一个轮胎，小胡、小邓两人休息了好几次。看着俩人累得呼哧呼哧喘气的艰辛劲，我心里直为自己的自私举动懊悔不已。

换完轮胎，胡汉宏无力地一屁股坐在了地上，靠着车轮喘气，顺手从作训服口袋里掏出一支无色唇膏，朝有裂口的嘴唇上涂抹着。

这一路上，我发现只要车一停，胡汉宏就倚着车窗往痛裂的嘴唇处擦一擦唇膏。

收起唇膏，胡汉宏说："有顺口溜说是：行车新藏线，胜过蜀道难；库地达坂险，犹如鬼门关；麻扎达坂尖，陡升五千三；黑卡达坂旋，九十九道弯；界山达坂弯，伸手可摸天。老徐，你这趟走来算是体验到了吧?"

胡汉宏点上一支烟，笑笑："在高原行车，山体滑坡、山洪、冰陷、泥石流是司空见惯的事，有时节，还要面临着死神的威胁：右边是深不见底的深渊，左边的峭壁不时有松动的岩石滚落，有时车像躲地雷一样，观察不准，有几次滚石都砸到了车保险杠和大箱上。过这样的路段，车速要慢，要眼观六路，耳听八方，千万不能像在山下开车，眼睛只盯着前方，要东张西望，才能躲避意外事故的发生。"他说："现在这个季节送菜好多了，如果到了冬季，到处雪茫茫一片，根本没路，车只能顺着电线杆子的方向摸索着走。要是车坏在了路上，挨饿事小，闹不好冻死，冻不死得个感冒，转成肺水肿、脑水肿，也就玩完了。"

"去年春节慰问，给沿线兵站送菜时，到处都是冰天雪地，怕菜冻了，我们脱下棉衣、棉裤，把容易冻的菜塞进棉衣袖筒里和棉裤腿中，再将自己的被褥和皮大衣盖在菜上，到站后，菜一点也没冻着。看到兵站留冬战士的夸赞声，我们觉得受点冻也值。"助手小邓快言快语地说。

8

越过如屏如障的界山达坂，简直令人惊艳：满眼的荒原立时像是舞台上的幕布一般，飞快地转换成了一片金黄色的景象。

放眼望去，蓝天、白云、草地，金色的草地漫漫无边，那是纯金的颜色，一直向望不到边的远方铺开去，一幅壮美的画面令人心情豁然开朗。这与达坂北边的喀喇昆仑腹地的岩石秃山和干燥的空气，形成鲜明的对照，巨大的反差令人仿佛一下置身于另外一个天地，真是一山之隔，两重天地。

无遮无拦的高原黑得晚，山悬落日时，我们见前方路边有一帐房。

车停路边，我们拿上几个新疆的烤馕和几瓶"娃哈哈果奶"走上前去。

帐房边一名身穿藏袍高大而粗壮的男人，和一名披着鲜绿耀眼的头巾、脖子上戴着各色粗大项链的藏族妇女，正在圈羊，身旁站有一个小女孩，还有一只藏獒牧羊犬。

见我们走过来，藏妇不停地呵斥着牧羊犬，牧羊犬站在原地不停地朝我们狂吠。我与这户藏民语言不通，便以笑代言，以笑沟通，当我们把烤馕和"果奶"放在藏妇手中时，看得出，藏妇眼里流露出了几分感激。

这里的牧民与新疆牧区圈羊的方式不同。新疆的牧民晚上都是将羊圈在围栏里，或圈在石块垒起的矮墙里；而我看到的这户牧民是将羊头错着羊头用牦牛绳捆绑成几列，周围什么护栏都没有。

这家牧民的帐房类似于帐篷，但没有帐篷高、大，四周用牦牛绳固定。

我们害怕牧羊犬，没敢走进帐房。

再前行，看到有一片零散的白色帐房，炊烟袅袅，有大人小孩在草地上玩耍、打闹、嬉戏。千百年来，阿里的藏族牧民逐水草而居，过着游牧生活。

晚霞的高原，万物皆美，万象皆新。我感叹群山的绵延伟岸和大地的广袤无垠，寂静如太古。我深爱这自然的纯净状态。

天漆黑时，我们到了多玛兵站。远远地就听到有阵阵的锣鼓声，走近兵站大门，看到大门两边站有大人和小孩在鼓掌欢迎。我知道沿线每个兵都有一套锣鼓，那时只有上级工作组上山和新老兵车队过往时才用，我等何以享有这礼遇，何况还有那么多小孩在欢迎！

进了兵站，才搞清楚，原来他们误以为我们是军区文工团的演员了。欢迎的人员是兵站官兵和多玛小学的学生。

他们接到中心兵站的通知，今晚军区文工团的边防慰问演出队要到兵站，明天上午要在兵站演出一场后再去阿里。

我们走了一路，竟不知文工团的边防慰问演出队还紧跟在后面。我说："这么晚了，没必要让这些学生在这里挨冻欢迎。"

指导员王兴理说："这里的文化生活单调，听说军区文工团要来慰问，学校老师主动带孩子来欢迎的，也让孩子们乐一乐。我们已等候几个小时了。"

客房都安排给了演员。我被安排在站部与王指导员住在一起，胡汉宏与司务长住一起，小邓住在了炊事班。

王指导员让我们等文工团到后一起开饭。我无所谓，小胡、小邓两位已饿得撑不住了。

王指导员是甘肃景泰人，人很厚道，也很热情。他陪着我们来到食堂吃饭。我吃了两大碗用高压锅压出的面条，觉得这顿饭吃得特别香。

饭后，官兵们围到王指导员宿舍，边与我们聊天，边继续等文工团的演员。

官兵们给我讲述了这样一则故事：那是1997年6月的一天，凌晨4点，多玛兵站指导员王兴理被一阵急促的敲门声惊醒。打开门来，室外狂风呼啸，雪花纷飞，一位用哈达缠着头，满脸是血的藏族同胞突然闯了进来，着实吓了他一跳。来人一口气喝完了王指导员递给他的一杯热茶后，才结结巴巴地说，他叫洛桑多杰，他同另外两名藏族司机驾驶一辆装满水泥的东风运输车从叶城返回阿里，当行至距多玛兵站90公里处时不幸翻车，三人中他伤得最轻，好不容易才拦一辆车赶到多玛兵救援。他一再说，只要答应去救人救车，要多少钱都行。王指导员二话没说，马上叫起兵站仅有的八名官兵，除安排一名卫生员留下给洛桑多杰包扎碰破的头和值班外，其余七人带上工具和干粮，乘坐兵站唯一的一辆拉水车前往营救。

次日早晨8点，兵站的官兵们才赶到出事地点，两名受伤的藏族司机已被冻得奄奄一息。官兵们迅速把两名司机抬进驾驶室，每人灌了几支葡萄糖液体，喂了些水和干粮，便开始营救。他们将散落在地的水泥装上车，拖着重车缓慢地往兵站赶，回到兵站时已是中午1点多钟了。洛桑多杰看到自己的同伴和车安全返回时，异常激动。

洛桑多杰离开兵站时，一再坚持要给官兵们2000元钱的辛苦费，被谢绝后，感动得热泪盈眶地说："解放军的救命之恩，我一辈子都忘不了！"

这件事情发生之后，洛桑多杰便把多玛兵站当成了自己的家，每次路过都要顺便到兵站看看，问一问有没有需要他捎带的东西，他与官兵的感情与日俱增，俨然是一家人。

王指导员说："我们兵站虽辛苦，但战士们都是好样的。"

说着，他指了一位战士说："他叫胡大勇，是我们的炊事班长，四川双流人，从1994年4月上山至今，才下山休息过15天，他一天最多做过8顿饭。"

"他叫王瑞土，浙江温州人，他一人既担负每天拉水、烧开水和打扫客房卫生、洗被褥的工作，还负责发电、电工工作。今年4月份以来，他肚子经常胀痛，几次找他谈话，让他下山治疗，他总说兵站工作忙、人手少，工作离不开而拒绝下山。"

王指导员告诉我，他们除了正常的接待保障外，还救过许多人和车，有时雪夜里去界山达坂救人救车，往返都是一个整夜。

这里的每个人都有一曲浩歌。我对眼前这些普通的战士肃然起敬。

凌晨3点，文工团的演员们到了。我们出门迎接。只见两名女演员被大家裹着大衣抬进了客房。卫生员连忙将客房氧气瓶打开，把输氧管塞进女演员的鼻孔，又输葡萄糖液。

带队的文工团副团长说，他们是从三十里营房兵站出发，一路演出赶到这里来的。演员们坐的是车大厢，许多人反应很大。这一路上许多演员流鼻血，演出时演员们一手拿氧气袋吸氧，一手拿话筒演唱。翻越界山达坂时，一些演员都在车厢里现场直播——呕吐不止，一直吐到下了达坂。这两位反应最大，呕吐后，晕倒不省醒人事了。

想着他们明天上午还要慰问演出，下午要赶往阿里，也难为了这些年轻的姑娘们。

夜里下了一场小雨。清晨，多玛沟云蒸霞蔚，在大自然铺下的辽阔的"青毯"上，一片白色的帐房，河水潺潺，水天一色，宽阔的草甸上有几只白鹤在引颈鸣叫，这幅藏北高原的景色美丽至极。

上一次我到多玛兵站时，曾在门前多玛河里钓过鱼，这里的鱼特别傻，将大头针帽铰掉，用火腿肠做鱼饵，不一会儿就能吊上半水桶鱼。这里的鱼比三十里营房的鱼老实、好钓，个头也大多了，全是肥溜溜的黄褐色的无鳞鱼，十分可爱。

钓鱼时，多玛小学年轻漂亮的女老师丛笑说："我们多玛河里有金鱼、银鱼，当然不是你们汉族人家鱼缸养的那种金鱼，是我们藏族人的神鱼，你们不可以乱钓哦！"

9

早饭后，我们出发，绿色更多了。基本上绕着湖水在转，车也显得欢快，跑得有劲了。

汽车拐过一个山口，一潭湛蓝的碧水展现在我们面前，这就是班公湖了。碧波荡漾的湖水，像嵌在山洼间的一面镜子，时而看见海鸥低飞的身姿；在湖边的绿草丛中，成群的黄鸭和斑头雁在追逐嬉戏……

湖边，有一小饭馆。饭馆男主人名叫李先国，四川渠县人。李先国1983年到阿里做生意，1993年才开始带着家人和几个兄弟到班公湖来打鱼的。

老李在日土县办了一家鱼粉厂，把捕捞上来的鱼晒干，粉碎成鱼粉，运到山下去卖。饭馆是他兼营的，经营的主要是班公湖的鱼宴，每人只需付15元钱，活鱼随你吃饱。

我们乘坐老李的小木船，来到漂泊在湖中的几只小木船上。船边水下的网里，养的全是捕捞回来的活鱼，保障饭馆用。我们从网里捞出几条活蹦乱跳的鱼，有脊背黄色、鱼鳞细小的有鳞鱼，有光滑麻青色的无鳞鱼。

老李说，有鳞鱼皮厚、肉粗不好吃，无鳞鱼皮薄、肉细嫩。

李先国告诉我们，每年的4月底至10月底，是班公湖鱼的捕捞期，4月底至7月上旬的鱼最好捕捞，因这时天气暖和，鱼群多，有时一个大拉网一次就可捕鱼8吨多。

老李说，在这里捕鱼非常辛苦。上午水冷，鱼群一般都在深水处，下午水晒热了后，鱼群才出来。可下午风浪大，风浪最高时有两米左右，十分危险。

我问冬天怎么打鱼，李先国说："冬季湖里冰层很厚，湖对面乌江乡的牧民经常驾驶小四轮拖拉机从湖面上开过来。不过湖中的鸟岛、草岛边有几个温泉眼不结冰，那里的鱼特多，一条网就可捕捞一麻袋的鱼，且都是1.5公斤以上的。

李先国沉浸在自己的诉说中，在回味中美滋滋地笑起来。

湖边蚊子多、个大，丢弃的鱼内脏散发出很浓的腥臭味，成群的鸥鸟、黄鸭飞来争吃着鱼的内脏，那鸥鸟白翅黑顶红爪，鸣叫声十分悦耳，我们新奇地追逐起来。老李对鸥鸟的保护意识很强，他说："这些鸟都是受保护的，可不能乱打。"

"传说班公湖里有湖怪，你见过没有？"我问道。

老李说他在班公湖里捕鱼几年，从未见过什么湖怪。

班公湖上的几个岛老李都上去过。他说，湖上大一点的岛共有4个。一个是鸟岛，不长草，满岛上都是各种鸥鸟，5月份是鸟生蛋的季节，岛上白白的一片全是鸟蛋，上岛后脚都无处可下。一个是老鼠岛。老鼠岛其实一个老鼠也没有，是湖中风景最好的一个岛，岛上生长有3亩左右的红柳，大的有碗口粗，长有半人深的芦苇，还有青草、大红花和黄花。另两个都是草岛，草岛上面草多，鸥鸟少。

"你有没有上过鸟岛捡蛋回来吃？"

老李说："那可是违法的，谁敢干！"

老李护院的一条"狗"也很特别，看似只狼，一问，果然是狼。老李说，狼是他去年从山里狼窝里掏回来的，当时一共有两只小狼崽，养了一年多就长大了。以前，他都是用铁链子拴着养，后来放开了几次，也跑了几次，最长的跑出去一个星期后，又跑回来了。后来送了一条到鱼粉厂去护院，不知什么原因突然死了。

饭馆周围晒有一些干鱼，深夜经常有狼来偷干鱼吃。老李说，有一次夜里来了3条狼，被他们赶跑了，在湖边生活惯了，也就不害怕狼了。

老李很有经济头脑。他说，他已将班公湖里的厚鱼皮送到山下的皮鞋厂，看能否试验做成鱼皮鞋，如成功，这也是一笔可观的收入。同时，他正在着手购买旅游艇，准备开发班公湖湖中游。

我们怕停留的时间长，车上的蔬菜坏了，没有品尝到班公湖的鱼宴，老李爽快地送了我们几条班公湖的活鱼。我们祝愿老李的高原致富梦成功，老李非常地高兴和自信。

10

车绕过班公湖，到了日土县。

日土，汉语意为"高山上的衙门"。我带着虔诚之心眺望日土县城，想着已经爬上了高原的肩头，不由兴奋起来。

日土县城小得如同内地的一个村，新藏公路从县城中间穿过，一公里多长的公路是县城的主要街道，两边有稀疏的平房和帐房，只见有一幢二层楼房。有一个很小的集市，城内饭馆多为四川和新疆人所开，四川饭馆主营川味炒菜，新疆饭馆主要是经营抓饭、拌面、汤饭等。县城常住人口1000左右，全县6000多口人，平均每五平方公里只有一个人，人均收入全国排在前列。

这是我见过的最简陋的县城。

走进日土兵站，大门两边的墙上分别画有一幅醒目的画，一幅画着"长城"的画上写着"长城万里恢宏，中华气势如虹，漫道昆仑险苦，官兵忠于职守"一首诗；另一幅"江南春早"的画上，写着"遥闻原下又春稠，几多眷恋涌心头，既已身许保家园，江南新藏皆神州"一首诗。从这两幅画、两首诗中，我领悟到了兵站官兵的心声。

日土兵站建有两个温室大棚，蔬菜长势较好，站长温存信是四川人，人很厚道。他将我们带来的班公湖鱼清炖，又清炖了羊肉招待我们，这里的羊肉不如新疆的羊肉好吃，不仅肉质粗，而且膻味浓。

日土不愧为世界屋脊的屋脊，太阳光强，刺眼，隔着衬衣还晒得皮肤火辣辣地生痛。

在与兵站官兵的闲聊中，我聆听到了这样一个故事：那是一个风雪交加的夜晚，一个冻得瑟瑟发抖的藏族孩子来到日土兵站大门外哇哇大哭，这个孩子叫洛桑，在风雪中迷了路。第二天，兵站的官兵将孩子送回了家。兵站官兵发现这个小孩聪明伶俐，觉得孩子这么荒废下去很可惜，就一起合计送他上学。在征得孩子父亲同意后，兵站干部便凑出一笔钱把孩子送到了学校，洛桑甭提多高兴了。洛桑家离日土小学有近20公里的路，每逢周末，官兵们便把他接来，帮助他补习功课。几年下来，洛桑已经能熟练地用汉语交流，功课也是门门优秀。

我熟悉地知道，在新藏线上，库地"高原驴背小学"、军民共建多玛小学，三十里营房医疗站长年义务为山上牧民治病，与沿线道班开展的军民共建千里文明运输线活动 …… 许许多多人民子弟兵同各民族群众唇齿相依鱼水情深的故事，就像高山上的雪莲花那样圣洁、光彩夺目。

温站长告诉我们，日土县是一个被湖泊围绕的地方，在阿里地区是一个好地方，有全世界仅有的金色毛发的金丝野牦牛，特产山羊绒，羊绒长，质量高。旅游景点有日土宗遗址和班公湖，还有在夏达错东北岸发现的旧石器，以及大量的岩画等。

吃罢午饭，我想去日土宗遗址一游。温站长带我来到日土县委统战部开了张介绍信，便踏上了去日土宗的路。

"日土宗"依山而建，外形颇似布达拉宫。"宗"在古西藏地区是指行政区划单位，大致相当于县。温站长告诉我们，"日土宗"是日土县的老县城，最早建于何时已无从考究。我知道，古西藏的政府和寺庙，都建在高处，主要是象征权威，有接近上天之意，也便于防守。

气喘吁吁地登上山顶，举目四望，茫茫云海下层层山峦环绕，山的北边是一片碧蓝的湖水，山的东南到西南，是一畦畦葱绿的青稞，山上居民密集。

"日土宗"建筑群一片断壁残垣，完整的建筑只有山顶寺庙和经堂部分，据介绍是刚修复好不久。

我们在寺庙僧人洛桑丹巴的引导下，进入寺庙参观。朱红色的寺庙，高低错落有致。最顶的一层寺顶上，雕着金轮、铜鹿和飞马；下面的一层殿堂里供奉有班禅和观世音的像，左右摆放着许多石板佛像，还放置有象征权力和威力的牦牛头等饰物，室内一个大经筒上铸满了经文；最下面一层是僧侣起居的地方。寺庙后面有一些刻有经文的石头。

洛桑丹巴说，殿堂里还锁有许多唐卡和金佛，是国家一级保护文物，一般是不允许观看的。

丹巴说他平时工作很忙，不仅要管理寺庙，接待来旅游的客人，这一带百姓的婚丧活动还要请他去念经。

高山反应和缺氧，加之强烈的紫外线照射，游览了一会儿，我们已累得筋疲力尽，便下山驱车回返。

晚上，住日土兵站。风大，天凉，驱车去县城逛逛，城里漆黑，除了风啸声，静静的，没有人走动，没有内地县城的喧嚣，没有霓虹闪闪的灯。

11

上午，离开日土，向阿里首府狮泉河进发。

途中，荒原上忽然卷起一阵阵黄风，继而，一团团尘沙就像浓雾一样弥漫开来，打开车灯能见度仍然很低。风停。有一段路上，一群几十只野兔跟着我们的车足足赛跑了3分多钟，路边草丛里成群或零散的野兔对隆隆而过的汽车，有的在竖耳静听，有的若无其事地吃草。我仔细观察了这些野兔，全身都是灰色，尾巴尖带有白色。

前行至一座怪石嶙峋的小山边，一块小平地的正中有个嘛呢堆，干树杈上挂满了洁白的哈达和五颜六色的经幡。胡汉宏驾车按顺时针方向绕嘛呢堆转了一圈，继续赶路。

我有些诧异。

胡汉宏说："有一年，一位汉族驾驶员在这儿翻车死了，后来就发现这座山上出现了一只黑狼。人们纷纷传说是那位驾驶员灵魂所变。这位驾驶员就成了该地的'赞'（即'神'），于是过往这里的人投石头或献哈达，开车转上一圈祈祷朝拜，以求平安通过。日久天长，就堆起了一座嘛呢堆。"

我看到玛尼堆四周有两行又深又宽的辙印，想必不知有多少车在这里转过经。我这还是第一次看见开着汽车转经的。

翻过狮泉河达坂，胡汉宏中断了汽车录放机里缠绵的流行乐曲，换了一个盒带，此情此景中响起悲壮高亢的歌声，撩得我兴奋欲狂，疲惫顿时一扫而光：

蹚过最后那道冰河，翻过最后那架达坂，走上"世界屋脊"的屋脊，爬上高原的高原，看见了千年翻飞的经幡，就看见了我们的哨所营盘，好男儿当兵就要走阿里，走阿里上高原……

伴着歌声，转过几道弯，胡汉宏说："阿里到了！"

看着隐隐约约的狮泉河，我感到无比兴奋，哇！终于到了！我终于到了魂牵梦绕的阿里了。

12

当汽车轱辘压上狮泉河水泥路面时，我感觉到了久违的惬意与幸福。放眼终年积雪的喜马拉雅山脉，懵懵懂懂的我，方知正走在中国版图的尽头。

过狮泉河大桥，便到了狮泉河兵站。

饭后，徜徉街头漫步。高亢洪亮、粗犷、豪放的高原民歌声撩人心扉，我仿佛听到眼前的一切对我耳语："你知道我在等你吗？"

入夜，我躺在床上，不知是因为缺氧还是激动，久久难以入睡。我索性裹上大衣出门，来到兵站屋后的狮泉河边，一轮明月遥挂中天，比山下大几倍的繁星闪闪，河水在宽阔的河床中静静地流淌着。遥望河对岸的狮泉河大街，喧嚣了一天的高原小镇，此刻静若处子，入睡了。

清晨，一阵嘹亮的军号声将我从梦中吹醒。

此时的狮泉河，蓝天如洗，骄阳当顶。出兵站不远，有一幢现代化的小楼，是阿里地区文化馆。文化馆里有狮泉河唯一的电影院，每周放6场电影，每月去拉萨拉运一趟影片。

狮泉河是西藏阿里地区的行政中心，海拔4200米。

走在狮泉河大街上，有种身置异域的感觉，河水穿城而过，居民沿河而居，城因河而名，变因河而兴。双眼看得应接不暇。阿里的天空很高很蓝，明净旷远，清新爽洁，毫无污染。

上午十一点以后，狮泉河逐渐热闹起来。

那时狮泉河的大街东西走向，丁字形，街中心有几百米长的水泥路面，街道两边是党政军机关所在地，周围开满了舞厅、发廊和茶馆，舞厅、发廊多为内地汉人所开，茶馆主要是藏族人经营的酥油茶。

徜徉街头，感慨万千：阿里和平解放时这里只有几户人家，生活十分的闭塞不便；今天，这里已变成初具规模的现代化城镇，高楼大厦拔地而起，城市功能日趋健全，商业、文化娱乐设施一应俱全。满街奔跑的出租车，商品丰富的超市，人们再也不为生活必需品发愁了。

街上人声鼎沸。身着藏袍、手摇转经筒、与我擦肩而过的藏族群众，边走边口中喃喃诵着长念长新的六字真言……打扮时尚亮丽的汉族女子，成为雪域高原一朵璀璨的花，一道流行的风景线；服饰色彩纷呈的藏族妇女，胸前挂着各色宝石镶嵌的坠子、项链，双手戴有多个手镯……在蓝天、白云的衬托之下，显得异常鲜艳动人。

狮泉河大桥桥栏上满是五彩经幡，迎风招展，向天界叙说着人间的祈愿，向人间传达神的祝福。桥头市场上熙熙攘攘，商人们大多是康巴人，男人头上盘着辫子，扎着红巾，剽悍无比，他们个个都像电影《红河谷》中的男主角。康巴人性格好斗，不怕吃苦，很能干。从多玛到狮泉河，我一路上看到许多康巴人开着装满货物的卡车，送货上门，一个帐房一个帐房地流动销售，藏区农牧民向来不讨价还价，有得钱赚的康巴人生活得比较富足。我曾在多玛牧区一康巴人帐房里，买了两块瓦斯针牌手表，见识过康巴人的经商之道。

这些康巴人，经营各种藏式地毯、背包和藏传铜佛，随扣牌和瓦斯针牌手表，还有念珠、腰刀、扑克牌……

走进阿里贸易市场，门前全是卖酥油的，大块的酥油切了零卖。市场里有汉族人、藏族人和维吾尔族人，汉族人卖菜、卖服装的多，藏族人卖的有银饰、手镯、烟盒、金属筒，有印度线香、藏红花、冬虫夏草等，维吾尔族人开饭馆，卖抓饭、炒面、拌面，卖烤肉。新疆习惯的"公斤"制，在阿里市场也沿用。市场上的羊肉分西藏羊和新疆羊。相比新疆羊肉，西藏羊肉要便宜得多，因为草质好，新疆羊肉鲜而不膻。于是每年九月份前后，就有精明的人以较低价格买了大批西藏羊羔，弄到新疆去养，经过一个冬季的收圈牧养，养大了再赶回来买，当然也就有钱可赚了。市场还有售狐狸皮等许多皮子的，还有许多尼泊尔、印度、巴基斯坦等国的商人。

驱车来到狮泉河畔的向阳坡上，这里有一座烈士陵园 -- 狮泉河烈士陵园。陵园里安葬着我们新疆军区原进藏先遣连李狄三等英烈。在李狄三烈士的墓碑前，一条条雪白的哈达迎风飘动。这一个个不加修饰的墓碑就像一座座丰碑，构成了雪域高原独特的风景。

那年，我在"进藏先遣英雄连"荣誉室里，含泪听过李狄三和这个连队的故事 ——

李狄三出生在河北无极县一个贫苦农民家庭，1937年参加了晋察冀抗日义勇军第五支队，1939年6月参军到贺龙领导的一二0师，经过延安抗日军政大学学习后，在三五九旅任指导员。他能写能说能唱，吹笛子是他的拿手好戏。抗战胜利后，李狄三先后任保卫干事、民运股长、联络股长、保卫股长，参加了解放大西北的历次重大战役，9次负伤，3次荣立大功。

当时，西藏尚未和平解放。为配合西南军区尽快解放西藏，第一兵团根据毛主席关于"你们进军的任务，包括出兵西藏，解放藏北"的指示，从新疆军区独立骑兵师第1团抽调汉、蒙古、回、藏、维吾尔、哈萨克、锡伯族等7个民族共137人组成"进藏先遣连"。

在组织的精挑细选下，团保卫股长李狄三被选为这支部队的"党代表"，于1950年8月1日上午，率先遣连从于田县阿羌乡普鲁村宣誓出征。这是进军西藏的第一支部队。从于田到阿里，千里迢迢，中途横亘着绵延不断的昆仑山，山上终年积雪，高寒缺氧，没有道路，全连仅凭一张自绘的地图和一块指南针，一边侦察探路，一边摸索前进。

经过几天的艰难跋涉，先遣连来到赛虎拉姆大石峡。石峡最窄处勉强只能通过一人一骑。不少战士的腿被两旁锋利的山石刺破了，皮肉和棉裤粘连在一起。就是这个石峡，全连人马用了整整3天时间才得以通过。

此后，越往前行，地势越高，气候越恶劣。尽管时值盛夏季节，但穿上棉衣仍冻得人直打寒战。

先遣连离开于田10天后，走到了一个三岔口，大雪不歇气地下了三天三夜，许多人患了高山雪盲症，眼睛红肿、刺疼，视线模糊，只能拽着马尾巴朝前走。那天晚上，在一个无名达坂上，一次就冻死了9个人……

就这样，经过15天九死一生、艰苦卓绝的行军，他们终于翻过昆仑山进入阿里地区改则县境内的扎麻芒堡。

亘古沉默的阿里蓝天，飘起了人民解放军的第一面战旗！

为了不让敌人弄清实力，李狄三派兵每天进驻扎麻芒堡一次。好像来的不是一个连，而是一个团。

但是，骗得了敌人骗不了自己，先遣连抵达藏北不久，几场大雪把后勤补给线全部切断。他们只能在原地固守，到来年封山的大雪融化，才能得到给养。

当地反动头人扬言要将这支部队困死在藏北高原，部队一时间陷入了绝境。先遣连的官兵们抢起镐头掘地为屋，端起猎枪狩猎为食，骨针缝制衣服御寒，备战过冬。他们先是断了粮，又断了盐，只能靠捕牦牛、野驴用白水煮着吃……

正当先遣连官兵与严寒饥饿抗争时，高原病又向他们袭来。这种由于严重高原缺氧造成的综合征及肺水肿、脑水肿，发病率和死亡率很高。1951年元旦之后开始在先遣连大面积流行，全连有80%以上的人先后病倒，春节前后天天有人逝去。3月，是牺牲最多的一个月，有3个班的战士全部去世，好多地窝子成了空穴，有时送葬的路上都在死人。3月7日这天，全连一共举行了11次葬礼……

连李狄三也不能幸免地患上了可怕的高原病，但他仍然带病坚持工作，鼓舞官兵只要还有一个人，就要坚持到底。

1951年5月，李狄三病情恶化，生命进入倒计时。但是，他的工作仍然没有停止，先后撰写了厚厚4本、洋洋数十万字的日记，字里行间无不洋溢着他对党的无限忠诚，对革命事业的热爱和对工作的高度负责。

1951年5月28日，当山下的后续保障分队上山赶到李狄三病床前时，他挣扎着睁开眼睛，微笑着轻轻地说了一句："可把你们盼来了……"就永远停止了呼吸。

李狄三烈士那催人泪下的遗嘱，至今让我过目难忘，每每想起都是噙满热泪。

李狄三的遗嘱是他写给先遣连正副连长曹海林、彭清云的信，信写在他日记本的最后一页——

海林、清云二同志：

我可能很快就要走了，有几件事需请二位帮助处理。两本日记是我们进藏后积累的全部资料，万望交给党组织。几本书和笛子留给陈（信之）干事。皮大衣留给拉五瓜同志，他的大衣打猎时丢了。茶缸一只留给郝文清。几件衣服送给炊事班的同志，他们衣服烂得很厉害。金星钢笔一支，是南泥湾开荒时王震旅长发给的奖品，如有可能请转交给我的儿子五斗。还有一条狐狸尾巴是日加木马本送的，请转给我的母亲。

给你们敬礼！

这就是一个共产党人的全部遗产。

李狄三，只有凭人们印象回忆勾勒的一幅画像，连一张照片都没留下……

在挺进和驻守藏北一年多的时间里，先遣连先后有63名官兵光荣牺牲。他们将青春年华永远定格在雪域高原，将身躯化作巍巍山脉。1951年9月，原西北军区授予该连"进藏先遣英雄连"荣誉称号，并给全连137名官兵各记一等功1次。同时为李狄三追授了"人民功臣"荣誉称号。

据介绍，1997年，藏汉群众来陵园扫墓时，发现烈士李狄三的墓被其他墓碑挡住了，藏族群众很不高兴：谁能比过李狄三，他解放了我们，第一个把红旗插上了阿里高原，我们要重新安葬李狄三！这年8月，阿里军民重修李狄三墓，把整个墓基抬高了2.5米。每至清明，上千名藏汉群众都要到这里扫墓、祭奠。

伫立在高大的"李狄三烈士之墓"墓碑前，我怀着崇敬与敬仰之情，含泪向这位"人民功臣"深深三鞠躬。

狮泉河东西两边，有两山遥相呼应。东边一座铁黑色的秃山——雁尾山，据说山上有放射性矿物质，登此山者不生育，当地人称此山为"阳痿山"。西边的那座山当地人称"爱情山"，一说感情不好，爬爬此山，感情就会牢固；一说恋爱中人，一同爬此山，成功率极高。

漫步狮泉河边，夕阳映照下的水波泛着光彩，静静流向克什米尔的河水，清澈见底，看得见成群的鱼儿在水中游动。河岸边，有几名藏族妇女站在水里洗衣服，她们一边聊天，一边洗衣，其乐融融。每洗完一件，就地往宽阔地河滩卵石上一摊，洗完休息时，喝上带来的酥油茶，不一会儿，就开始收取已晒干了的衣服返家。

远古的阿里，是象雄王国的土地，象雄文化的发祥地。阿里一名的由来，是当时这里战败的拉达克人，给拉萨送杏干，拉萨人以为阿里产杏干，取地名阿里是"甜山"的意思。

阿里的历史概念，主要是指雪山环绕的普兰、岩石环绕的扎达和湖泊环绕的日土这"三围"之地。

阿里地区东起唐古拉山脉以西的杂美山，西及西南抵喜马拉雅山西段，南连冈底斯山中段，北倚昆仑山脉南麓和喀喇昆仑山脉。喜马拉雅山山脉、冈底斯山脉、喀喇昆仑山脉把阿里高高举起，平均海拔4500多米，号称"世界屋脊的屋脊""高原上的高原"。阿里地区与印度、尼泊尔接壤，边境线长达1116公里。下辖普兰、扎达、日土、噶尔、革吉、改则、措勤七县，总面积34.5万平方公里，是我国人口密度最小的地区级行政区。阿里地区为大陆性高原气候，空气稀薄，干旱少雨，气温低，温差大，冬季漫长，严寒多风，无霜期短，人称阿里"五月雪，六月冰，一年四季都是冬"，一年有9个月的大雪封山。阿里，通称藏北高原，藏语称"羌塘"，意为"北方辽阔的平原"。

狮泉河是座新兴城市，除了藏语，人们习惯于普通话，许多当地的藏族人普通话说得比我还地道。1965年以前，这里是一大片郁郁葱葱茂密的红柳丛河谷空地，卡车开进去不见踪影，后来阿里首府从几十公里

外燃料奇缺的噶尔昆沙迁到了这里。随着狮泉河人口的越来越多，红柳林被烧光，变成了荒漠，洪水和风沙一天天地肆虐起来。生存所迫，阿里，这个天边的城市，离太阳最近的地方，开始开发利用起了太阳能资源。

我走进一家盖有太阳能的采暖房内，主人讲，采暖期，室内外温差可达30多度。

在阿里，我看到建有许多太阳能的温室，大棚里生长有碧绿的蔬菜。神奇的太阳能给阿里人生活上带来了许多的便利，彻底解决了城市居民日常用电问题。

花一个小时就可以转遍的狮泉河，我整整在这里转了两天。越转越有种失望感，狮泉河远没有我想象的那么神秘，它的历史很短，无古寺庙，一应风光均属人造。

我动员胡汉宏去神山、圣湖，去扎达，去普兰。他说前往普兰方向有一个他们中心兵站的巴尔兵站，但没有送菜任务，他不敢去。我也不好强人所难，只好遗憾的告别阿里返回。

也好，留点遗憾和盼头下次再来吧！

普兰的来信

"二舅：

见信好！第一次给您写信，竟然是在这遥远的西藏普兰。我知道，这里的一切您既熟悉又怀念，因为您在这里曾经挥洒过青春，奉献了五年之久。对于这里，您是充满了无限的情感。"

2018年9月26日，我欣喜地收到了外甥邹盼盼寄自西藏阿里地区普兰县的来信，看着信封上的"西藏阿里"邮政印章尤为亲切。透过纸背，我仿佛看到外甥在高原上的生活，我知道那里的艰苦程度。

"这次上阿里，主要是我个人的强烈意愿。总觉得，军旅生涯快结束了，在新疆部队如果不能上一次高原，会给今后的人生留下遗憾的，尽管我刚新婚不久。"

"上高原是我一直以来的一个心愿，在我心里扎根了许久。也是在读了二舅您写的《醉昆仑》这本书后，我对高原边防官兵的生活有了更加深刻的认识和了解，那高原上的感人故事，那一个个边防官兵用青春和热血忠诚戍边的精神，常常触动了我的心弦，内心深处颇受启发，让我有了上高原戍边的强烈愿望。"

外甥是驻乌鲁木齐某部的一名军士长，这次他所在部队选派几名战士上阿里边防去执行换防任务，他积极要求被选定上山的。

到阿里边防后，他每天给我发来微信视频介绍今日阿里，今日边防的见闻。我便提出让他给我写封信来，多盖上几个"西藏阿里"的邮政印章。

之所以提出这个要求，也是出于让他体味一下当年我在高原上与家人通信联系的方式，当然也有我想回味一下在山下读高原来信的感觉，想珍藏一下"西藏阿里"的邮政印章。

外甥在信里谈了他的从戎感受和一个士兵的责任，在乌鲁木齐的经常相聚中，这些话他从未对我讲过。这让我很是欣慰。

"我总认为，一名战士只有站在祖国最艰苦的地方，才不愧为戎装一回，才能体现出他的价值所在，这种价值是辛苦也是幸福。我是一名战士，今天我站在了祖国最艰苦的地方履行着自己的使命，我为我的选择感到自豪！因为这是一个战士应该做的事情，也是一件神圣而又荣光的事情！"

从外甥发来的微信视频和信中，我看到了今日边防的巨变，交通、通信、生活等便利条件，那真是今非昔比。然而，自然环境并未因此改变它狰狞的面目，高原缺氧的艰辛仍在考验着一代又一代的边防官兵。

"上到高原的一路上，全是盘山公路，云山雾罩的，海拔高处有5300多米，那感觉就像来到天上一般，洁白的云层似乎一伸手就能摸到，若隐若现。随着海拔的不断升高，接踵而来的就是无情的高原反应，在车上的当天夜里，我可谓是一夜无眠，头疼欲裂……"

"到达部队后，一下车，伴随着头疼，我出现了头重脚轻和浑身乏力等不适症状，难受折磨得我在床上一连躺了三天，基本上没有什么食欲。同我一起上山的一个战友更惨，他呕吐了三天。为防止意外，部队将我俩送到了普兰县卫生服务站治疗。还好，身体各大项指标基本正常。三天后，在海拔只有3000多米的普兰县城，我们的高山反应症状完全消失了，便返回了部队，心想从此应该适应高原再不会有什么问题了吧。

"谁知好景不长，就在回到部队的第二天夜里，我突然出现呼吸困难，每当迷迷糊糊地将要睡着之时，呼吸就暂停给憋醒了。一夜里这样反反复复，那种感觉让人很绝望，想叫卫生员又怕打搅别人休息，想出去透透气，外面狂风呼啸，又怕有狼。第二天早上一起床，便去询问卫生员和战友们是什么个情况，大家都说，这里海拔4800多米，是正常的高山反应，适应一段时间就会好的。就这样，我坚持着适应了。一个多月后，除偶尔有大喘气外，目前再也没有其他不适的症状了……"

外甥在信中还给我讲起，他们哨卡的特殊战友军犬"大黄"，夜里哨卡周围有狼出没，"大黄"刚随他们上到哨卡时，每遇狼嗥，"大黄"就吓得钻进狗屋里缩起。一个多月后，每晚有狼来，"大黄"不仅不再躲了，反而冲上去主动与狼嘶杀，直至将狼赶走，哪怕有时受伤。现在的夜里，狼再也不敢靠近哨卡了。

读罢外甥的来信，对他亲历的高原反应，我有过切身的感受。我曾在不同的场合说过："就是再苦，也没有氧气吃不饱苦。"

掩信想来，连同外甥，我们家三代先后有9人参军入伍，已有5人上过高原边防。我的父辈，父亲与叔叔两个人都当过兵；仅我家，我，弟弟，女儿，还有两个侄儿，两个外甥，有7人先后入伍到部队。至今我女儿、两个侄儿和这个外甥仍在部队服役。我在喀喇昆仑高原工作了5年，我弟弟当年是位高原汽车兵，入伍后在新藏公路线上执行高原运输任务跑了7年，我这个外甥在新藏公路的终点普兰戍边；两个侄儿，一个曾是跑青藏公路线上的一名汽车兵，另一个每年都要随部队经川藏公路线上高原去驻训。

对高原，我们虽然有着不同的感受，但肯定都会有着同样的情结。

说起当年高原生活的经历，我弟弟徐力至今都难以忘怀。那年5月，他驱车在新藏线随高原运输车队翻过海拔6700米的界山达坂，快要到达多玛兵站时，突然刮起了狂风，大雪纷飞，夜幕已降临，安全起见，车队决定就地投宿，天亮后再出发。他停稳车后，抱出行李铺在车旁，加盖上皮大衣，疲惫地钻进被窝酣睡了一觉。天亮醒来后感到浑身上下一阵透心凉，似乎有重物压在身上，抬起头来一看，自己怎么睡在雪窝里？铺盖已被昨夜一场大雪从头到脚盖得严严实实，头发全结成了冰。他哆嗦着起来拍打完积雪，卷起铺盖，连忙发动车辆，随车队继续前行。

最让他难以忘怀的是，那年他第二趟上山完成运输任务返回时，从狮泉河到日土县，一路上他都特别难受。快要到达多玛兵站时，头越来越痛，肚子里一阵阵地翻腾，恶心想吐，实在难以坚持住，他连忙停下车，一下车就控制不住地呕吐起来。吐完了食物，又开始吐黄色的胆汁，胃痛极了。带车队的领导看他实在不行了，便连夜派车从多玛出发将他送到三十里营房医疗站。这段路程他说他是咬着牙硬挺过来的。

在医疗站治疗几天后，他又被送往山下解放军第十八医院住院救治。在山上前后五天的患病中，他都吃不下饭。从此，他患上了胃炎。至今说来轻松，但他说就是这个小病真的差一点就要了他的命。

我家两代5人在高原部队生活的经历，让我们在团聚时，时常有说不完的感受。外甥这封普兰的来信，我会永远珍藏。至少，它也算是我家我外甥这一代人高原戍边的一个见证，值得永远纪念。

留在昆仑的记忆

上过昆仑山的人常讲，昆仑离太阳最近，距金钱最远。去一次昆仑，生理受到一次考验，心灵得到一次净化。而我想说的是："在昆仑山上待了几年，什么都想通了，什么困难也不怕了。"

一

我依然清晰地记得，初次乘坐一辆燕京指挥车，豪情满怀地向昆仑山三十里营房进发时，一点高原生活常识都不懂得的我，凭着年轻的身体、冒里冒失地在昆仑山上闯荡了两个月后，身体每况愈下。最难熬是寂寞，每天心里焦躁，情绪低落。当接到让我下山的通知后，我一刻都不想多停留，提着行李挡了个便车，连夜下了山。然而，在山下待了一段时日，曾发誓不想再见昆仑的我，心里空落落的，却又期待着再一次拜见昆仑。

我特喜欢上山时的那种感觉：乘坐的汽车尽情地在新藏公路上颠簸着，车载录音机里大声播放着高亢的高原歌曲，放眼雪山、达坂，那激动的感觉就似壮士出征。

每次上山前，我都要洗一次澡，因为，上了山，就洗不上这样奢侈的澡了。待上几个月后下山的头几天，我总是十分疲倦、无力和嗜睡，整天胸闷、头昏昏沉沉的，就像喝醉了酒一样的感觉。事后才知道这就是所谓的"低原反应"，医学上俗称的"醉氧症"。去医院抽血化验，血不仅稠，而且是黑色的。医生说是山上缺氧、蔬菜吃得少、罐头吃得多所致。长此以往，易得高血脂和胆囊炎等病。

我的那位人称"昆仑玉"的好友，三十里营房兵站站长张宝玉，连续在昆仑山上工作了16年。长期的高原生活，使他成了"药罐子"。慢性肠胃炎折磨得他经常晚饭后胃痛，必须平躺着休息一会儿才行；严重的风湿性关节炎，对气候变化的敏感度比天气预报都准；心动过缓，最低每分钟才跳50多下；血脂高，每次起床都得慢动作，休息几分钟才能下地。神经衰弱的他记忆力差，有时候下山碰到很熟的人跟他打招呼，人都走出去好远，他还在想那人姓甚名谁。

二

生命在这里异常脆弱。

那年，年仅25岁的红柳滩兵站司务长王腾学，在临下山的前一天倒在了工作岗位上。这位1988年从四川宣汉县农村入伍的战士，有一手好烹饪技术，在昆仑山上赢得了成都市一位姑娘的芳心。通过几年的鸿雁传书，两人商定在成都举行婚礼。已一年没下过山的王腾学，被批准随过往车队下山结婚。

下山的前一天，午饭后，王腾学对站长说胃有点不舒服，回宿舍休息了。在山上，胃病是常见病，加之平时王腾学的身体一直很好，站长也没太在意，就让卫生员去给王腾学用热水袋暖暖胃。下午，上级工作组到兵站，王腾学强撑着起床准备晚饭，工作不一会儿，脸色发白，头晕得厉害。工作组随队医生给他检查一番后，让他服了几片药，随后他就昏迷、吐血。工作组领导连忙派车将他送往三十里营房医疗站抢救。

一路上，王腾学时不时地呕吐着血。送到医疗站，他因失血太多而昏迷不醒，驻三十里营房的官兵紧急为他献血。抢救了一个夜晚，第二天，他终于醒了过来。清晨，他对护士讲他憋得慌，想大便。护士给他拿来便盆，扶他起床，他不好意思在年轻的女护士面前方便，坚持让护士叫来一名男军医，扶他到屋后荒滩上去方便。谁知，一蹲下去，拉了一大摊的血，紧接着浑身剧烈疼痛。医护人员尽全力抢救，但高原突发病还是夺走了他年轻的生命。

高原上的军人憨厚淳朴，虽然他们说不出类似"将生死置之度外"的豪言壮语，但从那黑红的脸庞、乌紫的嘴唇、皴裂的双手、稀疏的头发，以及深陷的指甲上，我明白了，他们是透支着生命在坚守。

三

"使命"这个词常常被我们挂在嘴上，当作崇高的代名词在不同场合表达鼓舞和激励之意。它的内涵和意义到底是什么？几年的高原生活，我想我找到了答案。

这是一个名副其实的英雄群体！他们在五年的高原施工中，荣获了一次集体一等功，一次集体三等功，没亡一人。我随这个英雄群体——某师工兵营在高原施工五年里，亲眼看见了该营在高原上施工的艰苦。官兵们平均每天工作12个小时以上，脸上晒脱了一层又一层的皮，双手反复被磨破，生出了一层厚厚的老茧，经常累得端着饭碗就"呼呼"地睡着了。有人给工兵营官兵送了一副对联："雪域高原锻造钢筋铁骨，世界屋脊谱写奉献之歌。"我想，这应该是他们的精神写照吧！

这个工兵营在配属我们施工前，经常赴高原施工，该营营长司金尚是位老高原，高原施工中荣立了二等功。1990年，司金尚从海拔5100多米的空喀山口哨卡修筑工事下撤时，带领31名战士乘坐一台收尾车，半道上，汽车因烧瓦、拉缸被困雪山三天三夜，靠半麻袋干辣皮子和几筒罐头，他们坚持活着下了山。这时，司金尚三年未见的老母亲，恰逢从河南老家赶来部队，企盼着儿子下山归来，当看到儿子那黝黑的面庞、干裂的嘴唇和那满脸呆滞的表情时，她搂着儿子大哭："村里的人都说你在部队当官享福，我看你这副模样还不如农民舒坦，干脆跟我回家种地算了！"

高原施工期间，我经常与司营长同吃同住同上工地，他的表率作用强，与官兵一道，在海拔4000多米的悬崖峭壁间，腰系保险绳打钻凿眼、放炮劈山，被官兵们称为"喀喇昆仑第一钻"。每遇哑炮，他都亲自组织排除；遇到急难险重任务，他总是冲在前头。有时我问他："你一个营长组织指挥好就行了，干吗还这么拼命地干？"他说："在这么艰苦危险的地方施工，你指手画脚让战士往死里干，良心过不去；能不能完成任务，战士就看我们这些当领导的！"

还有这个工兵营的基层干部们，都是在用无悔的青春谱写着奉献之歌。筑城连连长王文会上山施工时，儿子刚出生，下山后儿子会满地跑了。他曾歉疚地对我说，有一次下山回家天已黑，半夜，早已甜睡的儿子翻身用手摸着他的脸，可能感觉有点不对头，突然睁开了眼，见他躺在身边，吓得"哇"的一声大哭不停，一个劲儿地撵他走，他只好伤心地在沙发上躺了一夜。

副连长侯作权，常年在昆仑山上施工，先后谈了5个女朋友都吹了灯。小伙子1.72米的个头，长得一表人才，工作也很出色，怎么就没有姑娘爱呢？部队领导四处给他张罗对象，最后给他介绍了一位在莎车县某单位当会计的姑娘，姑娘对他目测后也比较中意，但当听到他在昆仑山上施工荣立过二等功时，姑娘又跟他"拜拜"了。事后，介绍人反复询问缘由，姑娘这才说："和平年代，在昆仑山上荣立二等功，不是受过工伤，就是留有内伤残疾！"侯作权听后哭笑不得。

四

人在高原，经常会遇到这样那样的危险，稍有闪失，就会带来灭顶之灾。

那位汽车排长杨协会，在喀喇昆仑戍边10多个春秋了，组织上考虑他马上就要成家，决定把他调到山下未婚妻所在的城市工作。他揣着调令，一再请求陪战友们上山出最后一次车。一路上，他憧憬着与未婚妻团聚的幸福，嘴里反复哼着黄梅调："树上的鸟儿成双对……"

突然，一声巨响，半山腰千方碎石泥土翻滚而下，猝发的山崩像一头发狂的野兽，把他连车带人推下悬崖。

带着永远不能实现的团圆之梦，他化作了山脉。喀喇昆仑，把他永远留下了……

还有那位年轻的边防连连长刘长丰，长年的高原生活，已使他丧失了一颗健康的心脏。那年3月，刘长丰下山探亲休假结束时，一场突降的暴风雪堵住了上山的道路，阿里军分区机关决定把他留在山下带新兵。他在新兵连长的岗位上，猝然倒下，画下了一个边防军人壮丽人生的完美句号。后经陆军第十八医院检查，鉴定为心脏猝死。

那天在三十里营房，我遇到了一位熟人，正在执行高原运输任务的某汽车团副参谋长宋兴柱。他给我讲述了该团一连连长苗建设带领车队执行高原运输任务，从暴风雪中突围出来的生死经历。

当时，连长苗建设带领的4辆车、10名官兵突遇暴风雪。此地海拔近5000米，两旁是高耸的冰峰，中间是一条起伏不平的风道。雪大风疾，车辆寸步难行。战士们的干粮吃完了，饥饿、寒冷、高山反应，折磨得个个精疲力竭。

为了能把战士们活着带出去，苗连长决定挖雪开道。他们挖一截走一截，有时前面的车过去了，后面的车又被雪堵住了。挖了整整一个晚上，几辆车还没有蜗牛爬得快。救人要紧，苗连长把10名官兵集中到一辆车上，全力保障这辆车突围。他们顶着狂风轮换着不停地挖雪，站着挖累了，就跪在雪里挖，跪着不行了就躺在雪里挖，边挖边把皮大衣、篷布垫在车轮下，一步步艰难地挪动着。与暴风雪生死搏斗了三天两夜，有6名战士脸、手脚严重冻伤。在后来赶到的救援人员的援助下，他们终于突出了重围。

五

我的那些知名的或不知名的战友，他们常年坚守在"地球之巅"，勇敢地与自然抗争着，用青春甚至生命捍卫共和国的神圣疆界。在积雪终年不化的千里边防线上，在兵站那寂寞难耐的屋檐下，在高原那与死神搏斗的惊险回合中，在汽车危机四伏的车轮上，与孤寂为伍，与缺氧相伴，创造着喀喇昆仑的历史，创造了人间的奇迹……

这就是当年的边防战士，就是我昔日同在昆仑山上战斗的战友们。如果说喀喇昆仑山是一部大书，这些把青春乃至生命献给高原的勇士和他们的故事就是书中大写的文字。读懂他们，你也就会明白什么是忠诚，什么叫奉献。

如果有机会，我还想上昆仑山。界山达坂上有我用罐头盒埋下的留言条，我想看到那张留言条；还想到三十里营房新建成的那条宽阔平整的水泥马路上面去散步，三十里营房有我当年栽下的十几棵红柳树，我想去看看那红柳长多粗壮了，去抱一抱，亲一亲它……那里的雪山、营盘，那份和谐、那份情爱，是我永远的怀念和记忆。

附　录

1. 接受精神之旅的洗礼

阎蓉

徐常根反映昆仑山边防生活的系列散文，我是用了较长的一段时间，细细品读着读完的。细细品味的原因是，我想随着徐常根这些散文完成一次行走昆仑的精神之旅。

回想起多年前自己与昆仑山之行的失之交臂，至今还颇为遗憾。那一次，我去叶城采访在昆仑山上施工的交通部队，由于我要采访的一个典型人物正在山上施工，于是我强烈要求上山采访，部队领导以上山太危险为由，坚决不同意，而我却以自己曾多次远上帕米尔高原都无不适的经历，来证明我的身体无碍。在我的软磨硬泡下，支队长终于同意带着我上山了。我做好了充分的思想和物资准备，满怀壮士出征般的豪情，只待出发。也许真的是"昆仑山让女人走开"，就在万事俱备的节骨眼上，突然，前方传来消息：山洪暴发冲毁了道路，无法通过。只记得，当时那位交通部队的支队长听到这一消息后，仿佛如释重负般地长舒了一口气。因为时间有限，我的昆仑山之行只好取消。从此后，我对我身边上过昆仑山的人都格外羡慕与崇敬。

我是从《游班公湖鸟岛》这篇文章认识徐常根的，那时我在报社当编辑，从自由来稿中选上了此稿，便联系他索要配文图片。在随后的日子里，也知道了他曾经在昆仑山上工作过五年，这不由得增添了我对他的钦佩。读过了他的高原系列散文后，我对驻守在昆仑山上的边防军人的崇敬之情更是溢于言表。我从他所描述的那些昆仑军人身上明白了昆仑山的崇高、神圣并不反映在它自身被誉为"万山之祖""亚洲脊柱"上，而是反映在赋予它生机与活力、常年守卫着它的安宁的昆仑卫士的血液里、灵魂里。正是这样一群军人赋予了昆仑山山体以外太多的东西。也正是由于这"太多的东西"，昆仑山成为守防军人生命中不可割舍的神圣疆土，成为他们魂牵梦绕、生死相依的地方。

如徐常根自己所说，这些散文中尽管有些语言缺乏文学性，但他写的是真情实景，说的是亲身经历和亲见亲闻的事。正是因为他这些不加任何文学修饰、朴实无华的文字深深地触动了人们情感深处最柔弱的部分，虽然它不张扬，但能时时让人感觉到一种特别的力量，我想，这种力量应该缘于徐常根五年的昆仑生活，那种一般人无法体悟和感受的生活经历，已经在他的生命中留下了难以磨灭的印记。

我是流泪读完其中有些文章的，当我读到《死人沟里一个兵》里那个叫朱德明的19岁的小战士，独自一人在死人沟里搞服务保障，却不觉得苦，因为他知道有比他更苦的昆仑兵，也不觉得怕，因为他知道他代表的是整个兵站，而他到了昆仑山最大的愿望就是争取被评为一名昆仑卫士，挂上奖章时，我流泪了；我读到《景仰康西瓦》中康西瓦烈士陵园中的烈士碑文上那17岁、18岁的字样时，我的泪水直冲眼眶；当我读到《留在昆仑的记忆》中，那位年仅25岁、憧憬着回老家入洞房当新郎官的红柳滩兵站司务长王腾学，在下山前一天不幸倒在了工作岗位上时，我也任由泪水长流 …… 此时，《雪山上的灯光》红柳滩兵站站长林久华的话又在耳畔响起："山上环境苦、条件差，但我们缺氧不缺精神，我们要把苦地方、险地方，当作建功立业的好地方。"

的确，在很多人的眼里，昆仑山是神秘的，同时也是空旷苍凉、充满狰狞肃杀感的，但是在卫国戍边的军人心中它却有着太重的分量，徐常根也正因为有了这已深深渗透其血液、成为其生命一部分的昆仑情，才能够用心记录着可亲可敬的边防战士、记录着他昔日同在昆仑山上战斗的战友们。

上过高原的人常讲，高原离太阳最近，距金钱最远，去一次高原，生理受一次考验，心理得到一次净化。徐常根也说："在高原待了几年，什么都想通了，什么困难也不怕了。"因此，他在真实记录昆仑"魂"的同时，尽情地欣赏和享受了高原独特醉人的风光："仰望，雪山皑皑，俯瞰，绿草茵茵。湛蓝的天空如一面深邃而明亮的镜子，如茵的大地像无边的绿军毯，如镜的碧水犹如蓝色颜料注满大地 …… "

"大团大团的云朵纯粹洁白，挂在天空沉甸甸的，既浓重又轻柔，如诗如梦。清晨，云在山峰弥漫，在山谷涌动，近的飘在眼前，恍如人在云中，稍远的萦绕在山间，山似梦中仙境。雨雪之后，棉花糖似的云朵越开越大，瞬间变成了轻柔的白纱，在山间袅袅升起。再后像雪白的羊群，似奔腾的战马，如匆忙的使者，从容飞渡，来去无踪。"这些优美舒展的文字又将读者带入了昆仑山的另一种境界：一个充满了魅力的神奇地方，诗人能在那里寻找梦一般的意境，画家能在那里发现诗一般的色彩，歌唱家能在那里唱出天籁般的声音，舞蹈家在那里能找到飞翔的感觉。高原的美令人陶醉，高原的美使人愉悦欢欣。

　　徐常根这些年来一直在回眸抒怀昆仑，足见他至今仍对昆仑怀有深深的眷恋，昔日昆仑山的事牵着他的情，昆仑山的景载着他的爱，昆仑山守边卫士更让他魂牵情系。他说："雪域昆仑，让我悟出了不少人生的真谛。"而我在读过了他的昆仑系列散文后，领悟到了昆仑军人的最高精神境界：他们奔赴昆仑，不是为了猎奇，不是为了赏景，不是为了丰富自己的阅历，也不是为了金钱，更不是为了权力，不是为了自己的任何愿望，甚至，他们奔赴昆仑并非己愿，但他们去了，并且稳稳地站在那里。他们的存在，增加了高原的厚度，增加了雪山的高度，"万山之祖"成了与他们境界高度比肩的地方。他们从不轻易表达他们对昆仑的爱，因为他们和昆仑山已经融在了一起，他们对昆仑的爱源于责任。

2. 那片心灵的宿营地

读徐常根昆仑系列散文

翟金钟

徐常根的昆仑系列散文，让我读来爱不释手，仿佛呼吸到带着冰雪寒意的高原气息。

认识常根是因为看他写的《泉水沟里一个兵》，这篇文章发表在1996年10月的原《人民军队》报上，后来获得了当年军区军兵种报纸好新闻三等奖。他说，和昆仑山上那个叫朱德明的士兵接触后，心里就有一种冲动，不写写他，总觉得对不起他，对不起默默奉献的边防军人。正是这种发自内心按捺不住的冲动，让他将真实的情感凝聚笔端，写出了让编辑眼睛一亮，进而感动读者、感动评委的好文章。许多读者告诉编辑，他们看了《泉水沟里一个兵》流下了眼泪。称赞这是一篇难得的催人泪下的好文章。

这篇文章是常根写昆仑军人的第一篇稿子，从此他一发而不可收，不断有《红柳滩夜话》《一个老兵的守望》《甜水海之夜》《雪域之吃》《在三十里营房的日子》《军狗》《高原人家》《走进阿里》等写昆仑军人的散文和新闻作品发布在军内外报刊。特别是他充满对人生、人性、人情、人格理解与感悟的散文，总能让人生出许多感动，让人对昆仑与昆仑军人由衷地生出敬仰之情。

常根是一个昆仑向往者、崇拜者，是"因为高远而神奇，因为神奇而向往"的。为了能上昆仑山，当年他主动要求调到喀喇昆仑某工程指挥部工作，直到5年后这个指挥部解散，他才下山。他是一个行政干部，有着自己分内的工作，本没有采写稿件的责任与义务，可他上了山便身不由己，他的亲见亲闻、亲身经历经常让他热血沸腾，产生不写就对不起边防军人的冲动。这疯长出的勃勃心绪，不断地变成一个个文字，变成一篇篇文章，最终变成了这些昆仑系列散文。

徐常根的散文真实生动，真实得让人能感受到他的呼吸，生动得让人觉得和他一起上了山。一闭上眼睛，那名独自一人在死人沟开设服务点、"脸是紫色的，嘴唇裂开一道道血口"的19岁年轻士兵朱德明，就会"不好意思地站到你的面前"；一群通人性、"兵味浓"，和官兵一起守防的狗就会朝你撒欢，和你嬉戏；雪线上巡线、救护战友的女兵婀娜多姿的身影就会向你走来，可爱的脸庞就会向你微笑；为英烈守墓28载、不信鬼不怕鬼的维吾尔族老兵，就会向你诉说他的无怨无悔。还有让人难以忘怀的电话遥诊、雪域之吃、红柳滩夜话等，无不鲜活得让人如入其境。

读散文《登上神仙湾》，你会知道守卡官兵的艰辛，感到精神的伟大，生命的可贵。读《高原人家》，你会知道高原人的平淡真情，深刻感到平安是福，健康真好。读《在三十里营房的日子》，你会知道边防军人枯燥寂寞的生活，在寂寞中学会不寂寞的情怀与境界，感到边防军人寂寞中的充实，艰苦中的欢愉，单调中的丰富，荒凉中的美丽。

常根下山已经十几年了，每次见他，他都没完没了地给我讲关于昆

仑山的话题，让人产生一种"这个人下不了山"的感觉。他为什么对昆仑山那样一往情深呢？他在离开昆仑山的时候几乎是逃离似的下了山，曾发狠地说一辈子再不上那鬼地方。但置身都市的高楼大厦时，他为什么魂牵梦萦的还是昆仑山呢？读了常根昆仑系列散文，我终于明白了，昆仑已成了常根心灵的宿营地，他的心留在了山上。因为那里是祖国神圣的疆土，是最可爱、最可敬、最讲奉献的边防军人燃放青春火焰的地方；那里使他悟出了人生的真谛，是他生命中不可缺少的一部分。

3.真诚书写雪域生命的坚强

吴卉

真实记录是散文的生命力。在读完徐常根昆仑系列散文之后，我真切地领悟了军人作家徐常根所描述的昆仑情。这可谓是一本真情记录雪域圣山中生命坚强的文集。

"雪山，营盘，那份和谐，那份情爱，是我永远的怀念与记忆，它已深深渗透到我的血液中，成为我生命中的一部分。"这是作者对生活过的昆仑山发自肺腑的热爱与赞美。

品读完这些散文，我想起了诗人徐志摩的一句话："我要的是筋骨里迸发出来的、血液里激发出来的、生命里震荡出来的纯真的思想。"这些散文，就是回归到了这种生活的本质，是作者真情实感、真实生活的艺术记录。

没有亲历过昆仑山的人，在阅读这些散文的时候，容不得你半点休息，真实的人，真实的事，那些带有生命意义的文字，让人几乎是在神奇、充满疑惑和完全投入感情的同时，心中升腾而起的一种敬意。

昆仑山在所有边疆军人的心目中都有着太重的分量，那是他们卫国戍边的伟大屏障，是他们寸土寸金视若生命的神圣疆土，是他们魂牵梦绕的地方，更是他们的文字最想表达的地方。

艰苦恶劣的自然环境，构成了昆仑山军人奉献精神的巨大源泉。在那只有戍边军人存在、人迹罕至的冰川雪岭上，升起了一面面五星红旗。他们在雪域边关的缕缕炊烟中，在冰川峡谷的巡逻中，勇敢地与自然抗争，用青春甚至用生命捍卫着祖国的每一寸土地，在积雪终年不化的千里边防线上，在兵站那寂寞难耐的屋檐下，在高原那与死神搏斗的惊险回合中，在汽车危机四伏的车轮上，与孤寂为伍，与缺氧相伴，创造着喀喇昆仑的历史 …… 昆仑山边防军人的生活几乎"扑面而来"。我们读到的不仅仅是热泪盈眶的"故事"，而是一代又一代军人无私奉献的真诚情怀和价值观念，具有别样一种打动人心的力量。

人在高原，经受的是生死考验。在一段段充满细腻、激情而又忧郁的文字中，生命成为最重要的字眼。作者用双脚、时间、苦累和思考丈量着那片神奇的高山，生命自然而然地成为作者歌咏的主题。康西瓦烈士陵园里长眠着的17岁、18岁的年轻英烈；"雪线上的女兵"中描述的维吾尔族女护士吾尔哈提，为抢救病人冻死在冰达坂上，死时手里还紧紧抓着出诊包；19岁的士兵独自在死人沟开设服务点；一段被风雪围困的经历；一个不知来历从不开口的神秘老汉的死；一头流着泪被杀掉的瘦驴；一个昆仑小女孩第一次吃薄荷糖的过程 …… 在深刻的生命意识背后，作者呼唤的是一种强烈的激情，正是这种呼之欲出的激情营造了昆仑山的意境，让人感觉到流动的生命。

从始到终，一种对奉献、死亡、生活深沉的思考贯穿其中，成就了文章明快而有层次的质感，充满了沧桑。换言之，作者不止从一个情感的代言人的角度说话，一种忧患意识，一种生命的深沉思考，一种理性的品格深刻地浸透于飞动的文字当中，叙述着军人生命的历史价值。

　　正是这种强烈的情感和激情，使得我们在品读中充满了阅读的快感，在感动中走进我们所无法了解的世界。纵然我们无法体会更深层次的西部边关生命神秘的内涵，但是我们毕竟被这片土地震撼，毕竟被这里的生灵所震撼。

　　散文需要灵感，散文需要激情，散文更需要一种宁静的状态，由此去追求一种恒久的精神个性，这种精神个性所体现出来的是人格的力量。而这种人格力量会使散文充满张力，更直接地对生命本质进行反思，对人们的生存状态进行反思，进而对人们的灵魂进行最贴近的考问，而徐常根的昆仑系列散文所抒写的就是这种境界的人生寓意。

后记

当这本散文集付梓之际，我如释重负，感到莫大的欣慰，我心里终于有了那种"还了愿"的感觉。

"许愿"是十多年以前的事了。1996年，我调往喀喇昆仑边防工作和生活过5年，离开之后又先后三次前往过三十里营房。5年的厮磨，我耳闻目睹了高原边防官兵用热血和青春长年与高寒缺氧，与寂寞、危险相伴，有的甚至献出了年轻的生命……在昆仑山上的几年里，我无时无刻不被高原边防官兵忠诚戍边、艰苦奋斗、无私奉献的故事所感动着，被他们的精神激励着，被他们的灵魂陶冶着。从那时候起，我就发愿要给他们写一部书，献给那些默默为国坚守和忠诚担当的边防军人们。

这些文字是我从1996年至2018年断断续续写成的，其中的一些篇章陆续在《解放军报》《南方周末》《新疆日报》《解放军生活》《西北军事文学》《西部》等报刊发表，曾连续五年获原兰州军区"昆仑文艺奖"，《留在昆仑的记忆》曾获第十七届中国新闻奖（报纸副刊类）铜奖。虽然我在2005年出版过一本反映喀喇昆仑边防军人工作生活的散文集《醉昆仑》，印刷6000册销售一空，连上乌鲁木齐一家书店两个月的新书销售排行榜，但总觉得没写完、没写透我在高原边防所亲历的那些人和事，不能算为真正的"还愿"了。

我对喀喇昆仑高原有着难舍难分的感情，更确切地说，应该是我对喀喇昆仑高原上的军人有着血脉相连的感情。这种感情浓厚得令我不得不将所有的记忆和感受倾吐出来，不得不将采访本里记录的十多年前的故事和人物，一个不落地润色、加工、整理出来。也难怪身边的友人说我："你让人产生一种感觉，这个人下不了山了，因为你的心留在了山上。"

的确是这样的，因为我一直在想着我当年的那个"许愿"……

如今十多年过去了，当年的边防官兵或转业退出现役，或调往山下工作，还有几名当年我熟知的边防军人也已英年早逝，仅我们工程建设办公室里就有4名干部在不到60岁时就去世了。尤其是现今已进入新时代，边防建设也发生了翻天覆地的变化，边防官兵的戍边条件也今非昔比了，写下这些昔日故事的文字还有意义吗？曾经我也想打退堂鼓不想写这本书了。每每举棋不定时，我常常会怀想高原，感到昔日昆仑山上的战友们在盯着我，觉得我不能食言，特别不能对那个时代昆仑山上的边防军人们食言，一定要对他们有个完整的交代，哪怕是迟来的交代。

《高原的召唤》这本散文集能够得以在2019出版，和读者见面，不能不说是我的幸运。一则，2019年是中华人民共和国成立70周年，是举国大庆之年；二则，也是我个人小家的大喜之年，2019年我的外孙女张钦雯出生；而且这本书的出版也纯属偶然。本书在出版过程中，得到了中央民族大学出版社的项目支持。得到了总策划戴佩丽女士、主编孙春光先生的信任和付出，在此对他们表示特别的谢忱！曹新玲女士热情为本书作序，使我很受鼓舞，对此扶持之情表示衷心的感谢；同时，还要感谢所有关心支持过我的人。

作者

2019年8月于乌鲁木齐